シリーズ　日本の中の世界史

中島敦の朝鮮と南洋

シリーズ
日本の中の
世界史

中島敦の朝鮮と南洋

二つの植民地体験

小谷汪之
Kotani Hiroyuki

岩波書店

刊行にあたって

人や社会のあり方が、それらを取り巻いて生起する世界中のさまざまな出来事によって突き動かされ、方向づけられてきたこと、そしてそのような衝迫《インパクト》に対する人や社会のさまざまな反応《レスポンス》が、人や社会の内実を形づくってきたこと、このことは過去のどの時代についてもいえることである。しかし、それが特に目に見える形をとって現われるのは近代という時代においてである。

幕末・維新期以降、日本の近代を生きた人々は世界中の政治や経済や文化の動きに否応なく巻き込まれると同時に、それらの動きを取り込んで、自らの主体を形づくってきた。その過程で、「国民」と「国民国家」の形成という一九世紀世界史の基本的な動向が日本列島にも貫徹して、人々を「日本国家」という鋳型の中にがっちりと嵌《は》め込んでいった。それは同時に、人々が「日本国民」という意識を自らのものとして受け入れていく過程でもあった。ただ、この「日本国家」、「日本国民」という枠組みは、沖縄の人々やアイヌ(ウタリ)の人々、そして後には、「在日」を生きることになる人々などに対する差別の構造を深く内包するものであった。

このようなものとしての日本の近代においては、法律や社会制度、社会運動や社会思想、学問や芸術等々、何をとっても、日本に「固有」といえるものは存在しない。それらは、いずれも、「日本の中の世界史」の現れとして存在しているのである。

それゆえに、私たちはいたるところに、「日本の中の世界史」を見出すことができるはずである。本シリーズの七名の著者たちは、二〇一四年八月以来、数カ月に一度の研究会を積み重ね、政治や経済、文化や芸術、思想や世界史認識など、それぞれの関心領域において、「日本の中の世界史」を「発見」するために、持続的な討論を行ってきた。本シリーズは、その過程で、七名の著者たちがそれぞれの方法で「発見」した「日本の中の世界史」の物語である。

今日、世界中の到る所で、自国本位《ファースト》的な政治姿勢が極端に強まり、それが第二次世界大戦やその後の種々の悲惨な体験を通して学んださまざまな普遍的価値を否定しようとする動きにつながっている。日本では、道徳教育、日の丸・君が代、靖国といった戦前的なものの復活・強化から、さらには日本国憲法の基本的理念の否定にまで行き着きかねない政治状況となっている。

私たちは、日本の中に「世界史」を「発見」することによって、日本におけるこのような自国本位《ファースト》的政治姿勢が世界的な動きの一部であることを認識するとともに、それに抗する動きも、世界的関連の中で日本のうちに見出すことができると確信している。読者のかたがたに、私たちのそのような姿勢を読み取っていただければ幸いである。

二〇一八年一〇月一七日

池田忍、木畑洋一、久保亨、小谷汪之、
南塚信吾、油井大三郎、吉見義明

目次

目次

目次

コラム

凡例

1　引用文の出典や本文の典拠などを示す際には、原則として、［寺尾、二〇一七］のように著者名と刊行年を略記し、その文献名等は巻末の「文献一覧」に表示した。ただし、井上彦三郎・鈴木経勲『南島巡航記』など、頻出する文献については、（『南島巡航記』）のように（　）内に文献名を表示した。外国語の文献についても、同じ方式によった。

2　『中島敦全集』（ちくま文庫版、全三巻、一九九三年）からの引用等については、以下のように表記した。【例】『中島敦全集1』一〇〇頁→［①一〇〇］。

3　戦前の日本語文献からの引用では、旧字体を新字体に、旧仮名遣いを新仮名遣いに、片仮名を平仮名に改めた。また、読みやすくするために、適宜、濁点や句読点を補い、ルビを付した。

4　外国語文献からの引用は、引用者による訳文である。

5　引用文中の（　）は原文のものであるが、〔　〕は引用者が説明、修正、補足などのために挿入したものである。

6　地名の表記は、原則的に、日本統治時代の表記を用い、適宜その後にカッコを入れて、現在の表記を示した。【例】京城（ソウル）、ポナペ（ポーンペイ）。ただし、北京については、一貫して北京とした。人名表記も基本的には地名表記と同じ方式によった。

7　「土人」、「土民」、「酋長」などの言葉は、今日、使うべきではないが、引用文においては、当時の歴史的状況を尊重して、そのままにした。

中島敦略年譜

一九〇九(明治四二)年　五月五日、東京に生まれる。父田人《たびと》は中学校の漢文教師、母チヨ。

一九一六(大正五)年　四月、父の勤務地である奈良県の郡山男子尋常小学校に入学。

一九一八(大正七)年　七月、父の転勤に伴い、静岡県浜松西尋常小学校に転校。

一九二〇(大正九)年　九月、父の転勤に伴い、京城府龍山公立尋常小学校に転校。

一九二二(大正一一)年　四月、龍山小学校を卒業して朝鮮総督府京城中学校に入学。

一九二六(大正一五)年　四月、四年修了で京城中学校を卒業、第一高等学校文科甲類に入学。

一九二七(昭和二)年　八月、父の勤務地である中国の大連に帰省中、肋膜炎にかかり、満鉄病院に入院。一年間休学して、別府の満鉄療養所などで療養。

一九二九(昭和四)年　六月、「巡査の居る風景――一九二三年の一つのスケッチ」を『校友会雑誌』に発表。

一九三〇(昭和五)年　一月、「D市七月叙景㈠」を『校友会雑誌』に発表。

一九三〇(昭和五)年　四月、第一高等学校を卒業して東京帝国大学文学部国文科に入学。

一九三三(昭和八)年　三月、東京帝国大学を卒業。四月、横浜高等女学校に就職。一二月、かねて婚約していた橋本タカと正式に結婚したが、それ以前の四月に、長男桓《たけし》が妻の実家で出生。この後も、事情により妻子とは別居生活。この頃「北方行」を書き始めた。

一九三四(昭和九)年　二月頃、「虎狩」を脱稿。

一九三五(昭和一〇)年 六月、横浜本郷町の借家で、初めて妻子とともに生活し始めた。

一九四〇(昭和一五)年 一月、次男格《のぼる》出生。

一九四一(昭和一六)年 三月、横浜高等女学校を休職、後辞職。六月頃、深田久弥《きゅうや》に「ツシタラの死」(「光と風と夢」の原題)の原稿を託す。六月二八日、パラオの南洋庁に赴任するため、横浜港から出発。七月七日、南洋庁に登庁し、「任南洋庁編修書記」の辞令を受領。アメーバ赤痢、デング熱で病臥。九月一五日、南洋群島(カロリン諸島、マーシャル諸島)の視察旅行に出発。一一月五日、南洋庁に帰庁。一一月一七日、マリアナ諸島の視察旅行に出発。一二月八日、日米開戦をサイパン島で知った。一二月一四日、帰庁。この頃、喘息の悪化もあって、東京出張を考え始めた。

一九四二(昭和一七)年 一月一七日、土方久功《ひじかたひさかつ》とともに、パラオ諸島バベルダオブ島視察旅行に出発。一月三一日、帰庁。三月四日、東京出張の許可が出て、土方とともにパラオを出発、一七日東京に帰着。七月一五日、第一作品集『光と風と夢』(筑摩書房)出版。九月七日、南洋庁を依願免官。一一月一五日、第二作品集『南島譚』(今日の問題社)出版。喘息と心臓衰弱により、一二月四日午前六時永眠。死後、「山月記」、「名人伝」、「弟子」、「李陵」などの作品が諸雑誌に掲載された。

プロローグ――中島敦・スティーヴンソン・植民地体験

今からはもう五〇年も前のことだが、私は南太平洋、ポリネシアの島国、サモアを訪れたことがある。

一九六七年三月、大学院生だった私は半導体専業メーカーを経営していた父の商用に同行して、初めてアメリカに行った。その時はまだ成田空港などなかったから、サンフランシスコ行きのパンナム機は羽田空港から飛び立った。その羽田空港も今とは違って素朴な小さな空港で、吹きさらしの屋上送迎用デッキで手を振る見送りの人たちの姿がタラップの上からよく見えた。

アメリカで一週間ほど各地を回った後、父と別れた私はハワイのホノルルに行き、そこからアメリカ領サモア、ツツイラ島のパゴパゴに飛んだ。中型のプロペラ機でかなり低空を飛んだから、南太平洋に浮かぶ珊瑚礁の島々がよく見えた。パゴパゴから西サモア国(現、サモア独立国)の首都、ウポル島のアピアまでは一飛びであった。このアピアが私の目的地だったのである。

私がなぜサモアに行きたいと思ったかというと、高校時代に中島敦《なかじまあつし》の小説「光と風と夢」を読んで、強く心惹かれたからである。『宝島』や『ジキル博士とハイド氏』などの成功で流行作家となったスティーヴンソン(一八五〇―九四)は、持病の喘息に苦しんでいたこともあって、暖かい南太平洋のサモアに居を移し、農園を営みながら、執筆活動をつづけた。中島の「光と風と夢」は一八九〇年から九四年まで、晩年の四年あまりをサモアで過ごしたスティーヴンソンの生活を描いた作品である。そこには、豊かな自然を相手に働くことの喜びを享受する一方で、サモアの事実上の支配者であるドイツ人に厳しい目を向け、サモアの無冠の王、マタアファに共感を寄せるスティーヴンソンの姿が描かれている。それを読みながら、いつかサモアに行ってみたいと思っていた。

スティーヴンソンの邸宅と農園はアピアから五キロほど南のヴァエア山(標高、約五〇〇メートル)の東麓、ヴァイリマ(「五つの川の地」の意)と呼ばれる地にあった。ヴァエア山の山頂にはスティーヴンソンの墓があるので、アピアに着いて、早速ヴァエア山に登ってみた。密林の中の細い山道を登りながら、時にはそばを流れる清流で水浴びをしたりした。その途中、アメリカ人の中年女性たちが何人もあえぎながら登って行くのに追いついて、一言二言、言葉を交わした。その時には、スティーヴンソンなどという古いイギリス人作家の墓に苦労してお参りしようとは奇特なアメリカ人もいるものだ、とちょっとビックリした。もっとも、向こうの方でも、なんで日本人の青年がスティーヴンソンの墓参りなんかをするのかといぶかしく思ったのであろう、いろいろと尋ねてきた。

山から下りて、道路を歩いていると、通りがかった自動車から声を掛けられた。当時、サモアには日本人はほとんどいなかったから、よほど物珍しかったのか、そのまま自動車で家まで連れていって、タロ芋などのサモア料理をお腹が苦しくなるほど食べさせてくれた。

ところで、「光と風と夢」の素材は、主として、スティーヴンソンの『ヴァイリマからの手紙』(*Vailima Letters*) [Stevenson. 1907] という作品である。『ヴァイリマからの手紙』はスティーヴンソンが

図1　ヴァエア山上のスティーヴンソンの墓
（Farrell, *Robert Louis Stevenson in Samoa*）

サモアから在ロンドンの年長の友人、コルヴィン（ケンブリッジ大学教授）に宛てて書いた手紙を日付どおりに配列したものなのだが、手紙といっても、サモアでの出来事などを一日ごとにこまごまと書きつづった、日記といった方がよいようなものである。これを読めば、サモアでのスティーヴンソンの生活が手に取るようによく分かる。スティーヴンソン自身もそれを意識していたのであろう、ある手紙の中で次のように書いている。

> 先日突然、私はこう思った。この私のあなたに宛てて書かれた日記は、私の死後、よい儲《もう》け物になるだろう、これを使えば、誰でも、ある種の本をわけなく書くことができるだろう、と。それで、お願いだから、これらの手紙を無くさないようにしてください〔後略〕。（一八九二年六月二一日付。*Vailima Letters*, p. 200）

中島敦がこの一文を読んで「光と風と夢」を構想したというわけではないだろうが、「光と風と夢」はまさにスティーヴンソンが予想したとおりの作品ということができる。もっとも、スティーヴンソン自身はまさか日本人がそうしたことをするとは考えもしなかったであろうが。

その後、私は、いくつかの小さな偶然のめぐり合わせで、主としてインド史を研究対象とすることになったのだが、中島敦とサモアへの関心はずっともちつづけていた。

数年前、大学における授業の場がまったくなくなった時、思い立って中島の全集を読み直してみた。「光と風と夢」は記憶通りの作品だったが、「南洋の日記」には新たな関心をそそられた。「南洋の日記」は、中島が南洋庁の現地民子弟用教科書編修書記として、南太平洋ミクロネシアの日本の国際連盟委任統治領(当時、日本では、「南洋群島」、あるいは「内南洋」または「裏南洋」と呼んでいた)に在任していた時の日記である(国際連盟委任統治制度と南洋庁については、本書Ⅱ—一参照)。

一九四一(昭和一六)年九月一五日、中島敦は南洋庁のあったパラオ諸島コロール島を出発、トラック(チューク)諸島、ポナペ(ポーンペイ)島などを経て、南洋群島の東南の果てに位置するマーシャル諸島のヤルート(ジャルート)島まで行った。「南洋の日記」のヤルート島についての記載を読みながら、ヤルート島がサモアの「叛乱者」マタアファの流された島であることに思いをはせた。スティーヴンソンはサモアにおけるドイツ人など「白人」の横暴な行動に強い憤りを感じ、それに対抗する「叛乱者」マタアファを支持していた。それで、スティーヴンソンは、マタアファと、ドイツ人など「白人」に擁立されたサモア王、ラウペパとを和解させようと、いろいろ画策したりした。しかし、結局、マタアファは抗争に敗れ、一八九三年七月、ドイツの軍艦でサモアから連れ去られ、当時ドイツが統治していたヤルート島に流されたのである。中島敦の「光と風と夢」からは、マタアファに対するスティーヴンソンの共感が生き生きと伝わってくるが、それは同時に、中島自身のマタアファへの感情移入の表現でもあるように思われた。だから、マタアファ流刑の約五〇年後に、中島敦がヤルート島を訪れているのには、偶然とはいえ、何か因縁じみたものが感じられた。

こうして、私の関心はポリネシアのサモアからミクロネシアのヤルート島、そこからさらに西にポナペ島、トラック諸島、パラオ諸島などへと広がっていった。その関心の中心には、日本による南洋群島統治とそこにおける中島敦の存在という問題があった。南洋群島は実質的には日本の植民地で、中島は一植民地官僚としてそこに一年弱在任していたのである。その間に、中島は何を感じ、何を考えたのか。

しかし、中島敦には南洋体験以前に、朝鮮での植民地体験があった。一九二〇(大正九)年、中島の父田人《たびと》は京城(ソウル)の龍山中学校に漢文教師として赴任した。父の転勤に伴い、中島も朝鮮に渡り、龍山小学校に転校、その後、京城中学校に進学した。中島は京城中学校を四年修了で卒業すると、第一高等学校に入学するために、東京に出た。この少年時代の約五年半の朝鮮植民地体験は中島の記憶の底に深く刻み込まれていたようである。


先の戦争、いわゆるアジア・太平洋戦争が日本の敗戦で実質的に終わった一九四五年八月一五日、ちょうど三歳半であった私には戦争の直接的な記憶はないし、植民地で生活するということがどういうものなのか、具体的にはなかなか想像が及ばない。今、この国においては、侵略や植民地支配の問題を知らぬ顔して素通りしたまま、戦前的なものに回帰しようとする「復古主義」的な動きが極端に強まってきている。その過程で、自衛隊の海外派兵がとめどなく「自由化」されるなど、再び、きな臭いにおいが周辺に立ち込めてきた。このような状況の中で、二〇世紀の前半に多くの日本人が植民地支配とかかわったということの意味を問い直すために、日本人の植民地体験を追体験してみたい、という思いが強く湧いてきた。それも、満洲移民のような極限的な植民地体験ではなく、多くの日本人が体験したような、「日常的な」植民地体験を追体験してみたいと思ったのである。中島敦の二つの植民地体験を本書の主題としたのはそのためである。

第Ⅰ章

中島敦の朝鮮（一九二二―三三年）

一　京城中学校・第一高等学校時代

「水原豚」の話

中島敦は一九〇九(明治四二)年五月五日、東京で生まれたが、中学校の漢文教師であった父の転勤に伴って、最初に奈良の郡山小学校に入学、それから浜松西小学校に転校した。

一九二〇(大正九)年、彼が小学校五年の時、父田人は朝鮮、京城の龍山中学校に漢文教師として赴任した。一九一〇年、韓国を併合した日本は、京城に朝鮮総督府を置いて植民地統治を開始、その一環として日本人子弟の教育を主目的とする中学校を順次設立していった。一九一八年に、京城の龍山に設立された龍山中学校はその四番目の中学校である。父の龍山中学校転勤に伴い、中島敦も朝鮮に渡って、龍山小学校に転校した。三・一独立運動(一九一九年)の翌年であるから、京城にはまだその余燼が残っていたのではないかと思われるが、中島が書き残したものからはそれを窺うことはできない。中島は、その後、一九二二年三月、龍山小学校を卒業、京城中学校に進学した。京城中学校は一九〇九年に京城居留民団によって設立された中学校で、一九一〇年には朝鮮総督府の管轄に移され、名門校として知られていた。こうして、中島は京城中学校四年修了で東京の第一高等学校に入学するまで、約五年半を朝鮮で過ごすことになったのである。

京城中学校時代の中島敦については、同級生などがいろいろと思い出を書いている。中でも興味深いのは湯浅克衛《かつえ》の「敦と私」〔湯浅、一九七八〕という一文である。湯浅は中島の同級生で、後に、朝鮮総督府巡査の父をもつ日本人少年と、ちょっと年上の朝鮮人少女との淡い交情を描いた「カンナニ」などの作品を書いた作家である。「敦と私」には次のようなエピソードが書かれている(二二〇―二二一頁)。

京城中学校三年生の時ということだが、数学の嫌いな湯浅克衛は、数学の授業の時間に、雑誌『改造』を数学の本の陰で読んでいた。それを見つけた先生が「つかつかとやって来て」「部厚い『改造』を、とりあげた」。雑誌『改造』は「特に朝鮮問題を尖鋭に扱っていたので、……眼の敵にされていた」のである。先生はそれを持って、教員室に降りて行き、湯浅を呼びつけた。その場で、二週間の停学を言い渡され、湯浅は「青くなって」しまった。すると、そこに中島敦が飛び込んできて、先生に向かって叫んだ。「水原豚《スイゲン・ピッグ》*を処罰してはいけません。『改造』を読んでいたからと云って処罰したら、天下の京中〔京城中学校〕の名誉にかかわります」。

＊水原豚《スイゲン・ピッグ》というのは中島が湯浅につけた綽名。水原は京城の南三十数キロのところに位置する町で、湯浅一家はそこに住んでいた。

中島の出現に「先生も虚を突かれた形で、しばらくは声がなかった」。「帰ってよい」といわれた湯浅が教室で待っていると、先生と話をしていた中島が戻ってきて、「図書室監禁と云うことでけりがついた」といった。中島の談判のおかげで、二週間の停学が二週間の「図書室監禁」に「減刑」されたというのである。それで、湯浅は翌日から、「図書室に二週間、出勤した」。その間、中島は毎日、昼になると「チャンパン」(中国の煎餅《チェンビン》)を中学校の売店で買って、もってきてくれたという。

図 2　京城府要図(1934 年)
(京城府土木課作成の 15,000 分の 1 の地図をもとに作図)

戦前の日本において、『改造』は最も急進的な総合誌の一つで、これよりもう少し後になれば、「『改造』をもっていたら、関釜連絡船にものせてくれず、留置場入りと云う厳しさもあった」と湯浅は書いている（「敦と私」、二三〇頁）。それでも、湯浅のように、『改造』を読む中学生がいたのである。中学校時代の中島が『改造』を読んでいたかどうかは分からない。しかし、このエピソードが示しているように、『改造』のような「左翼雑誌」を読んでいたからといって処罰するのは京城中学校の「名誉」を傷つけることになる、と中島は考えていたのである。

三・一五事件

一九二六（大正一五）年三月、中島敦は京城中学校を四年修了で卒業し、四月には東京の第一高等学校に入学した。しかし、翌一九二七（昭和二）年八月、父の任地であった大連（当時、中島の父は関東庁立大連第二中学校に勤務していた）に帰省していた時に肋膜炎にかかり、満鉄（南満洲鉄道株式会社）病院に入院した。その後も、別府の満鉄療養所に移って療養を続けたため、第一高等学校を一年間休学することになった。この満鉄療養所における体験を書いた「断片」が遺稿として残されている。その中で目を引くのは、いわゆる三・一五事件にかかわる部分である。一九二八（昭和三）年三月一五日、共産党に対する全国一斉の手入れが行われ、一五〇〇人以上の党員が検挙された。この共産党弾圧事件は、別府の満鉄療養所でも、若い人たちのあいだで話題になった。その時の様子が「断片」の中では、次のように書かれている。

その共産党事件の話の時、丁度そこに来合せた所長のM氏が、井口をつかまえて――髪を長くのばし、もしゃもしゃにしている彼を、てっきり、マルキストと睨んだに違いなかった――、あたかも彼が、此の事件の代表者でもあるかの如き口吻で尋ねた。

――一体、あんた方は、本気であんな運動をやっとんなさるのかな。あほらしい話じゃ。みんな働かんで、食えるなら、誰も働くものはあらせん。〔中略〕――と関西弁と九州弁との交った言葉で、まるで井口に小言でも云って居る様だったが、急に口調を和らげて、〔中略〕

――いや、そりゃ、俺《ワシ》だって、そういう若い人の気持も分らんことはない。まあ、いって見れば、若い頃に誰でも女郎買《じょろうがい》する様なもんじゃな――

といいかけたが、井口が笑わないで居るのを見て、一寸、又不機嫌になって、

――いや、女郎買より、もっと、悪いわ、もっともっと悪い――と、低い声で、まじめな顔をして、独り言の様にくりかえした。〔③三九〇―三九一。『中島敦全集』(ちくま文庫版)からの引用については、「凡例」2を参照のこと〕

この文中の「井口」はほとんど中島と重なるのであろうが、この時、中島が三・一五事件や共産党について、どう考えていたのか、文面からはなかなか分からない。ただ、このような政治の動きに中島が無関心でなかったことは確かである。

三・一五事件のあった一九二八年の六月四日には、中華民国北京政府の実力者だった張作霖が、蔣介石の北伐軍に追われて北京から奉天に撤退する途中、乗っていた汽車ごと爆殺されるという事件が起こった。日本の関東軍による謀略であった。中島は生前未発表の「北方行」と題された未定稿(執筆は一九三三―三六年と推定される)の中で張作霖爆殺後の中国政治の状況について詳しく書いている。

〔一九二八年〕七月の末になって突如一片の飛報が全国を驚かした。長江一帯に共産軍が突然蜂起して長沙を占領したというのである。〔中略〕北伐完成の前年、孫文の聯俄容共政策《れんがようきょう》〔俄はソ連をさす〕の廃棄を決心した蔣介石のため武漢政府を追出された共産党は、その年の暮の広東コンミュンの失敗を最後として、その後久しく人々の噂に上らなかった。それが今度突然起って長江一帯をかきまわし始めたのである。併しこれは決して突発的な暴動ではなかった。地下潜伏の二年の間に、第三インタァナショナル〔コミンテルン〕の手は着々として南支那に地盤と党員とを加えて行ったのである。此の時赤衛軍はすでに十四軍、六万を算していた。それが三軍に分れ朱徳、賀竜等に率いられて、長沙と南昌と武漢とに進撃したのであった。〔③二五六〕

この文章の後にも、中国におけるその後の政争の過程が詳しく辿られている。中島は張作霖爆殺後の中国政治の動向を注視していたのである。

「D市七月叙景」

中島敦は、第一高等学校『校友会雑誌』（三二五号）に、「D市七月叙景㈠」という短編を発表している。これは京城中学校四年生の時、修学旅行で満洲――「D市」とは大連のこと――に行った際の見聞にもとづくものであろう。この満洲修学旅行について、湯浅克衛は次のように書いている（「敦と私」、二三三頁）。

奉天では、銃剣を逆さに持った張作霖軍が、物々しい顔で睨みつけていた。馬車を数十台連ねて、生い茂ったアカシアの葉先に頬をたたかれながら、北陵〔清朝第二代、太宗ホンタイジの墓廟〕

に向った。ワイロをとらなければ門をあけない。帰途は、城内に迷いこんで、私たちの馬車だけ、遅れた。酒手をはずまなかったからだ。棒、鍬をもった群衆にとりかこまれたとき、敦が何か早口で喋った。群衆はさっと引き、馬車は何事もなかったように、城門を駆け抜けた。

敦は、シナ語（中国語）を知っていたのだろうか。どうも、うまかったとは思えないのだが。と云うのは、大連や旅順では専ら、筆談に頼っていたからだ。

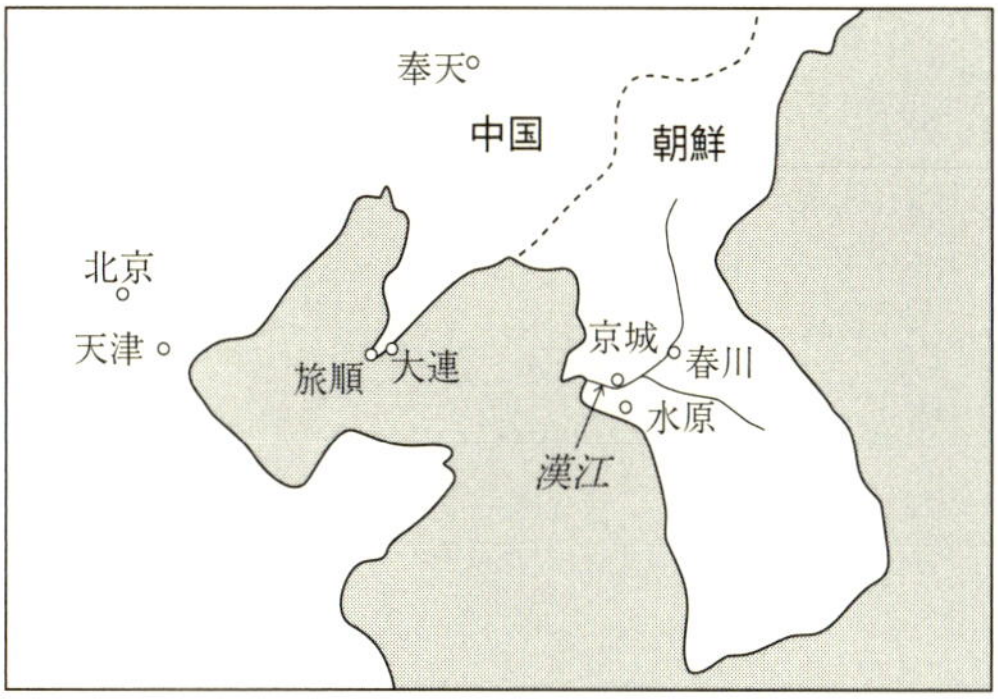

図3　朝鮮・中国北部要図（1920年代）

「D市七月叙景㈠」には、働き口を求めて、大連の街中をさ迷い歩く二人の中国人「苦力《クーリー》」（人夫）の姿が描かれている。筆談に頼らざるを得なかった中島が、中国人「苦力」と直接に言葉を交わしたということはなかったとしても、彼らの苦境にあえぐ姿は到る所に見られたのであろう。中島は、「D市七月叙景㈠」で、彼らの窮状の背景にある大連の経済状況をリアルに描いている。ただし、これは、京城中学校時代の見聞にもとづくのではなく、第一高等学校時代に得た知識によるものであろう。

此の地方の主要工業製品である豆粕や豆油が、近来、外国のそれに、圧倒されてきたこと。殊にドイツの船などは、直接此の港から大豆のままを積んで本国の工場に持ち帰って了《しま》うこと。それに第一、肥料としての豆粕が、近頃は已《すで》に硫酸アンモン〔硫安〕にとって代られて居ること。こんなことを彼等苦力が知ろう筈はない。七月に入ってから、このD市内の、バタバタ閉鎖して行った油房〔大豆の製油工場〕の最後まで残って居たS油房が昨日の朝閉じることになった時、彼等は全く途方に暮れて了った。彼等は早速沙河口の鉄道工場や、硝子工場に行って見た。だが、空いて居る筈はなかった。彼等は、それで波止場に来た。だが、今は一年中で一番ひまな時であった。六月から十月迄、――之が此の港でいう所の閑散期であった。〔①三六七〕

中島は日本や朝鮮や中国の政治の動きや社会的、経済的状況に広く目を配っていたのである。

二　京城――「一九二三年の一つのスケッチ」

関東大震災と朝鮮人殺害

一九二三(大正一二)年九月一日、関東大震災が発生し、東京周辺は火の海と化した。その混乱の中で多くの朝鮮人や社会主義者・無政府主義者たちが警察官や「自警団」によって殺害された。その時、中島敦は京城中学校の二年生だったのだが、東京から遠く離れた京城で、彼が何かそれにかかわる見聞をしたのか、具体的なことは分からない。しかし、関東大震災時の朝鮮人殺害が中島の記憶の中に深く刻み込まれていたことは確かである。

中島は、第一高等学校『校友会雑誌』(三二二号)に、「巡査の居る風景――一九二三年の一つのスケッチ」という短編を発表している。そこに、朝鮮人「淫売婦の金東蓮」と客との間の次のような会話が出てくる。場所は京城である。

――私？　何でもないのさ、亭主が死んで身寄りがなくって、外に仕事がなければ仕方がないじゃないか。〔中略〕

――で、何時、死んだんだい？

――此の秋さ。まるで突然だった。

――何だ。病気か？

――病気でも何でもない地震さ。震災で、ポックリやられたんだよ。〔中略〕

男は急にギクリとして眼をあげると彼女の顔を見た。と、暫くの沈黙の後、彼は突然鋭く云った。

――オイ、じゃあ、何も知らないんだな。

――エ？　何を。

――お前の亭主は屹度《きっと》、………可哀そうに。〔①二三六―二三八〕

この客の話を聞いて、「金東蓮」は、夫が関東大震災時の朝鮮人殺害事件に巻き込まれて、殺されたのだろうということを覚った。「彼女の眼の前には、おどおどと逃げまどって居る夫の血に塗れて火に照し出された顔がちらついた」。客の男は帰り際に、このことについて「あんまりしゃべっちゃいけないぜ。こわいんだよ」と言った。しかし、「金東蓮」は夜明けの舗道を駆け回り、通りすがりの人たちに、「大声をあげて昨晩きいた話」を聞かせるのであった。「彼女の髪は乱れ、眼は血走り、それに此の寒さに寝衣一枚だった。通行人はその姿に呆れかえって彼女のまわりに集って来た」。「到頭《とうとう》、巡査が来て彼女をつかまえた」。「オイ、静かにせんか、静かに。彼女はその巡査に武者振りつくと、急に悲しさがこみ上げて来て、涙をポロポロ落しながら叫んだ。――何だ、お前だって、同じ朝鮮人のくせに、お前だって、お前だって、……」〔①二二八―二二九〕。

この話に何かネタがあるのかどうかは分からない。関東大震災時における朝鮮人殺害の話は京城にも流れていて、これに類したことが実際にあったのかもしれない。しかし、少なくとも、中島敦自身がこのような光景を目撃したということはなかったと思われる。中島は、おそらく、上京して第一高等学校に入学した後になって、朝鮮人殺害のことを知り、それを自らの朝鮮体験と重ね合わせて、このような京城の情景を思い描いたのであろう。中学生だった中島の目にも、植民地支配下に置かれた朝鮮社会の屈曲した現実、例えば、朝鮮人の巡査が朝鮮人を抑圧するといった状況は映っていたのである。

「北方行」

一九三〇(昭和五)年四月、中島敦は東京帝国大学文学部国文科に入学した。その頃の中島について、中村光夫は「無数に出ていた同人雑誌のどれにもあまり関係せず、また小説なども書かなかったらしい。その頃僕等の使った言葉で云えば、氏は「文学をやめて」いた」〔中村、一九七八、二四六頁〕と書いている。大学時代、中島はダンスホールや麻雀屋にしばしば出入りし、将棋にも凝っていたようである。中島がその後結婚することになる橋本タカという女性と出会ったのも、麻雀屋であった。しかし、だからといって、大学時代に文学活動を何もしていなかったということにはならないであろう。中島生前には発表されることのなかった、未完の長編「北方行」の執筆準備は大学時代に行われていたと考えられるからである。

一九三三（昭和八）年三月、中島敦は東京帝国大学文学部国文科を卒業、横浜高等女学校の教諭となった。「北方行」はその頃から書き始められたとされているが、そこにも、関東大震災時における朝鮮人殺害の話が出てくる。

「北方行」は「黒木三造」が「渤海湾」を渡って、中国に向かうところから始まる。北京には、三造の従姉、「白柳子」が住んでいた。柳子は白という名の裕福な中国人と結婚したのだが、夫に先立たれ、二人の娘と一人の息子と一緒に、北京で暮らしていた。それで、三造は彼女の家に身を寄せることにしたのである。白夫人の家で、三造は「折毛伝吉」という男と知り合った。伝吉は長く中国で暮らして、すっかり中国人化してしまったような男で、その頃は白夫人に寄生するような生活をしていた。

三造歓迎のパーティーが彼女の家で開かれた時、三造は伝吉から「権泰生」という朝鮮人を紹介された。「彼の家は京城と春川との丁度真中位の所にある、漢江の支流に沿った一寒村の貧農だった。父はやがて畠を捨て一家をつれて京城に出た。父の商売は何度も代り、彼は普通学校（日本統治下に設立された、朝鮮人子弟のための小学校）へ行けたり行けなかったりした。彼が不思議にも高等普通（高等普通学校。普通学校の上に置かれた朝鮮人子弟のための中学校）まで行けたのは、彼の成績に信頼して、すべての学資を出してくれた普通学校の校長のお蔭だった。高等普通をおえると彼は東京へ出奔し、飴屋などをしている中に、そこでも彼は新しい同情者《パトロン》を見附けて、ある私立大学の予科に籍をおくことになった」[③二四二]。

「その中《うち》に京城を喰詰めた一家が、四つになるびっこの妹までつれて彼をたよって東京へ出て来たというよりは、流れ流れて東京までやっと辿りついたのである。そして、その翌年があの大震災だった。十九歳の権泰生は、彼の耳で、母親の最後の恐怖の叫びを聞き、彼の目で恐怖と哀願をうかべながら血にまみれた父親の断末魔の顔を見た。それから逃げおくれて、蟻でもつぶすように踏みにじられた四歳になる跛《びっこ》の妹の姿をも」[③二四二―二四三]。

伝吉は、以前、北京の日本公使館員から権泰生を監視するよう依頼され、金も貰った。ただ、伝吉はその夜、酒に酔って乗った人力車にその金を置き忘れてしまった。それで、伝吉は白家のパーティーの場で、権泰生に面と向かって、「金も失くしたから、従って君を監視する義務もなくなったようなものさ」といって笑った。伝吉は、さらに、君の主義からすると、こういうプチブルのパーティーに出るのは問題なのではないか、と権泰生をからかった。権泰生は、ちょっと警戒するように三造の方を見ながら、僕のは「コンミュニズム」(共産主義)ではない、と言い返した。「社会の改造なんて僕は考えたことなんかないよ。僕の持っているのは、極く人間的な自然な憎悪と怨恨だけだよ。この復讐したいという憎悪の気持が、自然でないだろうか、人間的でないだろうか?」「そういう彼の言辞の厳しさを聞き、態度の烈しさを見るとき流石の折毛伝吉も返す言葉を知らない」[③二四三]。

「北方行」で描かれている権泰生の姿はいささか観念的な感じがするが、少なくとも、中島敦が関東大震災時における朝鮮人殺害を記憶の底に深くもちつづけていたことは確かである。それは、彼が後から知り得た知識であったとしても、すでに彼の朝鮮体験そのものと一体化していたのであろう。

三 「虎狩」――「両班」と反日朝鮮民族運動

「虎狩」行

中島敦が京城中学校時代を題材として書いた作品の一つに、「虎狩」という短編がある。一九三四(昭和九)年二月頃に脱稿し、雑誌『中央公論』の懸賞募集に応募して、選外佳作となったものである。「虎狩」は「私」の京城中学校の同級生、「趙大煥」という「半島人」(朝鮮人)にかかわる話である。京城中学校にも「半島人」生徒はいたのだが、湯浅克衛によれば、「日韓併合に功労があった、貴族の子弟だけが、京城中学に入学資格があった」(「敦と私」、二三二頁)。だから、中島と同学年の「半島人」生徒は七、八人にすぎなかった〔洪、一九八九、一九一頁〕。

「虎狩」の話は、ある日、学校からの帰り道、趙大煥が「虎狩に行きたくないか」と「私」に尋ねたことから始まる。趙大煥の父親はいわゆる「両班《ヤンバン》」(朝鮮王朝時代の支配階層)で、それまでもほとんど毎年、虎狩に行っていたのだが、今回初めて息子を虎狩に連れて行くことにした。それで、趙大煥は「私」を誘おうと思いついたのである。

虎狩に行く土曜日、「私」は急いで家に帰り、防寒の用意を十分にととのえてから、約束の南大門駅(一九〇〇年京仁鉄道の駅として開設、一九二三年京義線の駅として京城駅に改称)に行った。もう趙は来ていて、二人でしばらく話をしているうちに、趙の父親ともう一人の朝鮮人が猟服にゲートルを巻き、大きな猟銃を肩に掛けて現れた[①一一三]。

冬の日は汽車の中ですっかり暮れてしまった。目的の小さな駅で降り、一本道を二、三町行った所に、一軒の低い朝鮮家屋があった。中には二人の本職の猟師と、五、六人の勢子《せこ》が待っていた。表には犬も四匹ほどいた[①一一四―一一五]。

雪明かりの狭い田舎道を半里ばかり行くと、道はようやく山にさしかかって来た。ひどい寒さで、鼻の中が凍って、突っ張ってきた。山道を三時間ほど歩くと、林の中のちょっとした空地に出た。一人の勢子が指す所を見ると、雪の上にはっきりと、直径七、八寸もありそうな、「猫のそれにそっくりな足跡」があった。趙も「私」も極度の昂奮と恐怖のために口も利けなくなってしまった。しばらくその足跡について行くと、もう一つの空地に出た。猟師たちはそこの一本の松の木によじのぼると、棒や板や蓆《むしろ》などを枝と枝との間に打ち付けて、たちまち即製の桟敷をこしらえ上げた。その中に藁を敷き詰めて、そこで「私」たちは虎を待つことにした。虎は往きに通った道を必ず帰りにも通るというから、その桟敷の上で待っていて、虎の帰りを迎え撃とうというのである[①一一五―一一六]。

寒さに震えながら、趙は「私」に、この近所で虎に襲われた朝鮮人の話をした。虎の前肢の一撃でその男の頭から顎にかけて顔の半分が抉ったように削ぎとられてしまったそうである。趙はまるで自分が見て来たことのように昂奮してその話をした。その調子はそんな惨劇が目の前で行われるのを切望しているかのようであった[①一一七]。

と、「私」は鋭い恐怖の叫びに耳を貫かれた。すぐ眼の下に、一匹の黒黄色の獣が雪の上に腰を低くして立っているのが見えた。そしてその前には、一人の勢子が、そばに銃をほうり出し、両手を後につき、足を前方に出したまま、放心したように虎の方を見ていた。虎は右の前肢をあげて、彼の方に進みだそうとしていた。その時、パンと烈しい銃声が起こり、さらにパン・パン・パンと矢継早に三つの銃声がそれに続いた。前に進みかけた虎は、そのまま大きく口をあけて吼えながら後肢でちょっと立ち上がったが、すぐに、どうと倒れてしまった［①一一九］。

一方、倒れていた勢子の方はどうかというと、これはただ恐怖のあまり気を失っただけで、少しの怪我もなかった。「私」を驚かせたのはその時の趙大煥の態度だった。彼は、その気を失って倒れている男の所へ来ると、足で荒々しくその身体を蹴返して見ながら、「チョッ！　怪我もしていない」といった。それが決して冗談にいっているのではなく、いかにもこの男の無事なのを口惜しがっているように、つまり自分が期待していたような惨劇の犠牲者にならなかったことを憤っているように響くのだ。そして、そばで見ている彼の父親も息子がその勢子を足でなぶるのを止めようともしなかった。そこに、「私は、彼等の中を流れている此の地の豪族の血を見たように思った」［①一二一］。

「趙大煥」

「虎狩」はこんな話なのだが、「私」が趙大煥と知り合ったのは「龍山の小学校」に転校してきた時で、彼は自ら趙大煥という名前であることを「私」に告げた。それで、「私」は彼が「半島人」であることを一向に気にしていないらしいと思った。しかし、後になって分かったことだが、「趙は実は此の点を――自分が半島人であるということよりも、自分の友人達がそのことを何時も意識して、恩恵的に自分と遊んでくれているのだ、ということを非常に気にしていたのだ」。それで、かえって何も気にしていないふりをして、「ことさらに自分の名を名乗ったりなどしたのだ」[①九五]。

しかし、同時に、趙大煥は「両班」の息子で、普通の朝鮮人の子どもには入学することが難しい京城中学校の生徒ということであるから、朝鮮社会では特権的な立場にあった。それは、虎に出くわして、恐怖のために気絶してしまった勢子に対する彼の態度に表れている。彼は、その勢子が頭から顎まで顔の半分を虎の前肢で抉り取られていることを期待していたのだが、勢子が無事なのを知ると、怪我もしていないと口惜しそうにいったのである。

その後、趙大煥は何もいわずに突然学校から姿を消してしまった。「やがて、彼に関する色々な噂が伝わって来た。彼がある種の運動の一味に加わって活躍しているという噂を一しきり私は聞いた。次には、彼が上海に行って身を持崩しているというような話も――これはやや後になってではあるが――聞いた」[①一〇八]。

このように、中島は、学校を退学した趙大煥が反日朝鮮民族運動に加わったこと、そして、当時、反日朝鮮民族運動の拠点であった上海に行ったが、そこで身を持ち崩したらしいということを示唆しているのである。そこには、中島の朝鮮民族運動にかんする一つの認識が反映されているように思われる。一九一九年の三・一独立運動の挫折後、多くの朝鮮人民族運動家たちが上海に集まり、同年四月には、李承晩を首班とする大韓民国臨時政府の樹立を宣言した。しかし、指導者間に運動方針などをめぐって争いが絶えず、数年のうちに弱体化していった。中島はこういう経緯を念頭に置いて、上海で身を持ち崩す若い特権的な朝鮮人民族運動家の姿を思い描いたのであろう。

四　中島敦の朝鮮

朝鮮体験の反芻

中島敦が朝鮮にいたのは龍山小学校五年の時から京城中学校を四年修了で卒業するまでの約五年半(一九二〇—二六年)である。期間もそう長くないし、年少時のことでもあるから、朝鮮体験というほどの体験はしていないともいえそうである。しかし、中島は第一高等学校入学後も、朝鮮や中国の政治の動向や社会的、経済的状況に目を配り、さまざまな知識を身につけていった。そして、そのような知識に照らして、自らの朝鮮体験を繰り返し反芻し、それを作品の中に表現していった。中島の作品に描かれた朝鮮像、具体的には朝鮮人像は中島の「生《なま》」のままの朝鮮体験にもとづくのではなく、その後に獲得された広い知識によって、意味づけられ、成形されたものだったのである。

夫が東京で関東大震災時に殺害されたらしいということを知って半狂乱になり、京城の街中を叫びまわる「淫売婦の金東蓮」。しかし、「彼女が刑務所に行って了ってからも、S門外の横町では、相変らず真黒な生活が腐った状態のまま続けられて行った」[①三三九]。金東蓮を捕まえた朝鮮人巡査、趙教英。その彼にしても、徽文高等普通学校生徒と「K中学」の日本人生徒の間の喧嘩の件で、日本人の課長と言い争って、クビになってしまう[①三四〇]。免職に際してもらった金を「S門外の淫売屋《カルボチビ》」で使ってしまった彼は、自分の妻子がこれからどうなってしまうのだろうと思いながらも、「彼の知って居る裏通りのある二階屋の一室のことを思い浮べた」。そこでは、「集った同志達」が「京城――上海――東京」などといいながら密議をこらしていた[①三四一]。前に書いたように、上海は反日朝鮮民族運動の拠点であった。

次々と「同情者《パトロン》」を見つけて、寄生的生活を続ける朝鮮人、権泰生。その彼も日本の公使館からは危険視され、監視されるような存在であった。虎と出くわして気を失った勢子を足蹴にした趙大煥。親日派の「両班」の息子である彼は、父に背いて、反日民族運動に身を投じ、上海に渡ったようだが、どうもそこで身を持ち崩したらしい。

中島はこういったさまざまな人物を造形することによって、植民地朝鮮社会の幾重にも折り重なった襞を描こうとしたのである。中島は、それを通して、朝鮮社会にこのような屈曲を生み出した日本の植民地支配を透視しようとしていたのであろう。

持ちつづけた朝鮮・中国への関心

しかしながら、未定稿「北方行」以後、中島は同時代の朝鮮や中国を舞台とする作品を書いていない。「北方行」が書かれ始めたのは一九三三(昭和八)年、東京帝国大学を卒業して、横浜高等女学校の教諭になった頃で、最初は長編小説とすることを目指していたのだが、一九三六(昭和一一)年には、それを「完全に断念」したらしいとされている[渡邊、二〇〇五、八頁]。とするならば、中島は遅くとも一九三六年頃からは、同時代の朝鮮や中国に取材した文章を書いていないということになる。その少なくとも一つの理由は日中戦争という時代状況にあったのだろう。一九三七(昭和一二)年七月七日夜から八日朝にかけて、北京の西南一五キロメートルほどに位置する盧溝橋で、日中両国軍の衝突が起こり(盧溝橋事件)、それがきっかけとなって日中全面戦争へと展開していった。それに伴って、日本国内における思想・言論に対する弾圧も過酷の度を一層強めていった。この時代に、日本軍国主義に荷担することなく、朝鮮や中国の現実を描くということは困難だったであろう[同、四九—五四頁]。

だが、このような状況にあっても、中島は同時代の朝鮮や中国に対する関心を失ったわけではなかった。後で書くように、一九四一(昭和一六)年一二月八日、あの日米開戦の日、中島は、南洋庁編修書記として、サイパン島にいた。日米開戦を知った、その日の午後、中島は島木健作の『満洲紀行』(一九四〇年)を読み、「面白し。蓋《けだ》し、彼は現代の良心なるか」という感想を「南洋の日記」に書き記している[②二九八]。

島木健作は札幌の生まれで、家が貧しかったため苦学して東北帝国大学法学部に入学した。しかし、社会運動に加わり大学を中退、一九二六(大正一五)年、日本農民組合の有給書記として、香川県に派遣された。彼は、一九二八(昭和三)年の三・一五事件(共産党弾圧事件)で検挙され、約四年間収監された。獄中で政治活動から離れることを表明したことから、その後は作家活動に入り、一九三七年、『生活の探求』がベストセラーになった。

島木は一九三九年四月から約四カ月間、満洲各地を旅行して、その見聞をもとに『満洲紀行』[島木、一九四〇]を公刊した。『満洲紀行』は、満洲移民による農業経営のあり方に対して根底的な批判の目を向けた、優れたものであるが、それには日本農民組合香川県連合会での経験が生かされていたのであろう。島木は次のように指摘している。(一)自作農創設政策のもと、開拓団の入植地共同経営が性急に解体され、個々の移民に広大な土地が分与されているが、農業技術の点からも到底自家労働力だけでは経営できず、現地民（中国人や朝鮮人）を農業労働者として雇用しなければならない状態にある。その労賃が移民経営の重荷になっている。（一二）その現地民農業労働者の中には、かつて土地所有者であった中国人や朝鮮人の農民で、日本人移民のために土地を強制的に「買収」され、農業労働者とならざるをえなかった人びとが多くいる。このような点を指摘したうえで、島木は、自作農による個別経営という方針を再検討して、「従来、個人経営へ移行する過渡的段階としてのみ存在した共同経営を、永続的なものとして強力に組織化せねばならない」（『満洲紀行』、八九頁）と結論づけている。

当時、国策として推進されていた満洲移民について、このように批判的な見解を表明するということは誰にとってもそう容易なことではなかったであろう。まして島木健作は「転向」作家とみなされていた人物である。島木が逮捕、拘引された三・一五事件に関連して、中島敦が別府の満鉄療養所における自らの体験を描いた「断片」については前に言及した。中島が、『満洲紀行』を読んで、「面白し。蓋《けだ》し、彼は現代の良心なるか」という感想をもったのは、そのへんの事情を知っていたからでもあろう。

中島は、日中全面戦争という国際政治状況の中で、同時代の朝鮮や中国に取材した作品を書くことはなかったが、朝鮮や中国に対する関心はもちつづけ、それを通して、日本の同時代を見つづけていたのである。

第Ⅱ章

南洋庁編修書記、中島敦（一九四一―四二年）

一　パラオの南洋庁へ

南洋庁着任

一九三三（昭和八）年四月、東京帝国大学文学部国文科を卒業した中島敦は、民間の漢学者であった祖父、中島撫山《ぶざん》の門人が理事長を務める横浜高等女学校の教諭となった。もともとは、父、田人に話が持ち込まれたのだが、敦の方に回されたのである。担当はもちろん国語だったが、英語や歴史の授業ももった。ただし、喘息があり、病気がちだった中島は、その約八年間の在職中、よく学校を休んだようである。

一九三三年一二月、中島は橋本タカと正式に結婚したが、その時にはすでに長男、桓《たけし》が生まれていた。この結婚にはもめごとがあり、実家で長男を生んだ妻は、そのまま実家に留まっていた。その後、妻子は東京杉並の知人宅に寄寓、中島が妻子を引き取り、横浜本郷町の借家で一緒に生活し始めたのは一九三五年六月になってからであった。この六年ほどの横浜時代が、中島の短い生涯の中で、家庭的にはもっとも幸せな時代であった。

一九四一（昭和一六）年三月、喘息の発作が激しくなり、学校勤務が難しくなったため、中島は横浜高等女学校を休職することになった。中島の休職中、父、田人が代わりに授業を行い、一年以内なら復職できるという条件であった。しかし、同年六月、文部省に勤務する友人の世話で、南洋庁に就職することになり、横浜高等女学校には退職届を出した。
南洋庁は南太平洋ミクロネシアにおける日本の国際連盟委任統治領を管轄する統治機関で、一九二二年にパラオ諸島コロール島に設置された。第一次世界大戦後に結成された国際連盟は、敗戦国ドイツの旧植民地(保護領)をいくつかに分割して、その統治を戦勝諸国に委任した。そのうち、グアム島を除くマリアナ諸島、カロリン諸島、マーシャル諸島など赤道以北の旧ドイツ保護領は日本の委任統治領とされた(図7)。委任統治制度には、民度の高低によって現地民の自治的権利の程度を区別するA式B式C式の三方式があった。日本の南洋委任統治領は最低のC式で、現地民の自治的権利は一切認められず、受任国日本の領土の一部として、日本の法律によって統治された。その点で、実質的には植民地と変わりがなかったのである。

図 4 横浜高等女学校教諭時代の中島敦(1937 年)
手前でかがんでいるのが妻タカ，その右が長男桓.
(『(第三次)中島敦全集 3』)

中島が、日本からはるかに離れた南洋庁に勤務することを選択した理由については、いろいろなことがいわれている。中島は冬になると悪化する喘息に苦しんでいたので、暖かい南洋に行けば喘息が良くなるのではないかと期待したという話もある。その他にも、経済的理由などいくつかの理由があげられているが、どうもいま一つよく分からない。ともかく、話が急に決まってしまったので、中島

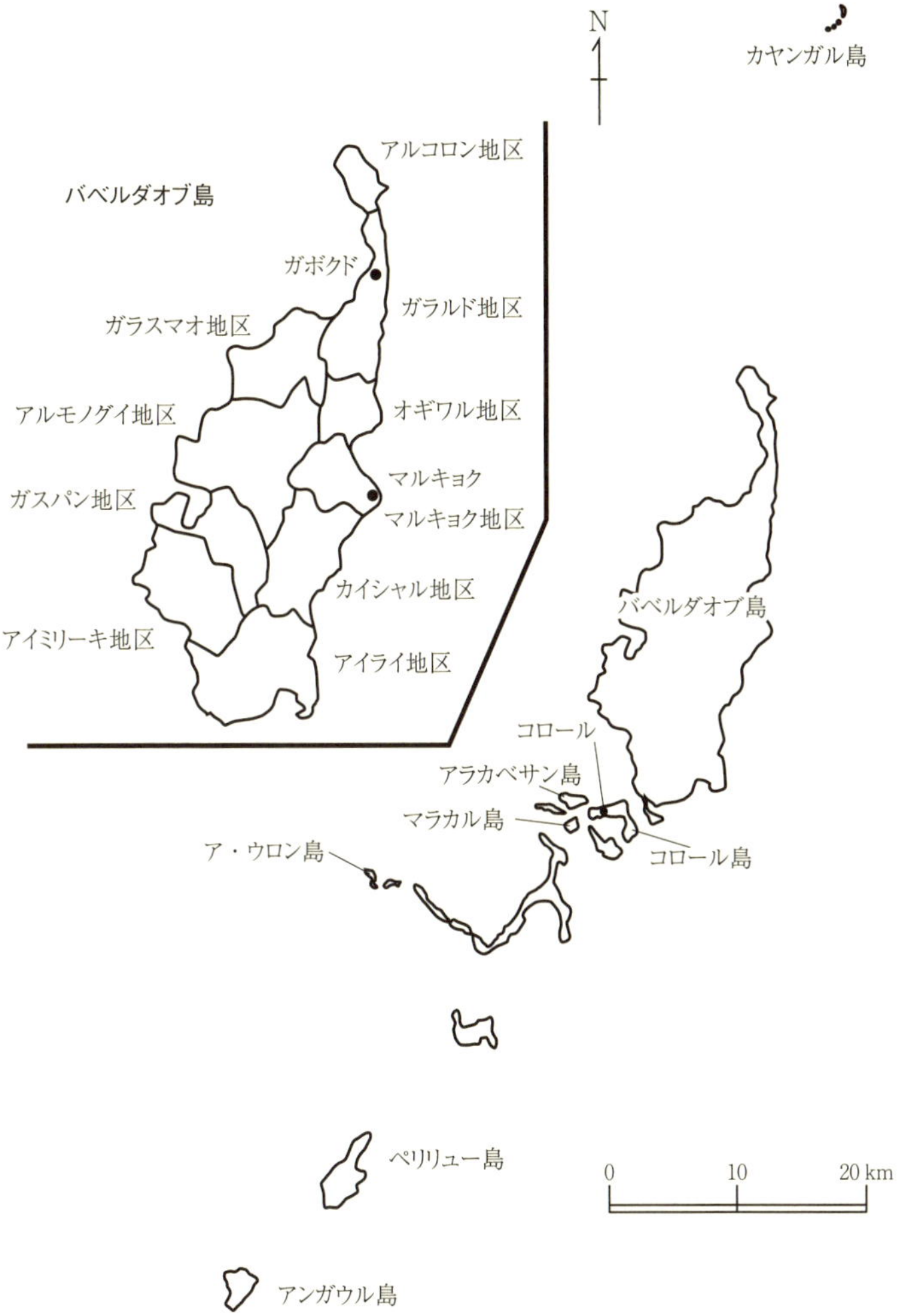

図5　パラオ諸島略図・バベルダオブ島地区図
パラオ諸島最大の島はバベルダオブ島で，その面積は約 330 km^2，沖縄本島（約 1,210 km^2）の約 4 分の 1.

は、南洋（ミクロネシア）についてほとんど何の知識もないまま、出かけることになったのである。

一九四一年六月二八日、中島はサイパン丸で横浜港から出発、サイパン、テニヤン、ヤップの島々を経て、七月六日、パラオ諸島コロール島に到着した。早速、南洋庁に登庁して、「任南洋庁編修書記」の辞令を交付された。現地民の子どもたちに日本語などを教えるための教科書を編修あるいは改訂するのが職務であった。しかし、七月末にはアメーバ赤痢に罹って一週間ほど寝込み、その後さらにデング熱で寝込むといったように、なかなかまともな勤務ができない状態であった。そのうえ、「大抵は中学を出てから、直ぐつとめて、二十年も三十年もつとめ上げたという」[②四七七]たたき上げの職員たちの中で、東京帝国大学出で、若い割に「高給取り」の中島はいわば浮いた存在であった。

土方久功

そんな中島にとって、心を開くことができたのは土方久功《ひじかたひさかつ》（一九〇〇―七七）だけであった。土方久功は、土佐藩出身で、維新後は宮内大臣などを歴任した土方久元伯爵の弟で砲兵大佐、土方久路の次男として、東京で生まれた。土方久功は学習院中等科を終えた後、軍役を結核のために退いた父の看護をしたりしていたが、父の死後、東京美術学校彫刻科に入った。在学中は、土方与志《よし》の築地小劇場の演劇活動に、舞台装置係などとして協力した。土方与志（本名、久敬《ひさよし》）は土方久元伯爵の孫であるから、世代としては土方久功より下だが、年齢は久功より上で、自死した父、久明に代わって、祖父の爵位を継承した。

土方久功の一家は、父に次いで母も他界したため離散し、久功は生活に行き詰まった。それで、彼は一九二九(昭和四)年、パラオ諸島コロール島に赴き、南洋庁の嘱託となった。職務は現地民の子どもたちの通う「公学校」で、「木工」(木版彫刻)を教えるということであった。しかし、土方は南洋庁を一年ほどで辞めてしまい、パラオ諸島の民族学的調査に没頭した。一九三一(昭和六)年には、南洋庁ヤップ支庁の最東端の離島であるサテワヌ島に渡り、この周囲僅かに六キロメートル、人口三〇〇人ほどの小島で七年以上暮らした。その後、一九三九(昭和一四)年にパラオに戻った土方は再び南洋庁の嘱託となり、そこで中島敦と出会ったのである[岡谷、一九九〇]。南洋庁では浮いた存在であった中島敦は、自分よりほぼ九歳年長の土方とは気が合い、すぐに親しくなった。

図 6　パラオの土方久功(1940 年)
右端は赤松俊子(後の丸木俊).(岡谷公二『南海漂泊』)

南洋群島視察旅行

中島敦はデング熱が良くなると、委任統治領の南洋群島を視察して回ることになった。島々の「公学校」を訪ねて、教員たちと現地民子弟向け国語読本の改善のために協議するというのが公的な目的であった。国語読本の編纂事業は、海軍統治時代の第一次(一九一六年から)、南洋庁時代の第二次(一九二四年から)、第三次(一九三一年から)、第四次(一九三三年から、読本発行は一九三七年)と四回にわたって行われてきた[今泉、一九九六、五七

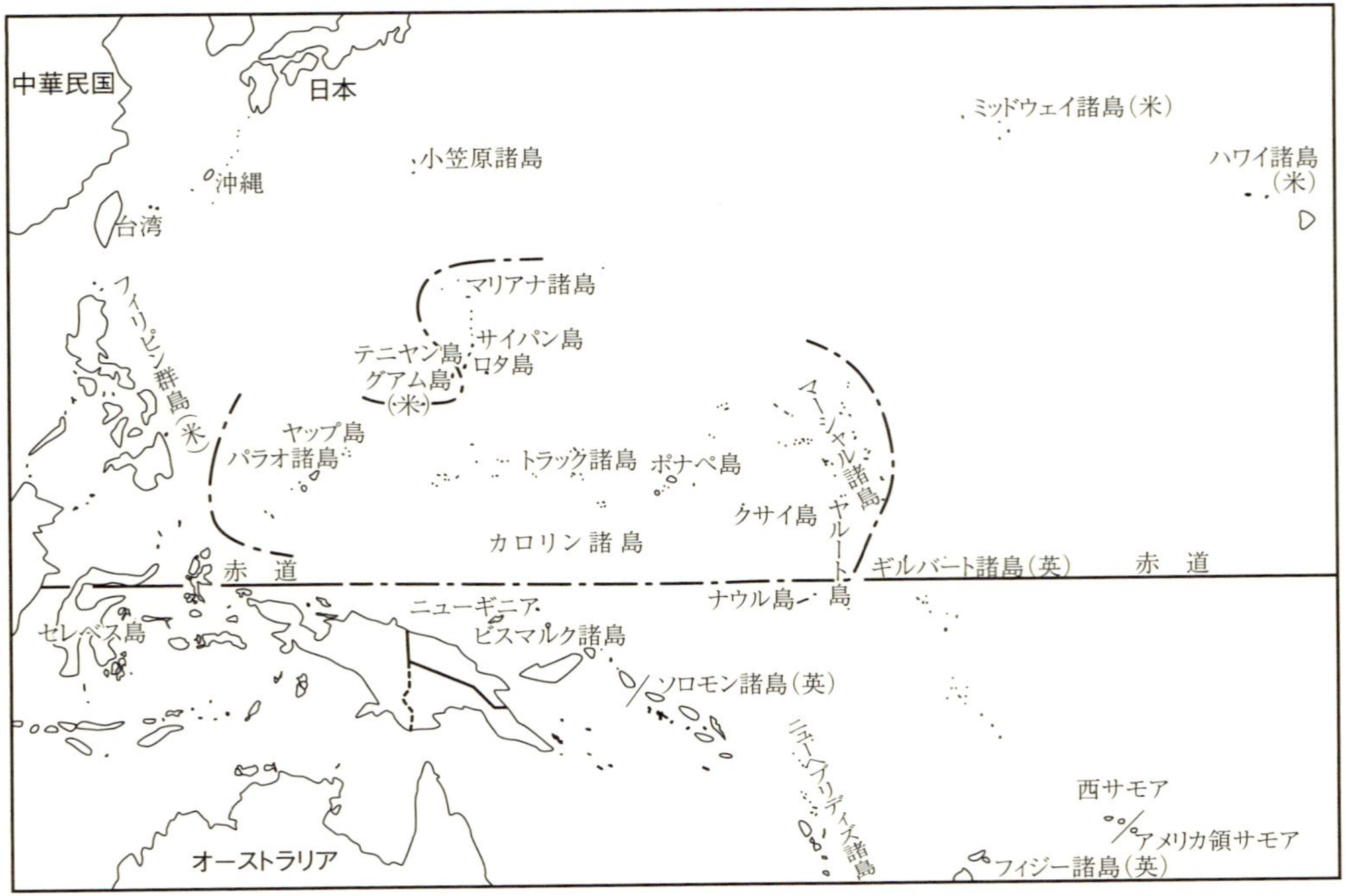

図7　日本の国際連盟委任統治領（-·—·—·—·—·-の内部）
（今泉裕美子「太平洋の「地域」形成と日本」266頁の図をもとに作図）

八―五七九頁〕。したがって、中島の南洋群島出張目的は第四次編纂の国語読本に対する現場教員の意見を聴取するということだったと思われる。

一九四一年九月一五日、中島はコロールからパラオ丸に乗って、視察旅行に出発した。赤道に沿ってほぼ真東に進み、九月一九日に、全長二〇〇キロメートルを越える珊瑚礁(外礁)に囲まれたトラック(チューク)諸島の夏島(トノアス島)にちょっと立ち寄った後、ポナペ(ポーンペイ)島に向かった。その後、ポナペ島の東に位置するクサイ(コスラエ)島を経て、さらに東進し、マーシャル諸島のヤルート島まで行った(図**7**参照)。前に書いたように、ヤルート島はサモアの「叛乱者」マタアファが流された島である。

『南島巡航記』を読む

この往路の船上で、中島は『南島巡航記』という本を読み、「頗《すこぶ》る面白かりし」という感想を「南洋の日記」に記している〔②二七〇〕。これは井上彦三郎・鈴木経勲《つねのり》合著『南島巡航記』〔井上・鈴木、一八九三〕のことで、一八九〇(明治二三)年に田口卯吉《うきち》の一行が九〇トンほどの帆船天祐丸で、当時スペイン領だった南洋諸島のグアム島、ヤップ島、パラオ諸島、ポナペ島を「巡航」した時の記録である。中島は、多分、コロールの南洋庁でこの本を借り受け、船中で読もうと持参したのであろう。中島の南洋行は降ってわいたような話だったから、事前にミクロネシアについて勉強する余裕をまったく持てなかった。中島は『南島巡航記』を読んで、初めてミクロネシアについての知識を得ることができ、非常に面白く感じたのであろう。

二　田口卯吉の「南島巡航」（一八九〇年）

南島商会

一八八九（明治二二）年一二月、田口卯吉は当時の東京府知事高崎五六から、東京府に交付されていた「士族授産金」を利用して、小笠原諸島で水産事業の振興を図ってほしいという依頼を受けた。田口は、小笠原には開発の展望はないという理由で、一度は断ったが、再考を求められ、小笠原ではなく「南洋諸島経略」に利用するということで、依頼を受諾した。当時、「南洋」への進出を唱える初期的な「南進論」が盛んになってきていて、田口もその主要な担い手の一人だったのである。一八九〇年、田口は東京府の「士族授産金」から交付された約四五〇〇円を元手に南島商会を設立、約九〇トンのスクーナー型帆船天祐丸を購入して、「南島巡航」に出ることになった。その直接的な目的は、日本製の布類（金巾《カナキン》、更紗《サラサ》など）、武器類（刀剣、火器、弾薬など）、食品（酒、菓子、缶詰など）といった物品を携行して、南洋の産物と交易することだったが、同時に、南洋諸島の情勢を視察して、南洋交易の将来的な見通しや南洋諸島への日本人入植の可能性を探るということであった。

一八九〇年五月一五日、南島商会の天祐丸は横浜港を出港した。乗員は田口卯吉の他、船長宮岡百蔵など一五人で、そのうち水夫は七人であった。中島敦が「頗《すこぶ》る面白かりし」と日記に書いた『南島巡航記』の著者の一人とされている井上彦三郎は会計主任兼事務員兼支配役として乗船していた。しかし、実際には井上はこの本の著作にはかかわっておらず、実質的な著者は事務員兼書記役として乗船していた鈴木経勲である。

鈴木経勲

鈴木経勲は、一八五三(嘉永六)年に幕臣、鈴木孫四郎の三男として、江戸で生まれた。六四(元治元)年、昌平坂学問所に入ったが、六六年には、幕末に幕府が開設した横浜仏語伝習所御用を命じられ、二年間フランス語を学んだ。明治維新後は、父が徳川慶喜に従って、駿府に移住したので、鈴木もそれに同行した。その後、父が病気を理由に辞職したこともあって、一家は困窮した。そのため、鈴木はイギリスのラッコ密漁船に雇われて、千島におけるラッコ密漁に従事し、その体験を「北海道千島における臘虎《ラッコ》密漁顚末」という報告書にして外務省に提出した。これが縁となって、鈴木は外務省御用掛(翻訳局勤務)に採用されたという(この「ラッコ密漁」の話は鈴木が言っていることで、確証はないようである)。

一八八四(明治一七)年、神奈川県庁を通してイギリスの捕鯨船エーダ号の船長から、マーシャル諸島において日本人漂流民が殺害されたらしいという報告が外務省にあった。それを受けた外務省は、外務省御用掛であった後藤猛太郎(後藤象二郎の継子)に、マーシャル諸島への出張調査を命じた。その時、鈴木も後藤に随行して、捕鯨船エーダ号に乗ってマーシャル諸島に赴き、一件の調査に当たった。*一八八六年、鈴木は外務省を辞職、八九年には、海軍軍艦「金剛」の遠洋練習航海に同乗してハワイ、サモア、フィジー、グアムを訪れ、翌九〇年二月に帰国した(これについては後述)。その時、田口のる。

「南島巡航」の話が進行していたので、鈴木は早速南島商会に入社して、天祐丸に乗り込んだのである。

＊高山純によれば、この後藤と鈴木のマーシャル諸島調査については、外交史料館に後藤名の「復命書」が収蔵されており、鈴木『南洋探検実記』（巻一　マーシャル群島探検始末）の記述とほぼ同じ内容だという［高山、一九九五、三〇六—三〇七頁］。しかし、これらの記述にはいろいろとおかしな点があり、高山は二人が実際にマーシャル諸島に行ったかどうか疑問視している。

グアム島

天祐丸は五月二二日、小笠原の二見港に入港、ここで事務員一人（松永市太郎）と水夫一人をさらに雇い入れた。五月二九日、二見港を出港した天祐丸は、六月一一日、マリアナ諸島のロタ島を遠望しながら進み、グアム島西岸のアプラ港外に停泊した。田口らはここで初めて、グアムのスペイン政庁の役人と接触したのであるが、スペイン側は最初田口一行の寄港目的に疑惑を抱いていたようである。それは、この約半年前に、軍艦「金剛」が僚艦「比叡」と共にグアムを訪れていたからで、田口らに何か政治的意図があるのではないかと疑ったのである。そのうえさらに、田口らが予想していなかった問題が起こった。それは検疫の問題で、日本人がスペイン領南洋諸島に上陸するためには、横浜のスペイン領事館が発行する検疫証明書を携行していなければならないということになっていたのだが、田口らはそれを知らなかったため、検疫証明書を貰ってきていなかったのである。しかし、結局、検疫官と医者が天祐丸を訪れ、三日間乗組員の健康状態を検査したうえで、上陸が許可された。さらに、次の寄港地ヤップ島に上陸するための検疫証明書もグアムで発行してもらえた。

田口らは、グアムではスペイン政庁所在地のアガニヤ（ハガニヤ）に知事を訪ねたり、グアム在住のアメリカ人などと会ったりした。ただ、グアム寄港の目的は島の情勢を視察することと水の補給であったから、交易はほとんど行わなかった。それで、グアム島西南端のウマタ（ウマタック）湾で「汲水」をすませると、六月二一日、天祐丸はウマタ湾を出て、ヤップ島に向かった。

ヤップ島には六月二七日に到着した。この島の主な産物はコプラで、熟したココナッツ（ココ椰子の実）の内側に付着した胚乳を乾燥させたものである。コプラは油脂分を多く含み、石鹸や化粧品などの原料になるので、高値で取引された。しかし、ヤップ島では売買に石貨や貝貨が用いられるなど、交易には困難が多かった。そのうえ、アイルランド系アメリカ人商人オキーフがコプラ取引に大きな力をもっていたので、田口らは将来的な交易拡大の見通しも明るくないと判断した。

パラオ諸島

ヤップ島のスペイン支庁（西カロリン支庁）から、パラオ諸島とポナペ島に上陸するための検疫証明書を発行してもらったうえで、七月一日、天祐丸はヤップ島を離れ、パラオに向かった。七月一〇日、天祐丸はパラオ諸島のマラカル港に入港した。パラオの中心地はコロール島で、マラカル港からコロール島には小舟に乗り換えて行くことになる。田口らは、まずコロール島の大首長、イバドル（あるいは、冠詞アをつけてアイバドル。これは大首長称号で、個人名ではない）を訪ね、交易したい旨を通じた。イバドルは多数の首長たちを引き連れて、天祐丸を訪れ、船上での田口らと現地民の交易に立ち会った。田口らが購入したのはコプラ、鼈甲《べっこう》、海参《いりこ》（干し海鼠《なまこ》）、蝶貝（殻がボタンなどの原料となる）などで、交換品としては布類や武器類が喜ばれた。

こうして、ある程度の交易を行ったうえで、八月七日、天祐丸はマラカル港を出港して、ほぼ真東に進路を取り、ポナペ島に向かった。途中、トラック諸島に立ち寄ることなく、ポナペ島に直行したから、一カ月以上の長い航海となった。

スペインのポナペ島支配

一八九〇（明治二三）年九月一〇日、天祐丸はポナペ島南部のロンキチ港に入った。ロンキチ港はアメリカやイギリスの捕鯨船の停泊地で、一八五〇年以前の最盛期には、一年に五〇隻以上の捕鯨船が利用するという賑わいを見せていた。ただ、その後、捕鯨業はしだいに衰退していったから、天祐丸が入港した頃には、もう捕鯨船の姿は見られなかったかもしれない。

ロンキチ港で、田口らは、現地民の水先案内人から次のように告げられた。現在、ポナペのスペイン支庁（東カロリン支庁）は外国の船舶がサンチャゴ（コロニア）港以外の港に入港することを認めず、必ずサンチャゴ港に回航させることにしている。それは、ポナペ島のマタラニーム地区において、現地民とスペイン軍との間に戦闘が始まり、サンチャゴ港にはスペインの軍艦四隻も来着していて、この二、三日中にもまた戦闘になろうかという切迫した状況になっているからである。だから、なるべく早くサンチャゴ港に行き、入港の届けを出した方がいい、と。これを聞いて、田口らは初めてポナペ島において反スペインの現地民叛乱が起こっていることを知った。

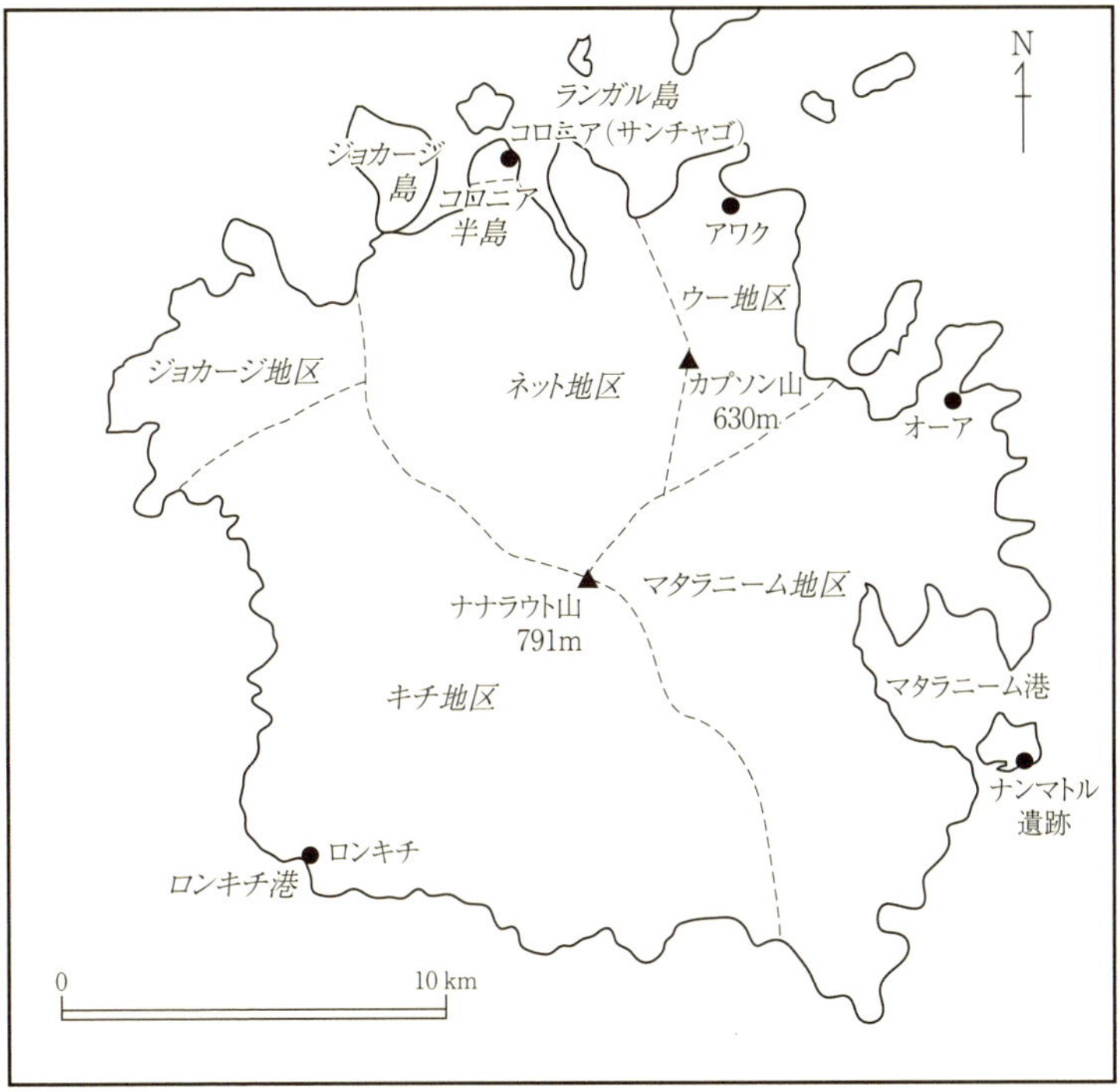

図 8　ポナペ島
ポナペ島の面積は約 330 km², 沖縄本島の約 4 分の 1.

これはマタラニーム叛乱といわれる叛乱で、事の起こりは一八八七年に遡る。

一八八七年四月、スペインはポナペ島に東カロリン支庁を開設、その地をラ・コロニア・デ・サンチャゴ・デ・ラ・アセンシオン――アセンシオン島（ポナペ島はアセンシオン島とも呼ばれていた）のサンチャゴ（聖ヤコブ）の植民市《コロニア》――と命名した。それで、この町や港はコロニアあるいはサンチャゴと呼ばれたのである。

それ以前、スペインはポナペ島などカロリン諸島の島々の領有を主張しながらも、実効的支配を行っていなかった。

ところが、一八八四年六月二六日、それまで植民地獲得に否定的であったドイツ帝国宰相ビスマルクが突然政策の転換を帝国議会で表明し、ドイツは植民地（保護領）獲得に動き出した［Speitkamp, 2014, p. 24］［飯田、二〇一五、一九八―一九九頁］。その一環として、一八八五年八月、ドイツはヤップ島、パラオ諸島、ポナペ島などのカロリン諸島やマーシャル諸島に軍艦を派遣して、これらの島々の領有を宣言した。それにスペインが激しく反発し、ドイツとスペインの関係が危機的状況に陥った。そのために、ローマ法王が仲裁に入り、一八八五年一二月、スペインとドイツの間に協定が結ばれて、マリアナ諸島、カロリン諸島はスペイン領ということで決着した。そこで、スペインはヤップ島に西カロリン支庁、ポナペ島に東カロリン支庁を置くことにしたのである。東カロリン初代知事にはポサディロが任命され、フィリピン人兵士約一〇〇人を伴って着任した。

一八八七年六月、東カロリン知事ポサディロはコロニアの拡張や島内道路建設のために現地民労働力を徴発しようとして、ポナペ島の五地区、すなわちマタラニーム、ウー、キチ、ジョカージ（ソケース）、ネットの大首長たちを招集し、人夫の提供を要求した。大首長たちは、それに応じて人夫たちを連れてきたが、スペイン側の監督官などの横暴な振る舞いに怒って、途中で労役を放棄した。七月一日、問責のためにジョカージにスペインの軍勢が送られたが、逆に指揮官、監督官各一人およびフィリピン人兵士一七人がジョカージ勢によって殺害されてしまった。スペイン側はコロニア在住者の多くを沖合に停泊していた浮ドック《ポントゥーン》に避難させた。七月四日早朝、知事ポサディロ以下最後までコロニアに残っていた人びとが泳いで浮ドックに逃れようとしたが、海辺で叛乱者たちに襲撃され、知事ポサディロや護衛の兵士たちが殺害された[Hezel, 1995, pp. 30–32]。

この叛乱は、一八八七年一〇月末、マニラから軍艦四隻、兵員一〇〇〇人が来援したことにより、一時収まった。

マタラニーム叛乱

しかし、その後もポナペでは不穏な情勢が続いていた。それには新旧両キリスト教徒の対立が絡んでいた。アメリカの新教海外宣教団体、アメリカン・ボード American Board of Commissioners for Foreign Missions は、一八五二年、スタージェスなどの宣教師をポナペに派遣して、布教活動を開始した。その後も、ドーンやランドなどのアメリカ人宣教師たちが派遣されて、活動を続けていた。それで、ポナペ、特に南部のマタラニーム地区やキチ地区にはプロテスタントが多かった。ところが、一八八七年、スペインはポナペに東カロリン支庁を開設するとともに、カプチン会(フランシスコ会の一派)の旧教宣教師六人ほどを派遣して、布教活動にあたらせた。そのために、新旧両キリスト教徒の対立が起こり始めたのである。

一八八七年一〇月末、新たにカダルソが東カロリン知事として赴任した。一八九〇年初め、カダルソ知事はマタラニーム地区北部のオーアまで道路を通し、そこにカトリック教会と軍駐屯地を建設することにした。オーアには、スタージェス牧師が開設したプロテスタント神学校と教会がすでにあったから、新教を奉じるマタラニーム北部の首長たちがこれに対して激しく反発し、同年六月二五日、スペインの道路工事部隊を襲撃して、三四人の将兵を殺害した[Hezel, 1995, p. 40]。これがマタラニーム叛乱の始まりである。

一八九〇年九月一日、叛乱鎮圧のために、マニラから軍艦二隻、兵員五〇〇人が来援した。

このような切迫した状況下の九月一〇日、天祐丸はポナペ南部のロンキチ港に入ったのである。九月一六日、天祐丸はサンチャゴ（コロニア）港に回航したが、風向き悪く入港できず、ようやく二〇日、東カロリン支庁の小蒸気船に引かれてサンチャゴ港に入った。

しかし、天祐丸がロンキチ港とサンチャゴ港に停泊していた間中、マタラニームにおける叛乱が続き、ポナペ島は銃声や砲声が鳴り響く騒然とした状況であった。『南島巡航記』には、次のような記述が数多く見られる。

> 同〔九月〕十三日〔中略〕夜八時よりマタラニームに於いて本島土人と西班牙《スペイン》人と開戦し通宵《つうしょう》発砲の響きを聞く、島中到る処騒然たり（一八〇頁）
>
> 同〔九月〕十八日〔中略〕本日はマタラニームに於いて激戦ありし由にて終日砲声の絶え間なし（一八三頁）

ポナペ島での交易

このような状況にもかかわらず、ポナペ島では、ヤップ島やパラオ諸島とは異なり、メキシコ、イギリス、ドイツ、スペインなどの貨幣が通用したため、交易には便利で、田口らの一行も交易に従事することができた。田口らはポナペに四三日間滞在し、一日五、六〇円ほどの取引を行い、総取引額は二二〇〇円に上った（『南島巡航記』、二五〇頁）。特に、泡盛などの酒類、鮭缶などの缶詰類、小間物類がよく売れた。購入品はやはり鼈甲、海参、コプラなどであった。こうして、ポナペにおける将来的な交易拡大の可能性を確信した田口は、コロニアに南島商会の支店を開設することとし、東カロリン知事の許可を得た。

一八九〇(明治二三)年一一月三日、天祐丸は、南島商会ポナペ支店員として松永市太郎(支店長)、関根仙太郎、瀬戸豊吉の三人をコロニアに残して、帰国の途に就いた(関根仙太郎について、詳しくは本書Ⅳ)。一二月一一日には小笠原の二見港に寄港、一二月四日、品川港に帰着した。約九〇トンの帆船としては、なかなか大変な航海であったろう。航海中は多くの乗組員が脚気《かっけ》に苦しみ、ポナペでは水夫一人が脚気で死亡している。それでも、田口は再び天祐丸で南洋交易に出ることを考えていた。

しかし、士族授産金を利用した南島商会の商業活動には批判が強く、結局一八九一(明治二四)年、南島商会の全財産は東京府士族総代会に移されたうえ、士族総代会によって小美田利義に売却された。それにともなって、南島商会は一屋《いちや》商会と改称された。一八九一年一二月、一屋商会は再び天祐丸をポナペに派遣し、南島商会のポナペ支店員松永市太郎、関根仙太郎らを一屋商会の社員として採用し、その業務を続けさせた。さらに、天祐丸はトラック諸島に回航して、そこにも支店を開設するため、森小弁《こべん》らを支店員として残した(森について、詳しくは本書Ⅳ)。しかし、一八九三年、一屋商会は整理され、その業務は一八九四年に設立された南洋貿易日置《ひき》合資会社によって引き継がれた。同社はその後、南洋貿易日置株式会社に改組され、一九〇八(明治四一)年には、南洋貿易村山合名会社と合併して、その後日本の南洋商業活動の中核を担うことになる南洋貿易株式会社(南貿)となった。

三　ドイツ統治下のポナペ島(一八九九―一九一四年)

ドイツのポナペ島領有

一八九八年四月、キューバ問題をめぐってアメリカとスペインの間に戦争(米西戦争)が始まったが、同年一二月、スペインの敗北に終わった。米西戦争に敗れ、フィリピンとグアム島をアメリカに奪われたスペインはマリアナ諸島とカロリン諸島の領有を断念し、一八九九年、両諸島をドイツに二五〇〇万ペセタ(当時の日本円で約一〇〇〇万円)で譲渡した。こうして、ミクロネシアのほぼ全域がドイツ統治下に入ったのである。

後でやや詳しく書くように、これに先立つ一八八五年四月、ドイツはイギリスとニューギニア東部分割協定を結び、ニューギニア東部の北半分(カイザー・ヴィルヘルムスラントと名付けられた)とニューブリテン島などの島々(ビスマルク諸島と称された)を保護領としていた(ドイツ領ニューギニア保護領の成立。**図20**参照)。ドイツはスペインから買得したミクロネシアの領土をこのドイツ領ニューギニア保護領に編入し、ヤップ島とポナペ島に支庁を置いた。

ドイツ領ニューギニア保護領の東カロリン支庁(ポナペ支庁)は、東カロリン諸島(西の方から、トラック諸島、ポナペ島、クサイ島、およびそれらの周辺の多数の離島)という極めて広大な地域を管轄した。しかし、その体制は驚くほど手薄なもので、知事一人、医官一人など、ドイツ人官吏は僅かに四人、その他は約五〇人のメラネシア(ニューギニア)人警察官がいるだけであった。初代知事にはドイツ領ニューギニア保護領総督代理だったハールが任命された。

この手薄な体制で叛乱相次いだポナペを統治しようというのであるから、知事ハールは極めて慎重な姿勢で臨んだ。ポナペ島の五つの地区(マタラニーム、ウー、キチ、ジョカージ、ネット)の大首長や首長たちを通しての間接統治とその下における旧制度、旧慣の尊重というのがその基本線であった。スペイン統治期、道路などの土木工事に現地民労働力を徴発したことが叛乱の大きな原因となったことから、道路建設などはメラネシア人警官を使って行われた。こうした融和的な政策によって、ドイツ統治の初期には叛乱は起こらなかった。

しかし、一九〇七年、ドイツの植民地政策全体に大きな転換が起こった。植民地支配体制を強化するために、外務省から分離して帝国植民地省が設置され、銀行家であったデルンブルクが初代植民地相に任命された。彼は、本国経済のために植民地の土地や天然資源、とりわけ人的資源を有効に利用することを植民地支配の目的とした[Conrad, 2008, pp. 36–37][Speitkamp, 2014, pp. 140–141]。植民地における「労働力の創出」に重点が置かれたのである[永原、一九八一、二四頁]。この政策転換はドイツ領ニューギニア保護領にも大きな影響を与えた。この時のドイツ領ニューギニア保護領総督は初代東カロリン知事だったハールであったが、ハールも東カロリン知事時代の慎重な融和策を放棄して、「一般的にはポナペ島の資本主義的開発の為め、直接には島民の労働を政庁の道路工事等の為めに徴発する」[矢内原、一九六三a、二〇五頁]ことを目的として、政策転換を強行しようとした。ポナペを訪れたハールは首長たちを集めて、土地制度と税制の改革を宣言した。それは、首長たちの手に集中していた土地支配権を否定して、直接の用益者に私的土地所有権を分与し、彼らから一年に一五日間の労役を徴発するというものであった。一九〇八年、ポナペの東カロリン支庁はこの改革案を実行に移そうとした。それに対して、ネットとジョカージの首長たちが反対したが、一九〇九年にはネットの首長たちも最終的に妥協し、残るのはジョカージだけとなった。

一九一〇年二月、新たに東カロリン知事となったベーダーはジョカージの首長たちを集めて、ジョカージまでの道路建設に住民一人あたり一五日の労役を提供するよう要求した。六月には、さらに、未遂行であった前年分の労役一五日間の提供を求めた。ジョカージ側は不承不承これに応じて、道路やポナペ本島とジョカージ島を結ぶ木橋の建設に従事していたが、ドイツ人監督官の高圧的な態度がジョカージ住民の強い反発を引き起こし、それがついに叛乱に発展した。

ジョカージ叛乱（一九一〇―一一年）

一九一〇年一〇月一七日、ジョカージの首長ショマタウたちは叛乱に立ち上がることを決定した。一八日、叛乱の報を聞いた東カロリン知事ベーダーはほとんど無防備のまま海路ジョカージに急行し、ジョカージのキリスト教伝道所に立ち寄って状況を聞いた。伝道所に避難していた人びとは止めたが、彼はそれを振り切って、叛乱者たちと会うために伝道所を出た。しかし、百歩も行かないうちに叛乱者たちから銃撃を受けて、地面に倒れた。身を起こしたベーダーは、そこに顔見知りのショマタウがいるのを見て、助けを求めたが、逆にショマタウに頭を撃たれて絶命した。この時、ベーダー以外にも三人のドイツ人と数人の船員が殺害された。即座の叛乱鎮圧をあきらめたドイツ側はコロニアに集結し、防備を固めるとともに、マタラニーム、ネット、キチの首長たちに救援を求めた。一九日には、これらの地区の首長たちがコロニアに来て、援助を約した。

危急を伝えるためにラバウルのドイツ領ニューギニア保護領総督府に急派されたゲルマーニア号は一二月初め、兵員一七〇人を乗せて来援し、中国(青島)のドイツ軍基地からも軍艦が到着した。こうして、軍備を整えたドイツ側は一二月二七日から反撃に転じ、海上からジョカージ島に砲撃を加えた。それに対して、叛乱者たちは峻険なジョカージ島の山塞に立て籠もって、対抗した。

一九一一年一月一三日、三〇〇人の兵員を乗せた四隻のドイツ軍艦がジョカージに向かって出撃し、ジョカージ島に海上から砲撃を加えるとともに、陸戦隊を上陸させた。立て籠もっていた山塞を陥とされた叛乱者たちはジョカージ島から逃れ、ポナペ本島の山中に潜んだ。ドイツ軍は各地区の首長たちを招集して、叛乱者を発見ししだい、報告するよう命じ、同時に、信頼できる現地民を偵察として各地に送った。叛乱者が集まっているという情報があると部隊を派遣して追跡するとともに、全島でタロ芋、ヤム芋を掘り出し、バナナ、パンの実、椰子の実などを切り落とし、豚や鶏を捕獲するなどして、叛乱者たちの食料となりうるものをなくしていった。こうして、叛乱者たちはしだいに追い詰められていき、投降する者が増えていった。

二月一三日、ショマタウがついに投降、一六日には、もう一人の叛乱指導者サムエルも投降した。二二日、なお逃亡していた叛乱者たちも皆捕まり、ジョカージの叛乱は最終的に終結した。二四日には、ショマタウとサムエルを含む叛乱指導者一五人が、コロニア半島最北部のコモンライトKumwunlaid岬(図18参照)の海岸で、銃殺刑に処された。コモンライト岬はジョカージの支配氏族の聖地で、叛乱指導者の多くもこの氏族に属していた。その聖地で処刑し、死体をその近くに埋葬したということに対して、ポナペの人びとの中には、ドイツ人側の底意を感じた人もいたであろう[Hanlon, 1999, p. 74]。

それ以前の二月一二日、捕虜となっていたジョカージの叛乱者の内、女たち約五〇人がパラオに送られた。一方、男たちの一部はさらに南方のアンガウル島に連れて行かれ、燐鉱石（グアノ）採掘に使役された。その後、ヤップ島に送られていた捕虜たちもパラオに移され、約三〇〇人の捕虜たちがパラオ諸島バベルダオブ島のアイミリーキ地区に収容された。一二月にはアンガウル島で使役されていた捕虜たちもそれに加わったので、総勢四〇〇人ほどになった。彼らの生活状況は劣悪で、最初の一年の内に、五〇人の大人と八人の子どもが死亡したと報告されている[Krämer, 2017, p. 185]。

ジョカージの叛乱者たちの土地はすべて没収され、一九〇五年と一九〇七年にミクロネシアを襲った大台風のために避難していた離島の住民がそこに移住させられた。（ジョカージ叛乱については、長谷部言人『過去の我南洋』［長谷部、一九三二］一七七―一九四頁に詳しい。）

四　日本軍による南洋諸島占領と南洋庁の設置

松岡静雄によるポナペ島占領（一九一四年）

一九一四（大正三）年七月二八日、第一次世界大戦が勃発した。同年八月二三日、日本は日英同盟を理由としてドイツに宣戦布告、中国および南洋におけるドイツ権益を狙って軍事行動に出た。九月、中国(青島)のドイツ軍基地から海軍艦隊が南洋方面に向かったという情報を得た日本は、軍艦「鞍馬」など四隻からなる第一南遣枝隊(山屋他人司令官)を南洋に派遣した。同年一〇月三日、第一南遣枝隊はドイツ領南洋諸島の東端、マーシャル諸島ヤルート島のジャボール港に陸戦隊一〇〇人を上陸させて、占領した。次いで西航してクサイ島を占領した後、さらに西航して、一〇月七日、第一南遣枝隊聯合陸戦隊がポナペ島に上陸して、ポナペを占領した。

この聯合陸戦隊の隊長は松岡静雄であった。松岡は柳田国男の実弟で、海軍退役後は南洋の民族学・言語学的研究に携わり、『太平洋民族誌』、『ミクロネシア民族誌』[松岡、一九二七]などの著書を出した。その『ミクロネシア民族誌』の冒頭部分で、松岡はポナペ占領の模様を詳しく描いている。

松岡指揮下の聯合陸戦隊はポナペ島を取り囲む珊瑚礁の外側に停泊した軍艦から、一〇隻余りの舟艇に分乗して、ポナペ島に向かい、まずコロニアの北にある小島、ランガル島に上陸した。ランガル島は周囲の水深が深く、一〇〇メートルほどの突堤があって、大きな船でも接岸できるので、船荷の積み下ろしに便利な島であった(井上・鈴木『南島巡航記』、一八五頁)。それで、ドイツのヤルート会社などの貿易会社がこの島に支店を置いていた(ヤルート会社について、詳しくは本書Ⅲ)。

ランガル島に上陸した松岡はまずヤルート会社のドイツ人支店長を呼び出して、尋問した。その結果、現在ポナペ島にいるドイツ人は知事代理、医官、警部二人という四人の官吏および商社員、宣教師など若干名、その他にはメラネシア人警官約一〇〇人がいるだけで、軍事施設はないに等しいということが分かった。それで、松岡らはポナペ島に上陸し、コロニアに入った。その時、コロニアに残っていたのは医官のギルシュナーだけで、知事代理や二人の警部はメラネシア人警官と共に、武器・弾薬を持って姿を消していた。医官ギルシュナーは一八九九年、ドイツがポナペを統治し始めた時にコロニアに赴任し、一九一〇年、ジョカージ叛乱が起こった時には、殺害された知事ベーダーに代わって、コロニア防衛の指揮を執った（長谷部『過去の我南洋』、一八四―一八五頁）。松岡はギルシュナーについて、「業務の傍《かたわら》し孜々《し》として民族の研究に従事し、其頃既に若干の報告を世に公にして居た」と書いている（『ミクロネシア民族誌』、一七頁）。軍人でありながら民族学・言語学に関心の深かった松岡はギルシュナーの名前を知っていたのである。『ミクロネシア民族誌』（五―六頁）には次のような記述がある。

残留した独人官吏は医官ドクトル・ギルシュナー一人で、余り政治向きのことには携《たずさ》わらぬ学者らしい同人は反対の意思のないことを表明して、色々と便宜を与えて呉れたが、〔知事代理の〕ケラー等の行動については容易に実を吐かなかった。此地には故田口卯吉博士等の先覚者によって創立せられた南島商会の支店が未だ独逸《ドイツ》領にならぬ以前に設置せられ、其後身なる南洋貿易会社の支店長関根仙太郎という人は二十余年此方面に在住し、土語に通じ土地の事情に明るく我々を益することが多かった。

南洋貿易株式会社（南貿）ポナペ支店長関根仙太郎から一通り状況を聞き取った松岡は、ポナペ守備のために、八〇人の兵士とともに、自分もポナペに残留することにした。他方、コロニア沖に停泊していた艦隊は、さらに西のトラック諸島の占領を目指して出航した。

ポナペでは、日本軍によるコロニア占拠の二日後、知事代理ケラーが出頭し、ついで、警部二人に率いられて八十余人のメラネシア人警官が投降した。こうして、日本のポナペ占領は流血を見ることなく完了したのである。

松岡は「スペイン時代からの公文書に一わたり眼を通し、司法行政財政に関する現行法規慣例を調査し、ジョカージ、ウー、ナット、キチーの各地を巡察して民情の観察、島民の懐柔に努めた」(『ミクロネシア民族誌』、八頁)。その際には、関根仙太郎が通訳として随行した。そのおかげか、松岡の巡察中、「新しい腰蓑をつけた半裸体の老酋長が配下の頭目をひきつれてにこやかに出で迎える」(同、九頁)といった状況で、現地民感情は悪くなかった。なお、松岡はマタラニームに行かれなかったため、マタラニーム海岸の「上代の遺跡」(ナンマトル遺跡。後述)を見ることができなかったことを「終生の恨事とする所である」と書いている(同、八頁)。松岡のこのような学究的性格を知ってであろう、ドイツ人医官ギルシュナーはポナペを去るにあたって、松岡に「研究の完了を見ずして此地を去ることを悲しむというような口吻を漏らした」という(同、一七頁)。松岡は軍人としては珍しい存在だったのであろう[Hezel, 1995, p. 150]。

南洋諸島統治の開始

一九一四(大正三)年一〇月、赤道以北のドイツ領南洋諸島を占領した日本は、同年一二月、「臨時南洋群島防備隊条例」を制定、占領諸島を「南洋群島」と称し、そこに軍政を布くこととした。トラック諸島の夏島に置かれた臨時南洋群島防備隊司令部の下、南洋群島をサイパン、パラオ、トラック、ポナペ、ヤルートの五つの民政区に分け(後に、ヤップ民政区を増設)、各区に守備隊を配置した。守備隊長は、現地民に対する「民政」を担当する軍政庁の長を兼ね、軍政庁には民政部が置かれた。一九一八(大正七)年、軍政庁を民政署と改称、一九一九年には、守備隊長の民政署長兼任を廃止して、民政署長には海軍事務官を充てることとした。民政署の下では、「慣習上の酋長又は大酋長をして島民に関する人頭税の徴収其の他の事務を為さしめ」た[南洋庁長官官房編、一九三二、五六頁]。防備隊の手薄な体制では、旧来の大首長や首長を「地方行政」に利用する他なかったのである。

南洋庁の設置(一九二二年)

一九一八年一一月一一日、第一次世界大戦は終結し、ドイツはドイツ領ニューギニア保護領を含むすべての植民地(保護領)を放棄することになった。このドイツ(およびオスマン帝国)領植民地(保護領)の統治のために作り出されたのが、前にも書いた国際連盟の委任統治制度である。

一九一九年五月七日、パリ講和会議で、赤道以北の旧ドイツ領南洋諸島を日本の委任統治領とすることが決定され、一九二〇年一二月一七日の国際連盟第一回総会においてもそれが追認された(図7参照)。それを受けて、日本政府は、一九二二年四月一日、委任統治機関としての南洋庁をパラオ諸島のコロール島に設置した。南洋庁の下、それ以前の六つの民政署は廃止され、代わって、サイパン、ヤップ、パラオ、トラック、ポナペ、ヤルートの六つの南洋庁支庁が設置された。ただし、各支庁の管轄地域はそれ以前の民政署の管轄地域と同じで、人員も民政署のそれをほぼそのまま引き継いだ。各支庁には、庶務課と警務課が置かれ、前者は「民政」業務全般、後者は治安警察業務に当たった。

南洋庁設置以前から、邦人児童のための小学校と現地民児童のための「島民学校」が設けられていたが、南洋庁設置とともに、前者は南洋庁小学校、後者は南洋庁公学校と改称された。ただし、教員はそれ以前の教員をそのまま採用して、「訓導」とした。その後、小学校、公学校は次第に増設されていった。

一九四一―四二年に、中島敦が巡察したのはこれらの公学校や小学校(一九四一年に国民学校と改称された)だったのである。

前に書いたように、南洋庁設置以前には、便宜的に旧来の大首長や首長に人頭税の徴収などの事務を行わせていたが、南洋庁の下では、それが制度化された。一九二二(大正一一)年制定の南洋群島島民村吏規程によって、各地区に現地民の総村長を置き、その下に村長を置くという村吏制度が設けられたのである。「総村長は旧慣上の所謂《いわゆる》大酋長で、配下の各村長を統轄する。村長は所謂小酋長で総村長に隷属する」[南洋庁長官官房編、一九三二、五七頁]。

この総村長・村長の体制をポナペ支庁について見てみると、ポナペ島のマタラニーム、ウー、キチ、ジョカージ、ネットの五地区にそれぞれ一人の総村長と一人の村長が任命されたほか、クサイ島に一人の総村長と四人の村長、ピンゲラップ島などの七つの離島にはそれぞれ一人の総村長と一人の村長が任命された(ただし、そのうち二島は総村長のみ)[同、六二―六三頁]。日本による南洋群島統治は、少なくとも初期の段階においては、このような現地民村吏制度を「地方行政」の要としていたのである。

前に書いたように、ジョカージ叛乱の結果、ジョカージの住民はパラオ諸島バベルダオブ島に流されていた。しかし、日本によるドイツ領南洋諸島占領後の一九一七年から、ジョカージ住民のポナペ帰島が開始され、一九二七年に完了した。それで、ジョカージでも一人の総村長と一人の村長が任命されたのであるが、彼らが叛乱以前の大首長、首長の系譜につながるのかどうかは分からない。

長谷部言人のジョカージ訪問（一九一五年）

ところで、日本軍によるポナペ占領の約一年後、ジョカージ叛乱からは約四年半後に、ポナペを訪れて、ジョカージ叛乱の跡を訪ねた日本人研究者がいる。一九一五年三月、文部省は、新占領地の調査のために、東京帝国大学、京都帝国大学などの研究者約三〇人を主要な島々に派遣した。その中に、長谷部言人《ことんど》がいた。長谷部は後に、日本旧石器時代人骨の研究で有名になるのであるが、当時は東京帝国大学医科大学副手であった。長谷部はポナペ島に一二日間滞在し、マタラニーム、ネットなどの村々を訪れ、ポナペ現地民の身体計測などを行った〔長谷部、一九一七〕。その時のこととして、長谷部は『過去の我南洋』の中で次のように書いている（一八三頁）。

予は大正四年〔一九一五年〕、ヂョカーヂ半島各部落を巡視する途に、ベーデル〔ベーダー〕の射殺された隘路《あいろ》に立ちて、通訳より当時の光景を聴き、後《の》ち暴徒の銃刑に処せられた地点を視察したことがある。当時は事変の後ち僅に四年半、破壊された木橋の残部などもあったが、ヂョカーヂ土着の人はヤップ、パラウに移されて、ナチック、モキル、ピンゲラップ、モルトロック等の島民部落だけであった。

五　ポナペ島の中島敦

ジョカージ「島民部落」訪問

くりかえしになるが、中島敦は一九四一年九月一五日、南洋庁のあるコロール島からパラオ丸に乗船、九月二二日に、ポナペ島コロニア(サンチャゴ)に到着した。

中島はコロニアでは、「地方書記」宮野常治という人の家に宿泊することになり、宮野の案内でコロニアの公学校や国民学校を視察して回った。公学校には、男児室、女児室各一室、教員補室などがあり、寄宿舎が併設されていた。この寄宿舎は四〇人の生徒を収容する施設で、現地民の教員補が監督にあたっていた。中島はこの寄宿舎の建物の古さにびっくりしたと「南洋の日記」に書いている。

ポナペ到着の翌日、九月二三日は秋のお彼岸で休日だったのだが、中島は初めからジョカージに行くつもりでいて、宮野を誘い、公学校で会った現地民の教員補に案内を頼んでおいた。二三日朝七時、教員補が来たので、宮野とその小学二年生の息子とともに、コロニアから徒歩で、「ジョカージという島民部落」に向かった。*

＊この「ジョカージという島民部落」が具体的にはどこを指すのか、地図で調べたり、現地で尋ねたりしたが、結局分からなかった。

ジョカージ「島民部落」訪問について、「南洋の日記」には次のように書かれている[②二七一―二七二]。

密林中の道を行く、綿の木(カボック)椰子等見事なり、昼顔の淡紅色、点々。

村に至り土人[コラム1参照]の家に休息す。四歳ばかりなる児二人、相並んで、コンニチハという。可愛。その母親も(未だ二十歳前ならんか?)出で来る。饗応さる。始めてパンの実の石焼を喫す。味良し。椰子水、バナナ。このバナナはラカタンとて最上種なる由、但し、やや熟し過ぎたり。犬数頭、豚数尾、雞あり、猫あり、独木舟と椰子殻と鍋釜等の雑然たる間に、とびまわり、ねころび、叫び走る。犬はコプラを好むと見えたり。パンの実は喰わず。

中島は、妻タカ宛の手紙(九月二三日付)では、「ジョカージという島民部落を見に行った。往復三時間ばかり。大変面白かった」と書いている[②四三一―四三二]。ジョカージ訪問で垣間見たポナペ現地民の生活が中島の目に極めて新鮮に映ったのであろう。中島は、この時に、初めて「パンの実の石焼」を食べた。それまで、現地民の食物を実際に食べるという経験もあまりなかったので、そんなことも「大変面白かった」のであろう。

ところで、中島はなぜ「ジョカージという島民部落」に行きたいと思ったのであろうか。現地民の集落を見たいというだけのことであれば、ジョカージまで行かなくても、コロニアの周辺でも見られたであろう。中島より八年ほど前に、矢内原忠雄も「南洋群島旅行」の途中、ポナペ島に着いたその日に、「ジョカージ島民部落を視察」している[矢内原、一九六三d、四二九頁]。矢内原と中島が訪れた「島民部落」が同じ村かどうか分からないが、当時、ポナペに行ったらジョカージの「島民部落」を訪ねるというのが一種のコースだったのであろうか。前に書いたように、ジョカージ叛乱(一九一〇―

コラム……1 「土人」という言葉

先年、「土人」という言葉がちょっとした話題となった。それは、沖縄県東村高江のアメリカ軍用ヘリパッド建設に抗議する沖縄の人びとに対して、大阪府警の一機動隊員が「ボケ、土人が！」という罵声を浴びせかけるという「事件」(二〇一六年一〇月一八日)が起きたからである。この、もはや死語になったかのように思われていた「土人」という言葉が、二〇歳そこそこの機動隊員によって使われたということが多くの人びとに衝撃を与えた。

「土人」という言葉は、戦前の日本においては、南洋のパラオ諸島、トラック諸島など日本の国際連盟委任統治領(南洋群島)の現地民や、インドネシア、ビルマ(ミャンマー)など南方の日本軍占領地の現地民を指す言葉として、広く使われていた。当時の日本人にとって、「土人」とはなによりも「南洋の土人」として、「身近な」存在だったのである。中島敦も、「南洋の日記」や南洋から家族に宛てた手紙などで、南洋群島の現地民を一貫して「土人」(あるいは「土民」)と表現している。そこに、差別意識とは言えないとしても、いくらか軽侮的なニュアンスが潜んでいなかったかどうか、微妙なところであろう。

「土人」という言葉があからさまに差別的、侮蔑的意味合いを帯びた言葉として盛んに使われたのは、安藤盛『南洋と裸人群』(岡倉書房、一九三三年)に代表されるような「南洋もの」においてである。それらには、歌と踊りと性的享楽に明け暮れ、他のことは何も考えない「南洋の土人」というイメージが充満していた。

このような「南洋の土人」像は、「酋長の娘」などの歌と共に、戦後も生き続けていたのだが、一九六〇年代頃になると、しだいに忘れ去られていった。その「土人」が、先年、亡霊のように若い機動隊員の口から現れでて、多くの人びとを驚かせたのである。

一一年)後、ジョカージの住民はパラオ諸島バベルダオブ島に流されていたが、日本統治下に帰島を認められ、ジョカージに再び定住した。矢内原や中島など日本人のジョカージ「島民部落」訪問はそのことと関係があるのだろうか。

「犬肉食」

先に引用した「南洋の日記」中の一文に続いて、中島はポナペにおける「犬肉食」について書いている。

この家にも犬多し、(註) 食用に供するなりという。〔後略〕

（註） 犬肉食はタヒチ、ハワイ、ニュウジイランドにも行わる、カヴァ酒（シャコア〔シャカオ〕）飲用と共にポリネシアより来りしならん。――ミクロネシア民族誌――

中島は「犬肉食」によほど興味をそそられたのであろう、自分の日記に後から「註」を付けるというちょっと珍しいことをして、「犬肉食」の慣行はポリネシアから来たのであろうと記しているのである。その典拠とされているのは松岡静雄の『ミクロネシア民族誌』（岡書院版）である。中島はこの視察旅行の帰路、トラック諸島に約一カ月滞在したのだが、その間の一〇月一八日、夏島の公学校で『ミクロネシア民族誌』を借り出して、一日中「閲読」した〔②二八五〕。版元の岡書院社主、岡茂雄（民族学者岡正雄の兄）によれば、この本は五〇〇部印刷されたのだが、売れたのは一〇〇部だけで、その他には南洋庁が一二〇部を買い上げたという〔清野、一九四三、六二七頁〕。南洋庁は買い上げた本を各地の小学校（国民学校）や公学校に配布したのであろう、それを中島は借り出したのである。『ミクロネシア民族誌』には、「犬肉食」に関する次のような記述がある（五七二頁）。

ポナペでは特に食用犬を飼育し、其肉は豚以上に賞味せられる。犬は欧人渡来以前から存したもので、リュトケによれば耳が立ち尾が垂れ、白黒の斑があり、唸るのみで吼えることはない。フィンシ〔フィンシュ〕は之《これ》をパプア種であろうといった。犬肉食用はタヒチ、布哇《ハワイ》、ニウ・ジランド等にも行われる風習であるから、カヴァ酒と共にポリネシア人によって此地に輸入せられたのであろう。

中島はこの一文の後半をそのまま「南洋の日記」に「註」として取り入れたのである。

中島は、妻タカ宛の前引の手紙でも、「犬が沢山いるのは、食用にするためなんだ。どんな味がするものかね」と書いている。連作「環礁」中の短編「風物抄」には、丸ごと石焼にした犬を食べないかと勧められる話が出てくる。もちろん中島の創作であるが、「腸《はらわた》だけ抜いた犬が、その儘《まま》、足を突張らせ歯をむき出して膳の上に上《のぼ》されるのだという。ほうほうの態で私は退却した」〔②一〇五〕。

なお、「犬肉食」との関連で出てくるカヴァ酒というのはカヴァの木（胡椒科の灌木）の根を叩きつぶして、絞り出した液体で、アルコール分は含まないが飲むと酩酊状態になる。ポリネシアの島々では広く飲用され、後で出てくるように、サモアのスティーヴンソンの農園では、儀式用にカヴァの木がたくさん栽培されていた。カヴァ酒の飲用はミクロネシアのいくつかの島にも伝わり、ポナペではシャカオと呼ばれている。

こんなことから、中島はポナペに強く惹かれたように見える。中島は、南洋群島視察旅行の帰路、九月三〇日にマーシャル諸島ヤルート島を出発、クサイ島、ポナペ島を経て、一〇月六日にトラック諸島夏島に着いた。ところが、船便、航空便の欠航などで予定が狂い、結局約一カ月間トラック諸島に滞在した。その時には、一一月一〇日頃に、もう一度ポナペ島に行き、「十日あまり」滞在する予定でいた〔②四五四〕。「ポナペは中々大きな島で」、「パラオ丸の往きと帰りとの四日間」では見きれなかったからである〔②四三一〕。しかし、南洋庁本庁から「飛行便にてサイパンに赴き」、そこからパラオに「帰任せよ」という電報があったため、ポナペ再訪を断念せざるを得なかった。中島は「南洋の日記」に、「ポナペ割愛は甚《はなは》だ残念なり」と記している〔②二八六〕。

第Ⅲ章

「光と風と夢」

――サモアのスティーヴンソンと中島敦

一　マーシャル諸島ヤルート島

椰子と流人の島

一九四一(昭和一六)年九月二四日未明、中島敦を乗せたパラオ丸はポナペ島コロニアを出港、クサイ島を経て、二七日早朝、マーシャル諸島ヤルート島のジャボール港に入った。

マーシャル諸島はほぼ南北に延びる二つの列島から成り、そのうちの東側の列島をラタク列島という。ラタクは「日の出」の意である。他方、西側の列島はラリク列島という。ラリクは「日没」を意味する。ヤルート島はラリク列島に属するが、その中では、南の方に位置する(ラリク列島の北端近くには、あのビキニ環礁がある)。マーシャル諸島の島々はすべて珊瑚礁の島で、いずれも一番高いところでも標高二メートルほどしかない。その点では、火山島であるポナペ島とはまったく異なる。

一八七三年、ドイツ、ハンブルクのゴドフロイ商会がマーシャル諸島に進出した。ゴドフロイ商会は、一六八五年にルイ一四世によってナントの勅令が廃止されたのを機に、フランスからドイツ(プロイセン)に亡命したユグノー(フランスの新教徒)であるゴドフロイ家によって、一八世紀に設立された。初めはスペイン産のリンネルなどを扱っていたが、一八三〇年代にはキューバのハヴァナに支店を開設して、砂糖の輸入に乗り出した。一九世紀半ば、ヨハン・ゴドフロイ(第六代)の時代に、ホーン岬回りで南米西海岸に進出し、チリのバルパライソを拠点とした。そこから、さらにオセアニアに進出

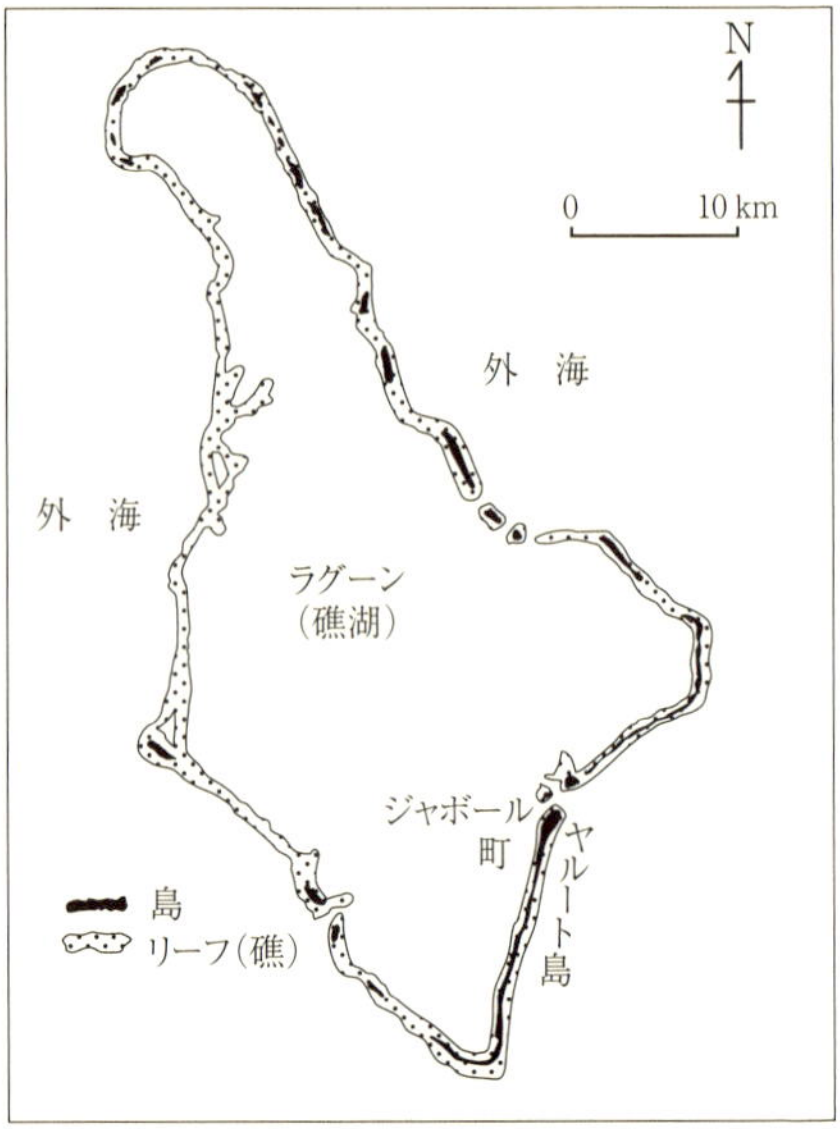

図 9　ヤルート島とヤルート環礁

して、一八五七年にはサモアで事業を開始、ウポル島アピアの西郊に広大なココ椰子・プランテーションを開発した。そのゴドフロイ商会がマーシャル諸島にも進出し、一八七三年、ヤルート島など五つの島に支店を開設したのである[Spoehr, 1963, pp. 4–49][Hezel, 1983, p. 216]。

その後、一八七六年には、ヘルンスハイム商会がヤルート島などに支店を置いた。ヘルンスハイム商会の創立者ヘルンスハイム兄弟はドイツのマインツで、弁護士の家に生まれた。弟エデュアルトがキールで船長の資格を取って、外国貿易に乗り出し、一八七五年、兄フランツと共に、オーストラリアのシドニーで、ヘルンスハイム商会を設立した。オセアニアを商圏としたが、マーシャル諸島などミクロネシアはフランツが担当し、エデュアルトはニューギニア、ニューブリテン島のラバウル・カルデラ内の小島マトゥピを拠点とした[Firth, 1979, p. 120]。

椰子の島マーシャル諸島の主要な産品はコプラで、その産出量はカロリン諸島の島々よりもはるかに多かった。ドイツ商社の進出によって、マーシャル諸島、特にヤルート島は欧米向けコプラ輸出の中心地となっていったのである。

一八七八年一一月、ドイツの軍艦アリアドネー号がマーシャル諸島に来航して、ヤルート島に拠点を置くラリク列島の大首長、カブア(大カブア)とラリク列島全体に及ぶ条約を結んだ。これによってドイツは、ヤルート島ジャボール港の自由使用、貯炭場の設置などの権利を認められた[Hezel, 1995, p. 47]。他方、カブアはラリク列島全体に対する大首長の地位をドイツによって保証された(矢内原『南洋群島の研究』[矢内原、一九六三a]、三五七頁)。この時に、ヘルンスハイム商会のフランツ・ヘルンスハイムがヤルート駐在ドイツ領事に任命された[Hezel, 1995, p. 48]。

こうして、マーシャル諸島に勢力を伸ばしていったドイツは、後に詳しく書くように、一八八五年、マーシャル諸島を保護領化するのであるが、その後は、ヤルート島を流刑地としても利用した。一八八七年、サモア王ラウペパはドイツに擁立されたタマセセとの抗争に敗れ、ヤルート島に流された。一八九三年には、一八八九年にドイツ、アメリカ、イギリスの妥協(「サモアの地位に関する列強の協定」)によって復位させられたラウペパとマタアファとの間に戦闘が行われ、敗れたマタアファは、その部下の一一人の首長と共にヤルート島に流された。ドイツの支配下、サモアとヤルート島は深く結びつけられていたのである。

ドイツのマーシャル諸島統治(一八八五—一九一四年)

前にも触れたことだが、一八八五年になると、ビスマルクによる植民地政策の転換を受けて、ドイツがスペインの南洋領土に積極的に介入し始めた。八月、ドイツは軍艦イルティス号をヤップ島に派遣、上陸部隊がドイツ国旗を掲揚して、ヤップ島の占領を宣した。九月には、軍艦アルバトロス号がヤップからパラオ諸島に回航して、ドイツ国旗を掲揚、パラオの占領を宣言した。アルバトロス号はさらにトラック諸島、ポナペ島、クサイ島でも国旗の掲揚を行った。その後、一〇月にはヤルート島などマーシャル諸島の島々でも、ドイツ国旗を掲揚して、マーシャル諸島全体の領有を宣言した。このドイツの攻勢によって、ドイツとスペインの関係が危機的状況に陥ったため、ローマ法王が仲裁に入り、一二月、ドイツ・スペイン協約が成立した。この協約によって、マリアナ諸島とカロリン諸島はスペイン領ということになったが、ドイツによるマーシャル諸島占領は黙認された。その他、ドイツには、マリアナ諸島とカロリン諸島における商業、航行、漁業の自由、および「殖民部落」建設の自由が与えられた(長谷部『過去の我南洋』、一四〇—一四三頁)。

翌一八八六年四月、イギリスとドイツが協約を結び、マーシャル諸島はドイツ領と認められた。一八九二年には、イギリスがギルバート諸島をイギリスの保護領と宣言した。こうして、ミクロネシアはスペイン、ドイツ、イギリスの間で分割されたのである。

これより先、一八七九年に、ゴドフロイ商会は倒産し、その南洋事業だけを切り離して、ドイツ南洋商業拓殖会社が設立されていた。一八八七年一二月には、このドイツ南洋商業拓殖会社とヘルンスハイム商会とが合同して、ヤルート会社となった。翌一八八八年、ドイツはヤルート会社と協定を結び、マーシャル諸島の統治をヤルート会社に委任した。この協定の内容は次のようなものであった。(一)行政の費用はヤルート会社が負担する。(二)行政はドイツ政府によって任命される行政官が監督する。(三)ヤルート会社は無主地の占有、燐鉱石(グアノ)採掘、真珠貝採取の特権を認められる(矢内原『南洋群島の研究』、四六頁)。このように、マーシャル諸島は実質的には、ヤルート会社の支配下に置かれたのである。

一九〇六年、ドイツ政府とヤルート会社の間の協定期間が終了して、マーシャル諸島はドイツ領ニューギニア保護領総督府の直接支配下に置かれた。しかし、前に書いたように、第一次世界大戦が始まると、一九一四年一〇月三日、日本の第一南遣枝隊（山屋他人司令官）がヤルート島を占領、マーシャル諸島を支配下に収めた。大戦終了後、マーシャル諸島を含む赤道以北の旧ドイツ領南洋諸島は日本の国際連盟委任統治領となった。それを受けて、日本政府は、一九二二年四月一日、委任統治機関としての南洋庁をパラオ諸島のコロール島に設置した。マーシャル諸島では、ヤルート島に南洋庁の支庁が置かれた（本書II—四を参照）。

二　サモアのスティーヴンソン（一八九〇—九四年）

サモアへ

前にも書いたように、マーシャル諸島のヤルート島は、一八九三年、サモアの無冠の王マタアファが、ドイツなどに擁立されたラウペパ王との戦いに敗れて、流された島である。このマタアファのヤルート島流刑に至るサモアの政争にはスティーヴンソン自身もかかわっていた。

スコットランドのエディンバラに生まれ育ったスティーヴンソンは、幼い頃から気管支が弱く、喘息に苦しめられていた。『宝島』や『ジキル博士とハイド氏』などで流行作家としての地位を築くと、スティーヴンソンは一八八七年、母や妻ファニーなどを伴って、霧深いイギリスを逃れて、アメリカ（北米大陸）に渡った。さらに、翌一八八八年には、七四トンのスクーナー型帆船キャスコ号を借り切って、暖かい南太平洋への船旅に出ることになった。船の賃借料は月額五〇〇ドルで、船員も自分で雇わなければならなかったが、その費用には、灯台技師だった父の遺産三〇〇〇ポンドの内の二〇〇〇ポンドをあてた。キャスコ号の船長オーティスは、初めてスティーヴンソンに会った時、その弱々しい体と蒼白に近い顔色を見て、彼が生きて航海から戻れるとはとても思えなかった[Johnstone, 1905, p. 18]。

一八八八年六月二八日、キャスコ号はサンフランシスコを出港、一路南に向かい、二二日間の航海の後、フランス領ポリネシアのマルケサス諸島に到着した。その後、タヒチに回航し、船のマストの修理と健康を害したスティーヴンソンの療養のためにしばらくそこに留まった。翌一八八九年一月、スティーヴンソン一行は、修理の終わったキャスコ号で、ハワイのホノルルに向かった。ハワイには約半年間滞在し、ハワイ王朝のカラカウア王とも親しくなった。スティーヴンソンの文名はハワイにまで聞こえていたのである。同年六月には、商船イクエイター号に便乗して再び南太平洋の船旅に出、ギルバート諸島などを経て、一二月にサモア諸島ウポル島のアピア港に着いた。

アピアで、スティーヴンソン一家は、最初しばらくの間、ジョー・ストロング（スティーヴンソンの妻ファニーと前夫との間の娘イゾベルの夫で、ハワイ在住）に紹介して貰ったアメリカ人実業家、ムーアズの家に滞在した。

暖かいアピアが喘息もちの身によいと思ったのであろう、スティーヴンソンはサモアに定住することを考えはじめ、ムーアズに土地探しを依頼した。いくつかの候補地があったが、結局、アピアの南郊、ヴァエア山（標高、約五〇〇メートル）の東麓、標高二〇〇—四〇〇メートルほどのところに四〇〇エーカーの土地を四〇〇〇ドルで購入することになった[Moors, 1910, p. 12]。四〇〇エーカーといえば約一六〇ヘクタール（一六〇万平方メートル）であるから、約一・三キロメートル四方というきわめて広大な土地である。しかし、アピアの町からは五キロメートルほど離れていて、ろくに道もないほとんど山中といってもよいような土地であった。「プロローグ」でも触れたように、この地はヴァイリマ

図 10　キャスコ号上のスティーヴンソン（1889 年）
左 2 人目から，妻ファニー，スティーヴンソン，ハワイ王カラカウア，スティーヴンソンの母.
（Stevenson, *A Footnote to History*）

図 11　サモア諸島
サモアの主島ウポル島の面積は約 1,125 km^2，沖縄本島とほぼ同じ.

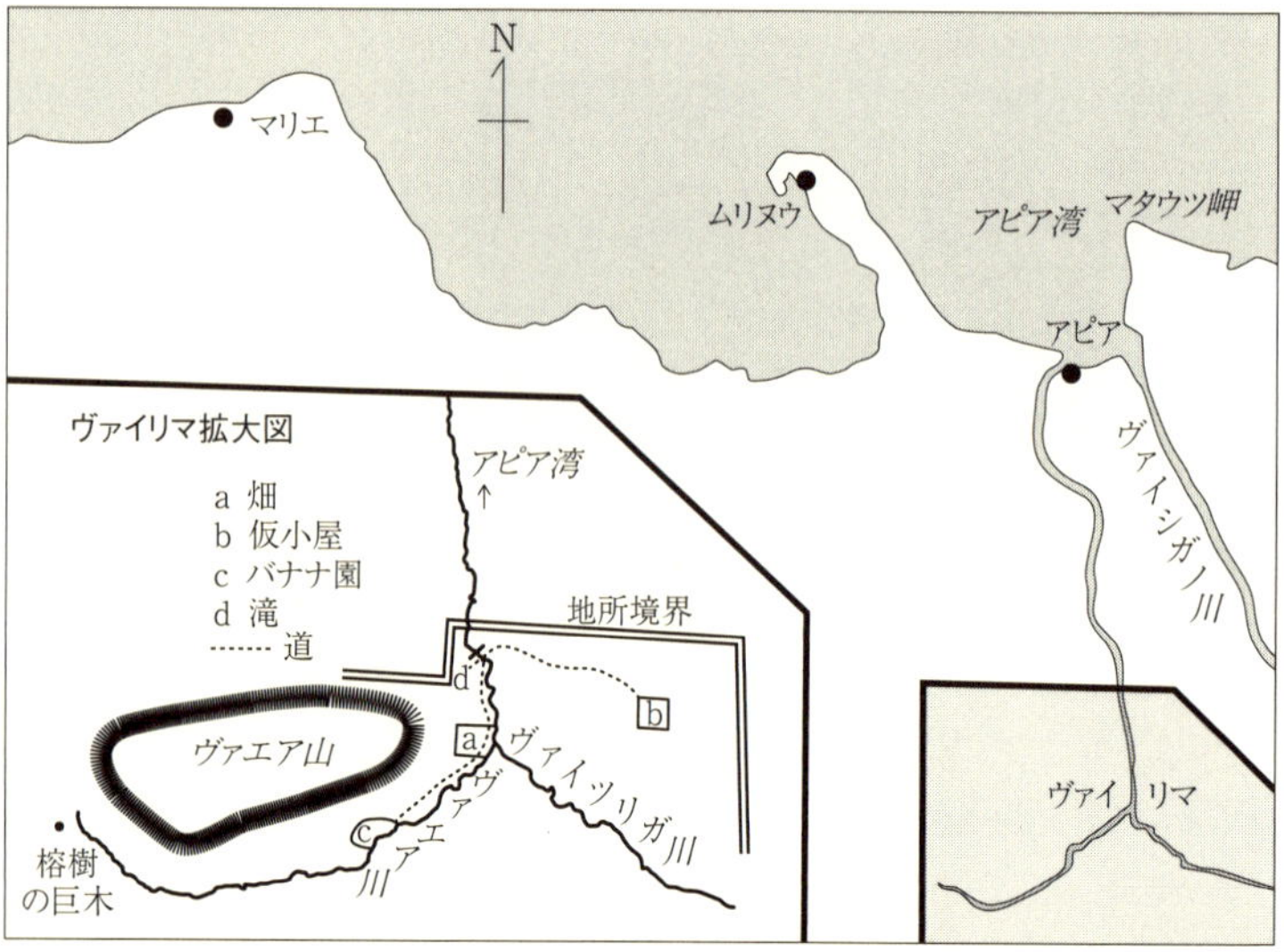

図 12　ヴァイリマの農園
(スティーヴンソン手描きの地図(*Vailima Letters*, pp. 5, 120)により作図)

と呼ばれていたので、スティーヴンソンの邸宅と農園もヴァイリマと称された。*

*よしだみどりは、ヴァイリマの地には「川は実際には四つであったが、彼(スティーヴンソン)は五つという発音を好んでこの名前を付けた」(『物語る人《トゥシターラ》』二〇二頁)と書いているが、ヴァイリマという地名はそれ以前からあり、この頃には川も二つだけであった。

翌一八九〇年二月、スティーヴンソンは一度イギリスに帰国することを考えて、オーストラリアのシドニーまで行った。しかし、そこで肋膜炎を患い、健康を回復するために、蒸気船ジャネット・ニコル号でサモアを含む南洋の島々を巡る船旅に出た。八月、シドニーに帰着したスティーヴンソンは再び帰国を考えたが、風邪をこじらせて帰国を断念し、九月にはサモア(アピア)に戻った。

その間に、ムーアズがヴァイリマまでの

道を整備し、「仮小屋」も建てておいてくれたので、スティーヴンソン一家はそこで生活し始めた。その後、一八九一年三月までには本格的な邸宅が完成したが、ムーアズによれば、それには七四〇〇ドルぐらいかかったに違いないという[Moors, 1910, p. 46]。それに比べると、土地代がいかに安かったかが分かる。

しかし、四〇〇エーカーの土地のうち、農園や庭園として開墾されたのは、ムーアズが切り開いておいた分を含めても、一五エーカー（約六ヘクタール）ほどであった[ibid., p. 47]。山中の土地で、開墾できる平らな土地が少なかったということもあったのだろう。農園には、タロ芋、ジャガイモ、ナス、トウモロコシなどの野菜の他に、ココ椰子、オレンジ、ライム、グァバなどの木が植えられていたが、営業的経営どころか自給を目指すほどのものでもなかった[Balfour, 1901, pp. 140–141]。ただ、特徴的なこととして、カヴァの木がたくさん栽培されていた。スティーヴンソン邸で誕生祝のパーティーなどが開かれる時、サモアの首長たちなどにカヴァ酒を振る舞うためであった。

この後、スティーヴンソンは、シドニーとホノルルへの短い旅行とイースター島など南洋の島への航海を除けば、一八九四年一二月三日に死去するまでサモアを離れることはなかった。

サモアの政体と政争

スティーヴンソンがサモアに来た頃、サモアは長く続く政治的抗争のただなかにあった。中島敦は「光と風と夢」の中で、『ヴァイリマからの手紙』が書き始められる一八九〇年一一月より前のサモアの政争については、スティーヴンソンの『サモア史脚注』(*A Footnote to History*)[Stevenson, 1996]などに依拠して書いているのだが、出来事の年月日などが書かれていない部分もかなりあるので、若干の補足をしながらその過程を簡単にたどっておきたい。

もともとサモアには世襲的な王権が存在しなかった。サモアの主島、ウポル島は西からアアナ、ツアマサガ、アツアの三地区に分かれていた。アアナにはツイアアナ、アツアにはツイアツアという大首長称号があった。ツアマサガには、大首長マリエトアに由来する二つの女性首長称号、ガトアイテレとタマソアリイがあり、それら四つの首長称号を兼ねもつ者がタファイファー(王)となるという政体をとっていたのである。そのためもあって、王位の継承をめぐってはよく紛争が起こった[山本、二〇一二、一七四頁]。

一九世紀後半、ドイツ人、アメリカ人、イギリス人などがサモアに進出したことがサモアの政争にさらに拍車をかけた。前にも書いたように、一八五七年、ハンブルクに本社があるゴドフロイ商会がサモア(ウポル島)のアピアに支店を開設して、アピア西郊、ムリヌウ半島に大規模なココ椰子・プランテーションを開発し始めた。ココナッツから採れるコプラは利益の多い輸出品であったから、ゴドフロイ商会に続いて、アメリカやイギリスなどの会社がココ椰子・プランテーション経営やコプラ取引に参入していった。しかし、ゴドフロイ商会と、一八七九年にゴドフロイ商会が倒産した後を継いだドイツ南洋商業拓殖会社の勢力が他を圧していた。

こうして、ウポル島、特にアピアにはドイツ人を中心として欧米人のコミュニティーが形成されていったので、ドイツ、ついでアメリカ、イギリスの三国はアピアに領事を置き、自国権益や自国民の保護を図った。これらの領事たちやゴドフロイ商会、その後を継いだドイツ南洋商業拓殖会社などがサモアの政争に介入したことによって、サモアの政治状況はますます混迷を深めていったのである。一八八〇年、ガトアイテレとタマソアリイという二つの女性首長称号を持つ大首長マリエトア・ラウペパが権力を掌握したが、ツイアアナの称号をもつ大首長タマセセがそれに対抗し、両者の間で政争が続いた。そのため、一八八一年には、在サモアの独、米、英三国領事の介入によって、ラウペパが王位に就き、タマセセとツイアツアの称号をもつ大首長マタアファが交互に副王に就くということになった。しかし、この体制も長くはつづかなかった。ラウペパとタマセセの間に再び亀裂が生じ、一八八七年一月、タマセセはラウペパを無視して、サモアの王位についたことを宣言した。ドイツ人の側がタマセセをサモア王と認めたため、劣勢となったラウペパは、同年八月、ウポル島山中に逃亡した。しかし、ラウペパは九月には投降し、同月一七日ドイツの軍艦アードラー号に乗せられてサモアから連れ去られた。

こうして、タマセセがサモア王となったのであるが、ドイツの傀儡のようなタマセセに対して反感をもつ者が多く、一八八八年八月には「叛乱」が起こり始めた。その中で、同年九月には大首長マタアファが王位に推戴された。そのために、この後は、タマセセを擁立するドイツ人とマタアファとの間の抗争が前面に出てきた。同年一二月一八日、約一五〇人のドイツ海軍兵士たちが軍艦から上陸用舟艇に乗って上陸し、アピアの東、ラウリイに向かった。しかし、ファガリイの地でサモア「叛乱軍」と衝突、死傷者六〇人ちかくを出した末に、撤退せざるをえなかった。初めて大量のドイツ人兵士が犠牲となったこの戦闘はドイツ人たちの間に、「叛乱軍」の将、マタアファに対する憎しみを植えつけた。「叛乱軍」に包囲されたタマセセは、アピアの西、ムリヌウ半島の「王宮」から撤退して、海上に逃れた。

一八八九年、サモアをめぐってドイツとアメリカ・イギリスとの間に軍事的緊張が一層高まり、アピア港には三国の軍艦七隻がひしめきあって、何時衝突が起こっても不思議のないような状態になった。ところが、同年三月一五日夜、巨大な台風がアピアを襲い、イギリス軍艦カライアピ(カリオペ)号を除く米・独の六隻の軍艦が沈没するという出来事が起こった。これを契機として、ドイツ、アメリカ、イギリス三国の間で妥協が図られ、同年六月一四日、ベルリンで「サモアの地位に関する列強の協定」[『歴史学研究会編、二〇〇八、三九二―三九三頁』が結ばれた。これによって、一見不思議なことに、ラウペパがサモア王として承認された。どうしてもマタアファをサモア王とすることに反対するドイツにアメリカとイギリスが妥協して、かつてドイツ人自身がサモアから追放したラウペパを、もう一度王位に就けるということになったのである。

前に書いたように、ラウペパは、一八八七年九月一七日、ドイツの軍艦アードラー号でサモアから連れ去られ、南アフリカのケープタウン、カメルーンを経てドイツに連れて行かれた。その後、再び船に乗せられ、結局、マーシャル諸島のヤルート島に配流されていた。そのラウペパが、約二年後の一八八九年一一月八日、サモアに連れ戻されて、王位に就けられたのである。この時、マタアファもラウペパの王位復帰を認めたから、最初二人の関係は良好だったのだが、ドイツ人の反マタアファ策謀などにより、両者の間にはしだいに対立が生まれていった。

海軍練習艦「筑波」のサモア訪問

興味深いことに、ちょうどこの頃、日本海軍の練習艦「筑波」と軍艦「金剛」が相前後してサモアに来航している。

一八八六(明治一九)年二月、海軍練習艦「筑波」(汽帆船、約二〇〇〇トン、乗員約三〇〇人)は遠洋練習航海に出発した。カロリン諸島東端のクサイ島レレ港に寄港した後、オーストラリアのシドニー港に入り、そこからニュージーランド、フィジー、サモア、ハワイと回航する、約一〇カ月の航海である。「筑波」がサモア、ウポル島のアピア港に入港したのは七月一日であった。

「筑波」には志賀重昂が同乗していた。その時、志賀はまだ二三歳、札幌農学校を卒業したばかりの無名の青年だったが、何かのつてで同乗を認められたのであろう。七月三日、志賀はラウペパ王を訪ねた。志賀が帰国後すぐに刊行し、彼の出世作となった『南洋時事』には、その時の様子が次のように書かれている。当時、サモア「王宮」のあったムリヌウ岬はドイツ人によって占拠されていたので、ラウペパ王はアピア市の東端に「新殿」を構えていた。ラウペパの「新殿」には、門衛もいなかったので、志賀は誰にも見とがめられることなく、中に入ることができた。ラウペパの王室は二〇畳ぐらいの広さで、壁がなく吹き抜けの構造になっていた。屋根は椰子の葉で葺き、地面には砕いた珊瑚殻が敷き詰められていた。ラウペパは、珊瑚殻の上に敷いたマットの上で、襦袢のようなものを身にまとって横臥していた。「近侍」に英語のよく分かる者がいたので、その通訳で志賀はラウペパと話をした[志賀、一九二七、八二―八三頁]。話の内容について、志賀は具体的には何も書いていないのだが、ラウペパから受けた印象は芳しいものではなかった。当時、サモアの支配権をめぐってドイツとアメリカ・イギリスが激しく争っていたし、ラウペパは、ドイツに擁立されたタマセセとの王位をめぐる抗争において劣勢になっていた。そのような「内憂外患」が身に迫っているにもかかわらず、ラウペパは「恬《てん》としてこれを顧《かえり》みず」、日中から「カヴ（カヴァ）の酒」を飲んで「爛酔《らんすい》して国事を度外視し」、マットの上に横臥して「睡魔の界に堕んと」している、というのが志賀がラウペパから受けた印象であった〔志賀、一九二七、八三頁〕。ラウペパが志賀の眼前で実際にカヴァ酒を飲んでいたということはないとしても、すっかり覇気を失ってしまっているラウペパを見た志賀の脳裏には、日中からカヴァ酒を飲んで「爛酔」するラウペパの姿が浮かんだのであろう。前に書いたように、この約一年後の一八八七年九月一七日、ラウペパはドイツの軍艦アードラー号でサモアから追放されることになるのであるが、もうこの時点でラウペパは無気力な状態になっていたようである。

軍艦「金剛」のサモア訪問

一方、軍艦「金剛」（汽帆船、約二五〇〇トン、乗員約三三〇人）の方は、一八八九（明治二二）年八月一四日に、僚艦「比叡」とともに、遠洋練習航海のため横須賀軍港を出港した。行く先はハワイ、サモア、フィジー、グアムで、翌一八九〇年二月に品川帰港という、約半年の航海である。「金剛」はハワイを経て、一八八九年一一月二二日、サモア、ツツイラ島のパゴパゴ港に寄港、二八日には、ウポル島のアピア港に入港した。まさに、ラウペパが流刑地のヤルート島からサモアに連れ戻されて、再び王位につけられた直後のことである。

「金剛」には鈴木経勲が同乗していた。日本人漂流民殺害事件の調査のためにマーシャル諸島に赴いていたということになっている、あの鈴木である。鈴木はこの頃「南進論」を鼓吹するようになっていたので、南洋に行きたいと思っていた。そんな折に、「金剛」が南洋を巡航することを知り、便乗を願い出て、認められたのである。

「金剛」がアピア港に入港した時の様子を、鈴木は『南洋探検実記』(巻二　南洋巡航日誌)〔鈴木、一八九二〕の中で次のように書いている。「三、四軍艦商船打ち交じりて破壊し、或は波底沈み、或は礁上に横わりて、満目荒涼たり」(二〇〇頁)。一八八九年三月一五日夜にアピアを襲った大台風の爪痕が未だ歴然と残っていたのである。

鈴木はアピア滞在中、サモアの「内乱」に関心をもち、ラウペパとマタアファに会いに行った。『南洋探検実記』で、鈴木はムリヌウ半島の「王宮」に戻っていたラウペパとの会見の模様を次のように書いている(二〇七―二〇八頁)。

偽王アルペパ(ラウペパ)を訪問せんとて土人に王宮まで案内させたり。王宮はアピヤ市の西方に在りて、其門の左右に数百株の芭蕉を植え、洋風の建物一箇に土人の家三ヶ所あり。(中略)玄関に入れば一人円卓に凭《よ》りて書類を検《けん》し居りしが、余の入り来るを見るや、直ちに起ちて礼をなし、名刺を乞うてこれを冊子に記入したり。(中略)斯くて王は徐々《じょじょ》と出で来たりしが、其の待遇甚だ慇懃《いんぎん》なり。余窃《ひそか》に王の容体を窺い見るに、頭髪雪のごとく、方面《ほうめん》(四角張った顔)にして肥大なるが、挙動沈静にして自ら風采あり。(中略)王は日本人の来訪の辱《かたじけな》きを謝する旨を屢々《しばしば》述べし末、余はサモワ島の国情を探りしに、王は多くその答を避くるもののごとし。

鈴木がラウペパを「偽王」と書いているのは、当時、サモアの人びとがラウペパを「偽王」とみなしていたからであろう。鈴木が「サモワ島の国情」についていろいろと質問しても、ラウペパが答えを避けようとしたのはラウペパの置かれたこのような立場をよく示している。ラウペパは日本人訪客に会うことは拒まなかったが、内心を明かすようなことはしなかったのである。

　鈴木はラウペパの「王宮」を辞去した後、マタアファの居所を訪ねた。マタアファは後にアピアの西、十数キロメートルほどのマリエを拠点とすることになるのだが、この時はまだそれ以前で、アピアのそばに居を構えていた。『南洋探検実記』で、鈴木はこの時の様子を次のように書いている（二〇八―二一二頁）。

　偽王アルペパ〔ラウペパ〕の宅より行くこと一哩《マイル》許《ばかり》にして、樹木叢生《そうせい》せし原野を過ぎつつ、又一哩にして十字形を画きし一大旗章半空に翻り、其下に円形に葺きたる一大茅屋あり。是れ即サモワ島の真王マリヤトナ、マタアハ〔マリエトア・マタアファ〕*の宮殿なり。〔中略〕余の歩して殿前に至るや、二十歳許《ばかり》の一婦女出で来れり。余は礼を施して王の所在を問いしに、此所は王宮にして、マリヤトナ、マタアハは彼に在りと指しつつ、余を導きて内に入らしむ。此婦女は即ち王女アガタにて、天主教の信者なるが、天資聡明にして能《よ》く其の教理に通じたること、余は曽て宣教師より伝聞し居れり。却説《さて》余は王女の通弁により王に謁見す。王は大に喜び、椰楿《やし》の実を出して饗応しつつ、王は金剛艦の事より談偶々《たまたま》日本の国勢に及び、日本が曽て外人の干渉を受くるの憂いなきを羨みて止まず。兎角する内、金剛艦の士官も来たり、謁しけり。余は先ず王女と教法の事を談論せし後に、目下の国情如何を尋ねしに、王女は愁を含みて嗟嘆《さたん》し、嗚呼《ああ》我がサモワ島は遂に独逸人の手に落ちん乎。現に英米独三国の保護を受くると称するも、其実は独逸人の干渉日一日に増長して、殆ど底止《ていし》する所を知らざるなり〔中略〕と。其の語気凄然《せいぜん》として、自ら亡国の慷慨《こうがい》を抱きたるは、余をして為に感激して去る能《あた》わざらしむ。

＊マタアファは一八八八年、「叛乱者」たちによって王位に推戴された時、マリエトアの称号を与えられたので、マリエトア・マタアファとも称されていた。

ラウペパを「偽王」とする鈴木は、マタアファの方をサモアの「真王」とみなしていたのである。これも当時のサモアの人びとの思いを反映するものであろう。

サモアの「真王」マタアファは、一八四五年にフランスのマリスト修道会によってサモアで布教が開始された「天主教」(カトリック)の信徒であった。その娘「アガタ」もカトリックに入信し、フランス人宣教師からフランス語を習っていたのであろう。鈴木の方は、前に書いたように、横浜仏語伝習所で二年間フランス語を学んでいたから、マタアファはともかくとして、「アガタ」とは意思の疎通に不自由はなかったと思われる。

この「アガタ」という名前は「シチリアの聖アガタ」にちなむ洗礼名(クリスチャン・ネーム)に違いない。聖アガタはシチリアに生まれた女性キリスト教徒で、美貌をもって知られていたが、時のローマ人支配者の意に従わなかったため、両乳房を切り落とされ、二五〇年頃、獄中で殉教したとされている。後で書くように、サモアの「アガタ」の本名はタララあるいはカララであったと考えられる。

『ヴァイリマからの手紙』

一八九〇年九月、スティーヴンソンがイギリスへの帰国をあきらめてサモアに定住することにした時は、ドイツ・ラウペパ側とマタアファ側の対立・抗争がちょうど激化し始めた頃であった。中島敦

図13　ヴァイリマのスティーヴンソン邸
後ろの山がヴァエア山.（Farrell, *Robert Louis Stevenson in Samoa*）

は「光と風と夢」の中で、スティーヴンソンがサモアの政争に巻き込まれていく過程を、『ヴァイリマからの手紙』にほぼ沿う形で叙述している。しかし、「光と風と夢」には、このようなサモアの政争の他に、ヴァイリマにおけるスティーヴンソンの日々の生活を描いた部分がたくさん含まれている。私が高校時代に「光と風と夢」を読んだ時、もっとも強く惹きつけられたのはむしろこのようなヴァイリマにおける生活の叙述であった。

「光と風と夢」の中で、スティーヴンソンのヴァイリマでの生活を描いた最初の部分は次のような文章である。

一八九〇年十二月×日

五時起床。美しい鳩色の明方。それが徐々に明るい金色に変ろうとしている。遥か北方、森と街との彼方に、鏡のような海が光る。但し、環礁の外は相変らず怒濤の飛沫が白く立っているらしい。耳をすませば、確かに其の音が地鳴のように聞えて来る。［①一三三］

この一文は、『ヴァイリマからの手紙』の中の次のような文章を、中島らしく簡潔に書き換えたものである［岩田、一九七八、九〇・九四頁参照］。

親愛なるコルヴィン。 また始めることにする。今朝、私は四時半頃に眼を覚ました。まだ夜だったけれども、〔起きて〕暖炉に火をおこした。これはいつでもとても楽しいことだ。そして、朝日が差しこんでくるまで、ロックハートの『スコット』*を読んでいた。美しく、穏やかな夜明け、鳩色の夜明けで a dove-coloured dawn、それが徐々に金色に輝きだした。私はそれをしばらくのあいだ、東の方の下り坂の道路越しに眺めていた。たまたま眼を北の方に向けると、海が大きくひろがっているのが見えて、異常なほどの喜びを感じた。海は鏡のように静かに見えたが、波が礁《リーフ》に沿って怒号をあげていることを私は知っていた。実際、もしもその音を聞こうとしていたならば、きっと聞こえていただろう。――そして、〔アピアの東の〕マタウツ岬の外側に、白い波頭の立っているのが見えた。(*Vailima Letters*, p. 70)

*John G. Lockhart, *Memoirs of the Life of Sir Walter Scott* を指す。

このスティーヴンソンの一文は一八九一年四月二九日付なのだが、それを中島は一八九〇年一二月×日のこととして、ヴァイリマにおけるスティーヴンソンの生活を描く導入部としたのである。この文章がよほど印象的だったのであろう。

ヴァイリマ農園の日々

スティーヴンソンは、こういうサモアの気候・風土の中で、密林を切り開き、開墾して農園を広げていくことに何よりの喜びを感じていた。中島敦は「光と風と夢」の中で、同じく一八九〇年一二月×日のこととして、次のように書いている。

六時から九時まで仕事。一昨日以来の「南洋だより」(*In the South Seas*) [Stevenson, 1901] の一章を書上げる。直ぐに草刈に出る。土人の若者等が四組に分れて畑仕事と道拓《みちひら》きに従っている。斧の音。煙の匂。〔中略〕

食後、詩を纏めようとしたが、巧く行かぬ。銀笛を吹く。一時から又外へ出てヴァイトリンガ河岸への径を開きにかかる。斧を手に、独りで密林にはいって行く。頭上は、重なり合う巨木、巨木。其の葉の隙から時々白く、殆ど銀の斑点の如く光って見える空。地上にも所々倒れた巨木が道を拒んでいる。攀上《よじのぼ》り、垂下り、絡みつき、輪索を作る蔦葛《つたかずら》類の氾濫。総《ふさ》状に盛上る蘭類。毒々しい触手を伸ばした羊歯《しだ》類。巨大な白星海芋《しらほしかいう》(里芋の類)。汁気の多い稚木の茎は、斧の一振でサクリと気持よく切れるが、しなやかな古枝は中々巧く切れない。〔①一三四―一三五〕

この文章は『ヴァイリマからの手紙』中の一八九〇年一一月二日付及び三日付記載の各所(*Vailima Letters*, pp. 5-6, 10-11)から寄せ集めて、再構成したもので、必ずしも原文どおりではない。

海を泳ぐ南洋の豚

中島敦はこのようなスティーヴンソンの農園生活に強く心惹かれたのであろう、時には、『ヴァイリマからの手紙』以外のスティーヴンソンの作品をも利用しながら、サモアの光景を生き生きと描き出している。

六時少し前朝食。オレンジ一箇、卵二箇。喰べながらヴェランダの下を見るともなく見ていると、直ぐ下の畑の玉蜀黍《とうもろこし》が二三本、いやに揺れている。おやと思って見ている中に、一本の茎が倒れたと思うと、葉の茂みの中に、すうッと隠れて了った。直ぐに降りて行って畑に入ると、仔豚が二匹慌てて逃出した。

豚の悪戯には全く弱る。欧羅巴《ヨーロッパ》の豚のような、文明のために去勢されて了ったものとは、全然違う。実に野性的で活力的で逞しく、美しいとさえ言っていいかも知れぬ。私は今迄豚は泳げぬものと思っていたが、どうして、南洋の豚は立派に泳ぐ。大きな黒牝豚が五百碼《ヤード》も泳いだのを、私は確かに見た。彼等は怜悧で、ココナットの実を日向に乾かして割る術をも心得ている。獰猛《どうもう》なのになると、時に仔羊を襲って喰殺したりする。〔妻の〕ファニイの近頃は、毎日豚の取締りに忙殺されているらしい。〔①一三三―一三四〕

この一文は、『ヴァイリマからの手紙』の各所をつなぎ合わせ、潤色を加えたものであるが、『ヴァイリマからの手紙』には、南洋の豚は泳ぐことができるとか、ココナッツを日に干して乾燥させて割る方法を知っている、といったことはどこにも書かれていない。これらの記述は何からとったのだろうと思いながら、スティーヴンソンの他の作品を読んでいたら、『南洋だより』の中に次のような文章があるのを見つけた。

〔南洋の〕島の豚は活動的で、進取の精神に富み、分別のある奴だ。聞いたところによると、彼奴《きゃっ》はココナッツの外皮を剝いだうえで、実がはじけるように日の当たるところに転がしておくそうだ。彼奴は羊を飼っている者にとっては脅威だ。スティーヴンソン夫人――母の方だが――は一匹の豚が子羊を口に咥《くわ》えながら、森の中に逃げ込むのを見たことがある。〔中略〕私たちは、子どもの頃、豚は泳げないと聞かされていた。だが、私は、一匹の豚が船の上から海に飛び込み、海岸に向かって五〇〇ヤードも泳いで、元の飼い主の家に帰ったことがあるということを知っている。(*In the South Seas*, Vol. 1, p. 143)

これは、サモアに定住する以前の一八八八年、スティーヴンソン一行がキャスコ号でフランス領ポリネシアのマルケサス諸島を訪れた時のことを書いた旅行記の一節である。中島敦はこれをサモアのこととして、「光と風と夢」の中に書き込んだのである。確かに、こうすることによって、南洋の豚のたくましい姿が一層リアルに目の前に浮かんでくる。編集者、杉森久英の回想によれば、中島敦は「光と風と夢」の中の南洋の風景描写について、「想像だけで書いたのですが、かなりリアルに書けるものです」と語っていたという[杉森、一九八九、二二九頁]。しかし、想像といっても、単なる空想ではなく、こうした素材があったのである。

「ヴァイリマの家族」

ヴァイリマ邸では、多くのサモア人その他の現地民が住み込みで働いていた。一八九三年末頃には、スティーヴンソン一家の身の回りの世話をするサーヴァントが二人、コック三人とその係累などが三人、農園の監督官一人と作男四人がいて、これだけでも一三人になった(*Vailima Letters*, p. 311)。スティーヴンソンは使用人たちに御仕着せの服を着させていたので、周りのサモア人たちは彼らをTama-ona(お金持ちの子どもたち)と呼んだ。それで、スティーヴンソンは「ヴァイリマが皆から家族として受け取られるようになった」と喜んだ(ibid., p. 308)。この「ヴァイリマの家族」の他に、多くの若者たちが通いで農園に働きに来ていたし、アピアの町には連絡係の男が一人いた。ヴァイリマの邸と農園はこれら多くの現地民によって支えられていたのである。ただ、それに要する費用を文筆一本で稼ぎ出すのは、スティーヴンソンにとってもなかなか大変なことだったようである。

ヴァイリマ邸が最も賑わったのはスティーヴンソンの誕生祝の時であった。一八九三年一一月、スティーヴンソンの下痢のために一週間延期されていた誕生会が開かれた。スティーヴンソン自身何人の客が来たのかよく分からなかったが、一五〇人ぐらいではないかと書いている。サモア在住の欧米人だけではなく、現地民もたくさん来たのである。彼らをもてなすために、豚一五頭、牛肉一〇〇ポンド、さらに豚肉一〇〇ポンドが用意された。サモアの祝宴につきもののカヴァ酒を飲む儀式の際には、飲み手が一人一人呼び上げられるのだが、スティーヴンソンもサモア語で呼び上げられた。

ドイツ人との対立

サモアにおけるスティーヴンソンの生活は、しかしながら、このように平和で牧歌的なことだけではなかった。スティーヴンソンがサモアに落ち着いた頃には、ドイツ・ラウペパ側とマタアファ側の対立・抗争が激化していたから、スティーヴンソンもすぐにそれに巻き込まれてしまったのである。

前に書いたように、一八八九年六月の「サモアの地位に関する列強の協定」によって、ラウペパがサモア王に擁立されたのであるが、それと同時に、列強の「共同租界」とでもいうべきアピアには、市行政会議と最高裁判所が設置され、欧米人の行政長官と最高裁判所長官の管掌下に置かれることになった〔歴史学研究会編、二〇〇八、三九二頁〕。ラウペパを名目的な王として立てながら、実際上の行政的・司法的権限は欧米人が握るという「マーロー」(政府)がつくられたのである。スティーヴンソンはこの「マーロー」に対して極めて批判的な眼を向けていた（*Vailima Letters*, pp. 83–84）。
一方、マタアファは事実上ドイツ人に支配されているアピアを離れて、アピアの西、十数キロメートルほどのマリエに拠点を構えた。それで、マリエには、反「マーロー」の立場を取る首長たちが集まっていた。

一八九一年一〇月、行政長官はマタアファを「叛乱者」であると宣言した。「彼らは叛乱者たちを抑えていた唯一の人間を叛乱者としてしまった。〔中略〕そうすることによって、今にも戦争になるというのに」とスティーヴンソンは憤った（ibid., pp. 107–108）。

こんな状況の中で、スティーヴンソンはラウペパとマタアファを何とか和解させようと努力しつづけていた。一八九二年四月には、ラウペパがヴァイリマに訪ねてきて、いろいろな話をした。だいたい、ヴァイリマの地は、ラウペパが若い時に、王位をめぐって激しい戦闘を行い、勝利した土地であったから、話題はいろいろあったのである（ibid., p. 143）。

五月二日にはカヌーに乗って、礁湖《ラグーン》を海岸沿いに進み、マタアファの拠点マリエを訪問した。これには妻のファニーと義理の娘イゾベルも同行したが、二人ともスティーヴンソンの妻だと思われた。

スティーヴンソンは五月七日にもマリエを訪れた。今度は雨の中、泥まみれになりながら、馬に乗って陸路出かけていったのである。その日は、「マタアファの娘カララ」が部屋の一角を仕切って、五〇枚近い上等なマットで寝床を用意してくれたので、スティーヴンソンはマタアファの居宅で一夜を過ごした（ibid., p. 167）。この「マタアファの娘カララ」は、鈴木経勲がこれより二年半ほど前にアピアのマタアファの居宅で出会った「アガタ」に違いない。

こういった行動について、スティーヴンソンはコルヴィンへの手紙の中で、「あなたには分かって欲しい。私がこんな面倒くさいことをしているのは、義務感からだけではない。〔中略〕マタアファに対する愛情からなのだ。彼は美しい、すばらしい老人だ」(ibid., pp. 168-169)と書いている。この頃になると、スティーヴンソンははっきりとマタアファを支持する姿勢を示していたのである。そのためにスティーヴンソンとドイツ人たちの間には大きな疎隔が生じ、スティーヴンソンと口をきくドイツ人はほとんどいなくなってしまったという。

サモアの「叛乱者」マタアファの「大饗宴」

一八九二年五月二七日、「マターファの大饗宴に招かれているので」〔①一八三〕、スティーヴンソンは母やイゾベルなどを伴って、海路マリエに向かった。カヌーとボートに分乗していったのだが、途中でボートが動けなくなり、ぬかるむ浅瀬を泥だらけになりながら歩いていった。それで、マリエに到着したのは昼過ぎで、「大饗宴」の始めに行われる戦闘の踊りはもう終わり、マタアファへの贈り物の贈呈式が始まっていた。

中島敦は「光と風と夢」の中で、この贈り物の贈呈式の様子を『ヴァイリマからの手紙』の記述をほぼ追う形で、詳細に描いている。

中央の空地には、食物の山が次第に大きさを増して行く。(白人に立てられた傀儡ではない)彼等の心から推服する真の王者へと贈られた・大小酋長からの献上品だ。役人や人夫が列をなして歌を唱いながら贈物を次々に運び入れる。其等は一々高く振上げて衆に示され、接収役が鄭重《ていちょう》な儀礼的誇張を以て、品名と贈呈者とを呼び上げる。〔中略〕我々の持参したビスケットの缶と共に、「アリイ・ツシタラ・オ・レ・アリイ・オ・マロ〔マーロー〕・テテレ」(物語作者酋長・大政府の酋長)と紹介される声を私は聞いた。〔①一八四〕

スティーヴンソン一行が持参したマタアファへの贈り物は数缶のビスケットと生きた若牛一頭だったようであるが(*Vailima Letters*, p. 186)、返礼として王からもらったのは「五羽の生きた雞、油入瓢《ひょう》箪《たん》四箇、筵《むしろ》〔マット〕四枚、タロ芋百箇、焼豚二頭、鱶《ふか》一尾、及び大海亀一匹」〔①一八六〕(原文では、これらに加えて、「カヴァ酒の壺を括り付けたココ椰子の枝、数本」)ということであるから、返礼の方がはるかに上回っている。これは、スティーヴンソンに対するマタアファの特別な気持ちの表れなのか、それとも、王の「大饗宴」というのはこういうものだったのであろうか。

前に書いたように、「光と風と夢」におけるこの叙景は『ヴァイリマからの手紙』にほぼ忠実によっているのであるが、一カ所だけ、原文にない文章を中島敦が書き加えているところがある。それは「(白人に立てられた傀儡ではない)彼等の心から推服する真の王者へと贈られた・大小酋長からの献上品だ」という一文である。中島はマタアファが、ラウペパのような「白人に立てられた傀儡」ではなく、人びとの「心から推服する真の王者」だということを強調したくて、この一文を書き加えたのであろう。中島は、『ヴァイリマからの手紙』などを読みながら、スティーヴンソン以上に、マタアファに感情移入していったようにみえる。

三　マタアファのヤルート島流刑とその後（一八九三―一九一二年）

サモア政争の帰結

一八九三年になると、独・米・英三国に支援されたラウペパと「叛乱者」マタアファの対立は抜き差しならないものとなっていった。スティーヴンソンは、六月二四日付で、「私たちはため息をつきたくなるようなもどかしさを感じながら、何時宣戦が布告されるのか、何時戦争が勃発するのか、と待っている」とコルヴィンに書き送った（*Vailima Letters*, p. 280）。

七月八日、とうとう戦争が始まった。その翌日の夕方には、スティーヴンソンは次のように記している。

ラウペパ軍が〔斬り取った〕一一の首を〔「王宮」のある〕ムリヌウに運んできた。その首の一つが少女のものであることが分かって、現地民の間に、大変な恐怖と驚愕が引き起こされた。その首は、サヴァイイ島のある村のタウポウ――村で一番格の高い少女――の首であった。〔中略〕その少女は彼女の父親に弾薬を運んでいる時に、撃たれたのである。（ibid., p. 289）

マタアファ側がさしあたり追い散らされたというのは確かなことのようだ。私たちのほとんどの〔サモア人の〕友人たちがこの惨事に巻き込まれている。これが、数カ月前だったら、サモア中を席巻していたであろうマタアファ自身も。その彼が、こんなに簡単に敗れたということが私の

落胆の念を倍加させる。(*Vailima Letters*, p. 290)

七月一〇日には、マタアファがマノノ島を経てサヴァイイ島に逃れたという知らせを聞いて、スティーヴンソンは「もし、マタアファが〔先月の〕二八日に行動に出ていたならば、彼はムリヌウを攻略していただろうに」と嘆いた(ibid., p. 291)。七月一三日には、追い打ちをかけるように、マタアファがサヴァイイ島から追い返されたという知らせが届いた(ibid., p. 293)。

七月一六日、イギリスのオーストラリア海軍基地から軍艦カトゥーンバ号がアピアに来航した。翌日、スティーヴンソンが艦長ビックフォードを訪ねると、彼は「ただちにマタアファ軍を鎮圧せよという命令を受けているので、明日、夜明け前に出動しなければならない」と語った(ibid., p. 294)。事態が最終段階に来たことを覚ったスティーヴンソンは、こう自らに問いかけた。「(一)マタアファは降伏するだろうか？　(二)彼の軍勢は武装解除に応じるだろうか？　(三)もし、応じたら、彼らはどうなるだろうか？　(四)前にも騙されたことのある彼らが何を信用するだろうか？」(ibid., p. 294)

マタアファは、結局、英艦カトゥーンバ号の艦長ビックフォードに投降し、英艦でアピアに連行された。その後、マタアファは、自らに与した一一人の主だった首長たちとともに、ドイツの軍艦スペルバー号に乗せられて、サモアから連れ去られた。

マタアファのヤルート島流刑

マタアファの敗北とヤルート島流刑について、中島敦は「光と風と夢」の中で、次のように書いている。

独・英・米三国に対する敗残の一マターファでは、帰趨《きすう》は余りに明かであった。マノノ島へ急航したビックフォード艦長は三時間の期限付で降服を促した。マターファは投降し、同時に、追撃して来たラウペパ軍のためにマノノは焼かれ掠奪された。マターファは称号剥奪の上、遥かヤルート島へ流謫《るたく》され〔中略〕た。叛乱者側の村々への科料六千六百磅《ポンド》。ムリヌウ監獄に投ぜられた大小酋長二十七人。之が凡《すべ》ての結果であった。

躍気になったスティヴンスンの奔走も無駄になった。流竄者《りゅうざんしゃ》は家族の帯同を許されず、又、何人との文通をも禁ぜられた。〔中略〕マターファは凡ての親しい者、親しい土地と切離され、北方の低い珊瑚島で、鹹気《しおけ》のある水を飲んでいる。（高山渓流に富むサモアの人間は鹹水《かんすい》に一番閉口する。）彼はどんな罪を犯したのか？ サモアの古来の習慣に従って当然要求すべき王位を、遠慮して気永に待ち過ぎたという罪を犯しただけだ。そのため、敵に乗ぜられ、喧嘩を売付けられ、叛逆者の名を宣せられたのである。〔①二二〇―二二二〕

敗北後のマタアファについての中島の記述は、主として、スティーヴンソンがロンドンの『タイムズ』紙や『ペル・メル・ガゼット』紙に送った「手紙」によっている。スティーヴンソンはサモア問題についてイギリスの世論を喚起するために、数多くの手紙をこれらの新聞に書き送ったのである（後にそれらの手紙は *Vailima Papers* [Stevenson, 1924] に収録された）。

マタアファの娘

しかし、「光と風と夢」の右の記述には、事実と異なるところがいくつかある。その一つは、「流《りゅう》竄者《ざんしゃ》は家族の帯同を許されず、又、何人との文通をも禁ぜられた」という箇所である。スティーヴンソンによれば、流刑者たちの家族は同行を禁じられたのだが、「マタアファの娘は何とかしてこの禁制を破り、彼女の父親に同行した」(*Vailima Papers*, p. 294)。

この父に同行したマタアファの娘というのは、鈴木経勲のいう「アガタ」、すなわちスティーヴンソンがマリエのマタアファ宅で世話になった「カララ」に違いない。また、後で書くように、クレーマーがマタアファをヤルート島の流刑地に訪ねた時、「タララという名前の彼の身内の一女性」が彼と共にいた。この「タララ」と「カララ」(「アガタ」)も同一人物に違いない。サモア語の発音がヨーロッパ人の耳に多様に聞こえたのであろう。

それから、流刑者たちは「何人との文通をも禁ぜられた」というのも事実と異なる。スティーヴンソンは「最新情報。我々はついにマタアファからの手紙を受け取った。彼は良い処遇を受け、良い食事を与えられている。ただ、サモアから何の便りもないことをこぼしている」と書いている(ibid., p. 304)。マタアファらは完全に文通を禁じられていたわけではなかったのである。

真水と野菜の無い島

「光と風と夢」の前引の文章の中に、マタアファは「北方の低い珊瑚島で、鹹気《しおけ》のある水を飲んでいる。(高山渓流に富むサモアの人間は鹹水《かんすい》に一番閉口する。)」という一文がある。いかにもありそうなことであるが、これはスティーヴンソンが、一八九四年四月二三日付で、『タイムズ』紙編集長宛に送った手紙の中の次のような文章によっている。

ここでは、サモアの山間を流れる冷たく澄んだ川〔の水〕に慣れていた者〔流刑者〕たちも、珊瑚〔の島〕の塩気のある水 brackish water をいやいや飲まねばならない。（*Vailima Papers*, p. 294）

しかし、これは、かつて同じようにヤルート島に流されていたラウペパがスティーヴンソンに語ったことだと思われる。『サモア史脚注』には、次のような記述がある。

彼〔ラウペパ〕は塩気のある水 brackish water には耐えられなかった。「ドイツ人たちは彼に対して依然として親切で、牛肉とビスケットとお茶をくれた」が、彼は野菜の欠乏に苦しんだ。

（*A Footnote to History*, p. 41）

スティーヴンソンは、この話をラウペパとの何回かの会談の際に聞き、それをマタアファたちのこととして、『タイムズ』紙編集長宛の手紙に書いたのであろう。中島はそれをそのまま受け取ったのである。

たしかに、ヤルート島は一番高いところでも標高二メートルに満たないような、平らな珊瑚礁の島であるから、真水や野菜を得ることは困難だった。水はもっぱら雨水に頼り、野菜はどこからか土を運んできて客土しなければ育たなかった。だから、マタアファたちが、ラウペパと同じように、ヤルート島の塩気のある水に閉口したり、野菜の欠乏に苦しんだりしたのは事実であろう。

グラハム・バルフォアのマタアファ訪問

前にも書いたことだが、一八九三年七月二六日、マタアファと一一人の首長たちはドイツの軍艦スペルバー号に乗せられてアピアを後にし、サモアの北に位置するトケラウ諸島で二カ月を過ごした後、マーシャル諸島のヤルート島に連れて行かれた。

スティーヴンソンは、マタアファがサモアを去ってからも、マタアファのことを忘れはしなかった。マタアファ自身が後に語ったところによれば、グラハム・バルフォアがヤルート島にマタアファたちを訪ねて、スティーヴンソンからの贈り物として、マタアファには二つの大袋いっぱいのカヴァの木の根（カヴァ酒の原料）やそのほかの品々、マタアファと共に流された首長たちにはサモアのラヴァラヴァ（腰布）などの品々を渡した[Moors, 1910, p. 180]。それは一八九三年末頃のことであった[Furnas, 1951, p. 402]。

グラハム・バルフォアはスティーヴンソンの母方の祖父の兄弟の孫であるから、スティーヴンソンから見れば母方の「はとこ」（再従兄弟《またいとこ》）で、一八九二年夏に初めてサモアに来てから、毎年数カ月をスティーヴンソンと共に過ごした。そんな折に、スティーヴンソンはヤルート島のマタアファ訪問をグラハム・バルフォアに依頼したのであろう。

クレーマーのマタアファ訪問

ヤルート島にマタアファを訪ねた人物がもう一人いる。

マタアファたちがヤルート島に流されてから、四年以上が過ぎた一八九七年一一月、クレーマーがドイツの軍艦ブサルト号でヤルート島を訪れたのである。ドイツ帝国海軍の船医であったクレーマーは一八九三年から九五年までサモアで勤務していて、マタアファたちがサモアから追放された時には、その場にいた[Krämer, 1906, p. 206]。彼は軍医としての職務の傍ら、サモアの博物学的、民族学的研究に勤しんでいた。

一八九七年一一月、クレーマーは、ブサルト号艦長に「ドイツ領南洋保護領」の回航に誘われた。その歓送会にはサモアの首長たちも参加し、マタアファへの手紙などをクレーマーに託した。マタアファと一緒にヤルート島に流されたファレウラの首長テレアの娘は大きな、みずみずしいカヴァの木の根を持ってきて、クレーマーに同行してヤルート島に行くことになった[ibid., p. 193]。

図 14　流刑地ヤルート島のマタアファ(後列，左から 3 人目)
マタアファの右に立っている女性が娘タララ(カララ)，その右に顔を出しているのが「若いテレア」.（Krämer, *Hawaii, Ostmikronesien und Samoa*）

一一月二六日、ヤルート島に到着すると、クレーマーはブサルト号艦長と一緒にマタアファに会いに行った。その時の模様をクレーマーは次のように書いている。

> 私たちが彼〔マタアファ〕に会った時には、彼はこの寂しく、平らで暑い珊瑚の島に、もう四年以上も暮らしていた。彼の親族や臣下が美しいサモアから寄越した直接の便りに、彼がどれほど喜んだか、いうまでもない。確かに彼はヤルート島で独りぼっちだったわけではない。何人かの首長たちが彼と運命を共にしていたし、さらに、タララという名前の彼の身内の一女性 eine seiner Verwandten,

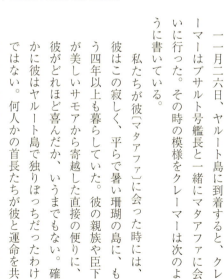

Talala mit Namen が一緒にいた。* しかし、彼らすべての存在も、彼にとって故郷の代償となることはできなかった。私たちが、サモア流に「タロファ」とあいさつした時、私たちが彼の狭くて小さな家で、新たに敷かれたマットの上に車座に座った時、私が、自由にしゃべれるサモア語で、彼の故郷からの挨拶の言葉と共に、カヴァの木の根を彼に手渡した時、マタアファの目には隠された涙が光っていた。このカヴァの木の根は若いテレア〔首長テレアの娘〕が舟でアピアに運んできたものであった。[Krämer, 1906, p. 206]

しばらくすると、カヴァ酒の用意ができた。〔一緒に流された首長の一人〕タウイリイリがそのことを激情を込めて呼ばわった。[ibid., p. 208]

＊スティーヴンソンの妻ファニーによれば、マタアファは「一度も結婚したことがないが、庶出の娘が一人いて、彼の来客たちの応接に当たっている」[Fanny and Robert Louis Stevenson, 1956, p. 180]。クレーマーが「タララ」をマタアファの「娘」ではなく、「彼の身内の一女性」と書いているのはそのためであろう。この「タララ」はスティーヴンソンのいう「マタアファの娘カララ」と同一人物に違いない。

クレーマーによれば、「誇り高い」サモア人たちはマーシャル諸島の人びとを自分たちよりも低い存在とみなして、ほとんど交わることはなかった。マタアファが、ドイツに擁立されたマーシャル諸島の「王」カブアに会うこともめったになかった[Krämer, 1906, pp. 219, 220]。ヤルート島のマタアファたちは彼らだけで孤立した生活をしていたようである。ただし、タウイリイリだけはヤルート島の一女性と生活を共にして、一女をもうけ、後にその娘をサモアに連れ帰ったという[ibid., p. 220]。

マタアファの帰島

一方、サモアでは、マタアファ流刑の後も、ラウペパの権力は安定しなかった。一八九四年一月には、かつてのサモア王タマセセの遺児タマセセ・レアロフィがラウペパに反旗をひるがえし始め、一八九五年一一月にはアアナに独立政府が樹立された。そんな状況下の一八九七年、ドイツはマタアファを帰島させて、政治状況の安定化に寄与させようと考え始めた。クレーマーとブサルト号艦長がマタアファを訪問したのはそのような動きの一環だったのであろう。一八九八年八月二二日に、ラウペパが死去したことがそれに拍車をかけ、同年九月一九日、マタアファはドイツの軍艦ブサルト号でサモアに帰ってきた。マタアファの帰島はサモアの人びとには秘密にされ、マタアファは到着後ただちにムリヌウの「王宮」に連れて行かれた[Krämer, 1906, pp. 526, 528]。マタアファと共にヤルート島に流された一一人の首長たちのうち、一人はヤルート島で死亡したが（彼はそこでハンセン病に罹っていた）、他の者たちは無事に帰島した。約五年間の流刑生活であった[岩佐、一九七〇、一三〇頁]。

一方、クレーマーはオーストラリアのシドニーからフィジーを経て、一八九八年五月にはサモアに戻り、サヴァイイ島の村々を歴訪していたが、マタアファが帰島することを知り、急いでアピアに帰ってきた[Krämer, 1906, p. 503]。その後、クレーマーはマタアファ帰島後の緊迫した政治状況を逐一目撃しただけではなく、彼自身もそれに直接にかかわった。そのために、彼はマタアファ側の「別働隊」とみなされて、サモアのアメリカ人やイギリス人から非難されたという[岩佐、一九七〇、一三二頁]。ただ、それだけに、マタアファ帰島後の政治過程に関するクレーマーの記述は詳細で、精彩に富んでいる。それを要約すれば、次のようになる[Krämer, 1906, pp. 526–550]。

一八九八年一一月一二日、マタアファは王位継承者を決定するサモア人代表者の集会で王に推戴された。しかし、マタアファに反対する一部の首長たちが亡き王、ラウペパの息子タヌマフィリを擁立しようとしたため、紛争が起こった。それで、新たな代表者を加えたうえ、再度集会が開かれることになった。集会がまだ続いていた一二月三一日、当時、サモアの最高裁判所長官であったアメリカ人チェンバースが、マタアファではなく、ラウペパの息子タヌマフィリを王とすることを唐突に宣言した。マタアファは一八八九年の「サモアの地位に関する列強の協定」によって王位適格者ではないとされているというのがその理由であった。これに対して、翌日の一八九九年一月一日早朝、マタアファ側が蜂起して、タヌマフィリ側の軍勢を一日でアピアから駆逐した。タヌマフィリはイギリスの軍艦に逃れた。一月四日、この結果を受けて、独・米・英の三国領事とアピア市行政長官が集まって協議し、マタアファと一三人の首長からなる「臨時政府」を樹立することを決定した。

ドイツとアメリカによるサモア分割(一八九九年)

クレーマーはこの一月の末にサモアを去ったので、彼の記述はここで終わっているのであるが、その後、アメリカ政府がこの領事たちの決定に反対したため、ドイツと米・英二国の間で激しい抗争が始まった。それにともない、米・英軍とマタアファ軍との間に戦闘が起こり、サモアは再び騒乱状態になった。しかし、結局、ドイツと米・英が妥協して、抗争を終結させることになり、一八九九年一一―一二月、ベルリンで三国の会議が開かれた。そこで締結された条約により、(一)ウポル島、サヴァイイ島など、サモア諸島西側をドイツ領とする、(二)ツツイラ島などサモア諸島東側をアメリカ領とする、(三)ドイツはソロモン諸島の一部などをイギリスに割譲する、ということで決着した。ついにサモアはドイツとアメリカによって分割されることになったのである[岩佐、一九七〇、一三四―一四五頁]。

一九〇〇年三月一日、ドイツ国旗がムリヌウの政庁に掲揚されて、ドイツによる西サモア統治が開始された。ドイツ人を主とする統治機関の下で、マタアファにはアリイ・シリ(最高首長)の称号が与えられた。マタアファはアリイ・シリの権力がかつての王権には到底及ばないことを嘆きつつも、一九一二年二月に死去するまでアリイ・シリの地位に留まったが、晩年はアピアの南五キロメートルほどの所に居宅を構えて隠棲していた[Moors, 1910, p. 182][Davidson, 1967, pp. 76-88]。アリイ・シリの称号はマタアファの死後、廃止された。

四　ヤルート島の中島敦

「夢の国」?

前にも書いたように、一九四一(昭和一六)年九月二七日、中島敦を乗せたパラオ丸はマーシャル諸島ヤルート島のジャボール港に入港した。九月三〇日までの短い滞在であったが、ヤルート島は中島に極めて好ましい印象を与えたようである。中島は妻タカ宛の手紙(一〇月一日付。ヤルート島から帰路についたパラオ丸船上で、ヤルート滞在四日間のことをまとめて書いたもの)に次のように書いている。

九月二十八日。ヤルートは面白い島だよ。ここ迄来て、やっと、南洋へ来たという気がするね。島中で一番高い土地でも海面より五尺〔約一・五メートル〕と高くないんだ。幅が二丁〔約二二〇メートル〕とはないから、大きな波が来ると、心配な位だ。〔②四三九〕

ヤルート島で、中島は竹内虎三という南洋庁の役人〔ヤルート支庁庶務課属〕と知り合った。「頗《すこぶ》る愉快な」、「南洋庁には珍しき気骨ある男」で、中島とはウマが合った。九月二九日の「南洋の日記」には次のように書かれている。

> 〔竹内は〕島民経営に「楽しき熱意」を抱けるものの如し、近く、ヤルート島民楽団を率い、諸離島を巡遊の予定という。渠《かれ》〔竹内〕が曽遊の東の島々に於ける経験を聞くに、宛《えん》として夢の国の物語の如し。終日の饗宴の準備の後、夕暮、歌いつれつつ花輪を手にせる少女等が饗宴場に来り、一人一人、渠の頭に肩に花輪を掛けるという。さて焚火。石焼、料理のかぐわしき数々、など、スティヴンスンやロティの世界の如し。かかる島々に、黒き楽団をつれて旅するは、如何に楽しきことぞ！　遊意をそそらるること頻《しき》りなり。〔②二七七〕

中島は竹内の話を聞いて、ヤルート島に「夢の国」のようなイメージを持ったようで、妻タカ宛の手紙〔一〇月一日付〕では、「貰いものや、御馳走があったから言うんじゃないが、僕は今迄の島でヤルートが一番好きだ。一番開けていないで、スティヴンスンの南洋に近いからだ」〔②四四三〕と書いている。「文明」に毒されることのまだ少ない、半「未開」の「夢の国」というのが中島の受けたヤルート島の印象だったようである。

「スティヴンスンやロティの世界」

しかし、このような中島の印象はヤルート島の実際の姿とはかなり違うようである。矢内原忠雄は『南洋群島の研究』の中で、こう書いている。「〔マーシャル諸島では〕独逸商人によりコプラの製法が伝えられたる結果椰子果は商品化し、元来食糧たる生産物に乏しき同島民は之を以て米、パン等の輸入品を購入し、かくて比較的早く貨幣経済に触れたのである」（二二六頁）。「殊にヤルート島民は食パンを常用する」（同、二二三頁）。中島自身も、ヤルートで雑貨屋を営んでいる淀川という横浜高等女学校の生徒の家で、パンとコーヒーを御馳走になり、「パラオになくて、ヤルートにパンが出来るのには驚いた」と、妻タカ宛の手紙に書いている〔②四三四〕。中島の印象とは異なり、ヤルート島は南洋群島の中ではサイパン島と並んで最も「近代化」の進んだ島だったのである（『南洋群島の研究』、三二九頁）。

さらに、中島は、「今迄の島でヤルートが一番好きだ。一番開けていないで、スティヴンスンの南洋に近いからだ」と書いているが、「スティヴンスンの南洋」が決して「夢の国」のような世界ではなかったことは、中島自身がつい半年ほど前に「光と風と夢」の中で描いているところである。「スティヴンスンの南洋」は、ドイツやアメリカ、イギリスの干渉の下、現地民同士の間に血で血を洗うような戦闘が続き、勝者が敗者の首を切り取って誇示するような凄惨な一面を持つ世界であった。マタアファのヤルート島への流刑はその一つの帰結に他ならなかった。

ヤルート島について、中島は「ロティの世界の如し」とも書いている。この「ロティの世界」とはピエール・ロティの『ロティの結婚』（原著初版、一八八〇年）に描かれた南洋を指しているのであろう。

『ロティの結婚』は、ポリネシアのタヒチ島に寄港したイギリス海軍軍艦の「士官候補生ロティ」とタヒチの少女「ララフ」の交情を描いた作品である。しかし、そこに描かれている南洋は滅びと死の影――フランスの圧力のもとにおける、ポマレ女王治下タヒチ王朝の衰退と荒廃、ヨーロッパ人の持ち込んだ肺結核による、「ララフ」を含むタヒチ人の多死など――に覆われた世界で、これもまた「夢の国」からはほど遠い。

中島は「南洋の日記」(一九四一年一二月二一日)に「'Aziyadé' を読む」(②三〇二)と記しているが、これはピエール・ロティの『アジヤデ』(原著初版、一八七九年)のことである。「イギリス海軍大尉ロティ」は露土戦争(一八七七―七八年)が差し迫ったトルコのイスタンブルで、金持ち老人の「ハレム」から、まだ少女のようなアジヤデを誘い出し、秘密の隠れ家で危険な逢瀬を重ねる。帰還命令を受け、一度帰国した「ロティ」がイスタンブルに戻ると、勃発した戦乱の中で彼女はすでにこの世を去っていた。「ロティ」はトルコ軍に志願してロシアとの戦場に赴き、カルスの要塞の攻防戦で戦死する。『アジヤデ』はこんな話なのだが、これを読んで中島がどんな感想を持ったのか、「南洋の日記」には何も書かれていない。

フランス文学研究者として知られる渡辺一夫は、戦時中、ピエール・ロティの *Le Roman d'un spahi*(『あるシパーヒーの物語』、原著初版、一八八一年。シパーヒーはトルコ語・ペルシャ語で兵士の意。英・仏植民地軍の傭兵もこう呼ばれた)を『アフリカ騎兵』という訳書名で刊行した。これはアフリカ西海岸セネガルに派遣された一フランス人傭兵の一種退嬰的な日々と戦闘における死を描いた作品なのだが、その「後記」で渡辺は次のように書いている。「同じ著者の他の作品を読んでも常に見出された「現世のはかない営みの隙間から折あらば低く高く響いて来る永劫無や死滅の呼声」に「当時の僕は異常な厳粛さに撃たれ」た［ロティ、一九三八、四三二頁］。この渡辺の受けた印象の方が「ロティの世界」ににつかわしいであろう。

「スティヴンスンの南洋」にしろ、「ロティの世界」にしろ、中島の中で、いつの間にか極めて観念的な「夢の国」に変質してしまっているように思われる。

八島嘉坊（ヤルート島カブア）

ヤルート島を去る前日の九月二九日、中島は竹内の案内で現地民の村を「見物」に行った。その時、マーシャル諸島ラリク列島の大首長、カブアの家を訪ねた。カブアの家は「バンガロー風の瀟洒たる家」であった。

この酋長の家はアイリンラプとヤルートとの両地方に跨る豪家の由。今、彼の父親はアイリンラプにて瀕死の重病という。家の入口に表札あり、曰く「八島嘉坊」。ヤシマカブアとの附仮名《フリ》あり。［②二七六］

ドイツと条約を結んで、マーシャル諸島ラリク列島の大首長の地位を保証された「大カブア」は一九一一年までには死に、弟のライトがその後を継いだとされている[Garrett, 1992, p. 286]。したがって、アイリングラパラプ島で瀕死の重病という父親はこのライトで、中島が会ったカブア家の当主はライトの息子であろう。八島嘉坊の「八島」はヤルート島のこと、嘉坊はカブアの漢字音写である。当時、南洋群島の現地民有力者は自分の名前を漢字で表記することを好んだようだ。ヤルート島は「椰島」

と表記されることもあったが、こちらの方が椰子の島ヤルート島には合っているようにみえる。

一〇月一日付妻タカ宛の手紙には、次のように書かれている。

この酋長は年収（椰子のコプラによる）七万円ぐらいあるそうだから、大したもんだね。酋長は三十位の大人しい青年で、日本語も英語も出来る。サイダーや椰子水や、タコの実を御馳走して呉れた。彼の細君は、非常な美人だ。色も内地人位。〔中略〕その細君の妹も出て来たが、之もキレイだ。二人とも日本人との混血なんだ。〔②四四〇〕

カブア家はアイリングラパラプ島とヤルート島にココ椰子の農園を所有し、コプラからの収益で、年収七万円もあったというのである。南洋庁における中島の月俸（本俸）が一〇〇円ちょっとであるから、年収七万円というのは桁違いの額である。ドイツに従属することによって政治的、経済的にのし上がったカブア家は、日本統治下においても、その経済力を維持していたのである。

マタアファのこと

ヤルート島にいる間、中島はサモアからの流刑者マタアファのことをまったく思い出さなかったようである。ヤルート島滞在時の「南洋の日記」にしろ、家族に宛てた手紙にしろ、スティーヴンソンには言及していても、マタアファの名前は一切出てこない。南洋に来る直前まで、「光と風と夢」の原稿を書きつぎ、そこでは、スティーヴンソン以上に、マタアファに感情移入していたようにみえる中島が、マタアファの流刑地であったヤルート島までやって来たのに、マタアファのことを思い出しもしなかったというのは、ちょっと不思議な感じのすることである。しかし、中島が「南洋の日記」

などで、「スティヴンスンの南洋」を「夢の国」のように書いていることを考えると、マタアファのことを思い出しもしなかったのは不思議なことではないというべきであろう。中島がヤルート島でマタアファの流刑生活に思いを巡らしていたならば、「スティヴンスンの南洋」を「夢の国」のように思うなどということはなかったはずだからである。

第Ⅳ章

南洋に生きた人びと

一 「内南洋」に生きた日本人たち

トラック諸島の森小弁

前にも書いたように、一九一四(大正三)年一〇月、赤道以北のドイツ領南洋諸島を占領した日本軍は、トラック諸島の夏島に臨時南洋群島防備隊司令部を置いて、占領統治を開始した。トラック諸島は周囲二〇〇キロメートルを越える珊瑚礁(外礁)に囲まれた巨大な礁湖《ラグーン》の中に大小無数の島々が点在するが、日本統治下、主要な島々には、春島、秋島、冬島、月曜島、火曜島、水曜島などという名前が付けられた。

しかし、それ以前からトラック諸島には日本人商人たちが進出していた。その中で、よく知られているのは森小弁《こべん》という人物である。森小弁は一八六九(明治二)年、土佐藩の小禄の士族の家に生まれた。若くして大阪に出た森小弁は自由民権運動の影響を受けて、政治活動に加わり、一八八五年には、大阪事件に何らかの形で関与したらしい。その後は、東京に出て、同郷の政治家、大江卓の下に身を寄せ、大江との関係で後藤象二郎の書生のようなこともした。

しかし、森小弁はしだいに政治活動に幻滅していき、当時盛んになりつつあった初期的な「南進論」の影響を受けて、南洋への関心を強めていった。田口卯吉率いる天祐丸の「南島巡航」も森を刺激したのであろう、森は南島商会の事業を継承した一屋商会に入社した。一八九一(明治二四)年一二月、一屋商会が天祐丸を再び南洋に派遣した時、森も天祐丸に乗り組んだ。天祐丸は小笠原の二見港を経て、ポナペに行き、南島商会のポナペ支店を引き継いだ後、さらにトラック諸島に向かった。トラックでは支店を開設することになり、森小弁らが支店員としてトラックに残った。

一八九三(明治二六)年、一屋商会が解散すると、森は独立して商業を営むようになった。この頃、トラック諸島には森以外にも一〇人以上の日本人商人が在住していた。彼らの多くは現地民の女性と結婚していたが、森も春島の首長の娘と結婚した。こうして彼らは現地に根を下ろして、一つの小さなコミュニティーを形作っていったのである。このような日本人商人の活動に対して、スペイン側は神経をとがらせていた。日本人商人たちが酒類、銃・弾薬などの禁制品を現地民に売っているのではないかと疑っていたからである。

一八九五年、ポナペの東カロリン支庁は巡視船をトラック諸島に派遣し、日本人商人の数や取引品の調査を行った。この時、トラック諸島には一五人の日本人商人が在住し、その約半分は月曜島に居住していた。この巡察により、日本人商人たちが禁制品の交易を行っているという確証を得た東カロリン知事はすべての日本人商人を召喚して、法令違反の廉で譴責するとともに、もう一度禁制品の密貿易を行ったならば島から追放すると通告した。しかし、東カロリン支庁にはそれを実行するだけの力はなかった。

一八九六年二月には、赤山白三郎が殺害されるという事件が起こった。赤山は仙台出身で、横浜の税関吏であったが、南洋貿易に志し、トラック諸島に来て、商業を営んでいた。ある時、赤山は水曜島の首長と、ライフル銃一丁をココナッツ五〇〇〇個で売却するという取引を行った。しかし、首長が約束の個数のココナッツを引き渡さなかったので、怒った赤山は銃を持って水曜島に乗り込み、首長を難詰したところ、逆に首長に銃を奪われ、その銃で撃たれた。負傷した赤山はカヌーに乗って帰ろうとしたが、漕ぎ手の現地民によって絞殺されてしまった。この現地民は赤山の現地人妻に気があったという［Hezel, 1995, p. 79］。このような血なまぐさい事件がそう珍しくないような状況の中で、日本人商人たちは活動していたのである。

　トラック諸島だけではなく、後で書くようにパラオ諸島などでも日本人商人たちが商業活動を行った結果、一九世紀末には、南洋産品の日本向け輸出はヨーロッパ向け輸出を上回るようになっていた。「日本人は、この時までに、パラオでの交易を事実上独占し、チューク〔トラック〕やミクロネシアの他の地域でも、ますます大きなシ

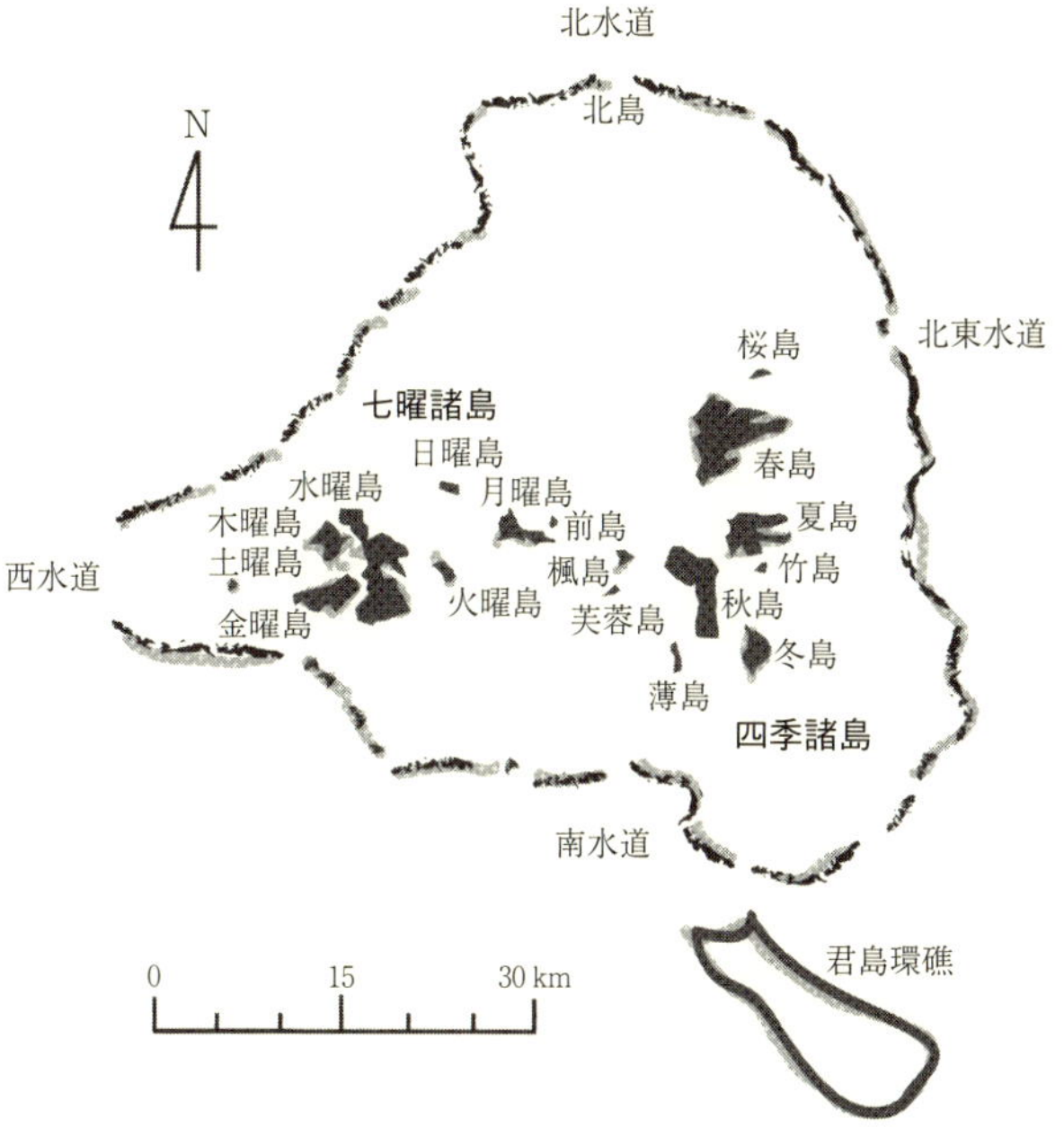

図 15　日本統治下のトラック諸島
（金子兜太『あの夏，兵士だった私』47 頁の図をもとに作図）

ェアを占めるようになっていた」[Hezel, 1995, p. 81]のである。

そんな中で、一八九九年、ミクロネシアはドイツ領となったのであるが、ドイツ人はスペイン人以上に日本人商人の活動に神経をとがらせていた。

一九〇一年一月六日、ドイツの東カロリン知事、ハールはメラネシア（ニューギニア）人警官隊を伴って、突然トラック諸島に乗り込んだ。その時、在住日本人商人たちはちょうど新年の宴会をしていたところだったが、そこに踏み込んだのである。日本人商人たちの交易品を調べて、その中に、禁制品の酒類や銃・弾薬などを発見したハールは日本人商人一四人を逮捕し、そのうちの七人を直ちにポナペに連行した。森小弁ら七人は後始末のために、トラックに残されたが、彼らも一カ月ほど後には、ポナペに連行された。結局、禁制違反として有罪とされたのは、一屋商会の事業を継承して、南洋貿易に携わっていた南洋貿易日置《ひき》株式会社社員の志方順太郎とその二人の弟だけであったが、森小弁を除く他のすべての日本人商人がトラック諸島から追放されてしまった[ibid., p. 97]。森小弁はトラック諸島に留まったが、自由な商業活動もできず、ほとんど逼塞状態であった。

そのような状況にあった一九一四年、第一次世界大戦が始まり、一〇月日本海軍の第一南遣枝隊（山屋他人司令官）が東カロリンのドイツ領諸島を占領した。トラック諸島では、一〇月一二日、森小弁が軍艦「鞍馬」を迎えた。森はその後、トラック諸島、夏島に置かれた臨時南洋群島防備隊司令部の顧問として占領政策に協力した。日本統治下、森小弁は商業活動を拡大し、教育活動にも携わるなど、トラック諸島きっての名士となっていった。森は、一九四五年八月、日本敗戦の直前に死去したが、今日、その子孫は一〇〇〇人以上にのぼり、強力なモリ・ファミリーを形成している［高知新聞社編、一九九八、第二章]。

ポナペ島の関根仙太郎

前に書いたように、ポナペ島には、一八九〇年南島商会の支店が開設され、三人の支店員が駐在していた。その一人が関根仙太郎であった。関根は一五歳の時に「玉置半右衛門と云う人に従って鳥島に渡り」、アホウドリの羽毛を採集する仕事に従事していた。その後、小笠原に行き、藍製造会社に勤務していた時に、南島商会の設立を知り、東京に戻って、南島商会に入社した。一七歳の時であった[関根、一九四四、一頁]。こうして関根は田口卯吉の天祐丸による南島巡航に加わり、南島商会ポナペ支店員としてポナペに残ったのである。南島商会が解散した後、関根はそれを継承した一屋商会のポナペ支店員となった。一八九三年に一屋商会が整理された後も、関根はポナペに残り、ヘンリー・ナンペイのキチ地区の店舗で働くことになった。

ヘンリー・ナンペイはナニケンという称号をもつポナペ島キチ地区の大首長を父として生まれた。母方の祖父はジェイムス・ヘドレイという名のイギリス人で、捕鯨船の船員をしていたが、ポナペ島に定住し、ロンキチ港の水先案内人となった[Hezel, 1983, pp. 128-129][Ehrlich, 1979, p. 135]。捕鯨船や囚人船から脱走したり、乗船が難破したりして、オセアニアの島々に定住した「白人」たちはビーチコマー beachcomber と呼ばれていた(浜で物を拾って暮らす人の意)。ヘドレイもその一人で、当時、ポナペ島には数十人のビーチコマーが住んでいた[Hanlon, 1988, pp. 61-75]。

前に書いたように、一八五二年、アメリカン・ボードはポナペにスタージェス牧師などの宣教団を派遣したが、その際に宣教団の受け入れに積極的な役割を果たしたのがナンペイの父であった[Hezel, 1983, pp. 128–129]。ナンペイの父は彼が二歳の頃に死去し、母はその後を継いだナニケンと再婚した。この新しいナニケンはキリスト教に好意的ではなかったので、キリスト教宣教団は教会をマタラニーム地区北部海岸のオーアに移した。ナンペイの母は彼をオーアの教会の学校に通わせた。ナンペイは一二歳の時にアメリカに渡り、帰島後はオーアの神学校でスタージェス牧師について学んだ。その後、同校の助教師となった彼は、新教の指導者として、強い影響力を持つようになっていった[今西編、一九四四、一七六頁]。そのうえ、彼はキチ地区とコロニアに何軒もの店舗を持ち、父から相続した広大な土地にココ椰子を植え、コプラの生産を行っていた[Hezel, 1995, p. 89]。このように、ナンペイは当時ポナペでは極めて稀な現地民実業家で、関根仙太郎はこのナンペイの店舗で働くことになったのである。

一八九八年三月、旧教に改宗していたウー地区アワクの首長がウー地区の一人の新教徒を殺害したことから、新旧両教徒の間に戦闘が起こった。五月には、新教徒側の「首魁《しゅかい》」とみなされたヘンリー・ナンペイとその家族がコロニアの軍営に監禁されるという事態となった[ibid., pp. 90–91]。これに関連して、関根仙太郎も居住をコロニアに制限されたが、七月、南洋貿易日置株式会社の長明丸がポナペに来航したので、それに便乗して横浜に帰ることができた。帰国後、関根は東京のアメリカ公使館を訪ねたりして、ナンペイの救出を訴えた。時はちょうど米西戦争のさなかであったが、一八九八年一二月、アメリカの勝利によって戦争が終わり、翌年にはナンペイとその家族も釈放された[関根、一九四四、一一―一二頁]。

一九〇一(明治三四)年、横浜の村山捨吉によって、南洋貿易村山合名会社が設立されると、関根仙太郎はその社員となり、再び南洋貿易に携わることになった。しかし、前に書いたように、一八九九年にミクロネシアをスペインから購入したドイツは、酒類や武器・弾薬など禁制品の取引をしていたという理由で、一九〇一年には日本人商人をトラック諸島やポナペ島から追放してしまった。南洋貿易村山合名会社も、最初、ポナペなどドイツ領では陸上での営業を許されず、横浜と南洋諸島の間を年に二度往復して船上で交易を行うという状態であった。関根ら社員は年に一カ月だけ横浜で休養し、他の一一カ月は船上生活という厳しい勤務形態であった。しかし、一九〇六年には、南洋貿易村山合名会社にポナペ島における営業許可が出た。そこで、コロニアに支店が開設され、関根仙太郎が支店長となった[前掲書、一五頁]。

一九〇八(明治四一)年、南洋貿易日置株式会社と南洋貿易村山合名会社が合併して、南洋貿易株式会社(南貿)となり、関根は南貿ポナペ支店長となった。一九一四年一〇月、第一次世界大戦の勃発に乗じて、日本海軍の第一南遣枝隊がポナペを占領した時、関根が占領軍の通訳を務めたことについてはすでにのべた。

前にも書いたように、ポナペは日本による占領の後、一九二二年には、日本の国際連盟委任統治領となったのであるが、この時代に、ナンペイはその経営をさらに拡大していった。中島敦は「南洋の日記」の一九四一年一〇月四日の箇所で、「ポナペの土民富豪ナンペーの長男、姪二人を連れて乗船」[②二七八]と記している。妻タカ宛の手紙には、「ナンペーの長男」について、より詳しく書かれている。

ポナペから乗込んだ一等客の中に、島民が一人いる。島民といっても、南洋第一の金持で、〔南洋〕群島で一番大きいポナペの島も半分以上は、此の男の家のものなんだ。日本の金にしても何百万という富豪さ。西洋人の血が交っているので、殆ど西洋人に近い顔立だ。立派なものさ。姪を二人連れているんだが、これは、この二人の女の子を東京の学校に入れる為だとさ。〔②四四六〕

この「ナンペーの長男」はオリヴァー・ナンペイといい、一九二七年、父の死後、その後を継ぎ、大規模なナンペイ商会を経営していた〔今西編、一九四四、三〇七頁〕。ただ、関根仙太郎はオリヴァー・ナンペイとは関係していなかったようである。

パラオ諸島の日本人たち

スペイン統治時代、ミクロネシアにおける日本人商人のもう一つの拠点はパラオ諸島であった。田口卯吉一行が一八九〇（明治二三）年にパラオを訪れたことは前に書いたが、その翌年の一八九一年には、恒信社がパラオに店舗を構え、関勘四郎支店長他二人の支店員を常駐させた。恒信社は一八九一年に、榎本武揚《たけあき》の組織していた江戸会（「にんべん」の主人や「実母散」の店主などで構成）の肝いりで、仙台藩の儒者で後に英学者となった横尾東作が設立した合資会社（出資者二二人）である。横尾はもっとも初期の「南進論」者の一人として知られていた。恒信社は帆船懐遠丸を就航させて南洋貿易に乗り出し、初めポナペに支店を置いたが、すぐにパラオに拠点を移した。パラオ支店長となった関勘四郎は「沼津藩の家老格の人で、若くして米国に渡航して、帰朝して京浜間に馬車の交通を開いた人であ

る」[南洋貿易株式会社編、一九四二、一四頁]。

一八九二年、恒信社はココ椰子・プランテーション用地として、パラオ諸島バベルダオブ島東部マルキョク地区の大首長から、二〇〇〇町歩の土地を購入した[同、一七・二二頁]。この恒信社のパラオ進出をきっかけとして、日本人商人のパラオでの商業活動が拡大していった。

しかし、一八九九年、ドイツがカロリン諸島をスペインから買得すると、パラオでも、ヤップ島の西カロリン支庁が日本商社の活動を妨害し始めた。西カロリン支庁は、恒信社が購入した二〇〇〇町歩の土地の回収を図り、売主の大首長に売買無効の訴訟を起こさせるなど、さまざまな妨害活動を続けた。それに対して、恒信社パラオ支店長の関勘四郎は日本の外務省に働きかけたり、ドイツ領ニューギニア保護領総督に直接書簡を送ったりして、対抗した。この紛争は、その土地の名にちなんで、プレサン(プレシャン)事件と呼ばれ、なかなか決着がつかなかった[同、一七—二〇頁。図22参照]。

ドイツ側による妨害にもかかわらず、パラオにおける日本人商人の数は増えていった。一九〇一年の人口調査によれば、パラオの現地民人口三七四八人に対して、日本人は二三人、「白人」の商人は僅かに六人であった。その頃、日本人商社の取り扱う商品は、年に、コプラ七〇ないし一〇〇トン、海鼠《なまこ》二〇ないし三〇トン、真珠一ないし一・五トンに上った[Krämer, 2017, p. 181]。一九一〇年になると、日本人の数は四二人となり[ibid., p. 184]、前にも書いたように、パラオでの国際交易はほとんど日本人商人の独占状態となった。

一九一四年一〇月八日、パラオ諸島は、ヤップ島につづいて、日本海軍の第二南遣枝隊(松村龍雄司令官)によって占領された。この時、通訳などとして日本占領軍に協力したのがパラオ在住の宮下重一郎であった。宮下は、一九〇八年、二一歳の時に南洋貿易株式会社(南貿)の船医見習いとなって、南洋諸島のあいだを行き来していたが、その後、パラオ諸島のマラカル島に定住していた[Peattie, 1988, p. 191]。一九一七(大正六)年、南貿が恒信社を吸収合併すると、宮下は南貿パラオ支店長に就任した。彼はプレサン(プレシャン)事件の解決に努め、一九二四(大正一三)年にマルキョク側と合意が成立して、一件落着した[南洋貿易株式会社編、一九四二、二一—二三頁]。宮下はその後も長くパラオに留まり、南洋新報社(一九三六年設立)の社長などをつとめた。

二　トラック諸島の中島敦

トラック諸島公学校視察

前にも書いたことだが、中島敦を乗せたパラオ丸は、一九四一(昭和一六)年九月一五日にパラオ諸島コロール島から出航し、その四日後の九月一九日に、トラック諸島の夏島に着いた。だが、パラオ丸は翌二〇日にはもう夏島を出港したから、この時中島はほんのちょっと夏島に上陸しただけであった。しかし、南洋群島の東端マーシャル諸島ヤルート島まで行った帰路、中島は約一カ月間トラック諸島に滞在することになった。ヤルート島ジャボール港を出港したパラオ丸はクサイ島、ポナペ島を経て、一〇月六日に夏島に到着、中島はここでパラオ丸を下りた。トラック諸島の公学校を視察した後、他の船でサイパン島に向かうという予定であった。ところが、船便に欠航が続き、飛行機の便も欠航がちだったので、中島は約一カ月間トラック諸島に留まらざるを得なかったのである。この間、中島はトラック諸島の島々を巡り、公学校の視察をつづけた。「南洋の日記」には次のような記載がある。

一〇月七日、夏島の公学校で授業参観。八日、冬島に行き、公学校長岩辺と会う。九日、冬島の公学校で授業参観。一〇日、秋島に行き、公学校長南〔賢二〕の授業参観。一二日、夏島の公学校で現地民の歌と踊りを見る。一三日、朝九時から夏島公学校で授業参観。「稲〔喜蔵〕校長と一時間ばかり語る」。一五日、夏島公学校で、「座談会式に現行教科書の検討」。二二日、夏島公学校で、「補習科読本の検討」。二三日、夏島公学校で、「昨日の続き、補習科読本を終る」。二四日、夏島公学校で「学芸会を見る」。二五日、夏島公学校で、「海軍慰問演芸会を見る、沖縄踊多し」。二六日、水曜島に行き、公学校訪問。水曜島国民学校長岩崎〔全策〕の家で、鰻《うなぎ》をご馳走になる。「島民は鰻を決して喰わず、此の地の邦人亦《また》、之を忌む由なれど、味は、内地のものと大差なし。ただ些《いささ》か、脂乏しきに似たり」。二七日、月曜島に着き、「直ちに公学校に行く」。二八日、月曜島の公学校で、「朝授業二時間見学」。二九日、夏島に帰着。三〇日、夏島公学校に行き、「諸訓導と夏島一周に出立つ」。一一月三日、「朝七時半〔夏島〕公学校に到る。既に式〔明治節〕終了後なり」。

中島は「昭和十六年使用のポケット日記」に、本科用国語読本（一―六巻）と補習科用国語読本（一―四巻）の各巻について、詳細な修正案を書きつけている〔中島、二〇〇二、四三七―四四九頁〕。これをもとにして、島々の公学校の先生たちと協議を行ったのであろう。「ポケット日記」のその後の部分には、ヤルート島、クサイ島、ポナペ島、トラック諸島の先生たちの意見が要約的に記入されている。

コラム……2

中島敦をめぐる「文学的夢想」

辻原登編『スティーヴンソン』(集英社文庫へリテージシリーズ)の「解説」(辻原執筆)には、中島敦が一九四一年一〇月二六日、トラック諸島水曜島で、南洋貿易株式会社トラック支店の相沢庄太郎とその息子進と会って、語り合った時の様子が「リアルに」描かれている(七六一―七六三頁)。これが事実ではなく、辻原の「夢想」にすぎないことは、注意深く読めば分かる仕掛けになっているのだが、いかにも紛らわしい書き方である。辻原がなぜこのようなことをしたかというと、相沢庄太郎と現地民の妻との間に生まれた相沢進が、戦後、日本プロ野球の毎日オリオンズなどに投手として在籍した後、水曜島に戻り、母方の系譜から水曜島の大首長になったという珍しい経歴の持ち主だったからで、辻原はこの進と中島との出会いという「ドラマ」を演出したかったのであろう(相沢庄太郎と進について、詳しくは[近藤、二〇一四])。

辻原執筆の「解説」には、それ以外にも、「夢想」が多く含まれている。例えば、水曜島の「大酋長はマリエトア、ナ(ガ)トアイテレ、タマソアリィの三つの称号」を持っていたと書かれているが(七六〇頁)、これらはサモア諸島ウポル島の首長称号である。辻原は、中島敦が「光と風と夢」[①一五五]で、大首長ラウペパの持つ三つの称号として挙げたものを、トラック諸島水曜島の首長称号に流用したのである。また、水曜島の「大酋長」が中島に語ったとされている島の神々の話の中に、「森の妖精ドリュアス」というのが出てくるが(七六一頁)、ドリュアスはギリシャ神話の木の精霊である。相沢庄太郎は、乗っていた南貿所有の長明丸が難破し、海を漂流しているところを水曜島の漁師に助けられた(七六〇頁)というのも、辻原の「夢想」である[近藤、二〇一四、四〇頁参照]。

中島は編修書記としての職務を着実に果たしていたのである。

　中島の出張目的が公学校の視察だったことによるのだろうが、トラック諸島滞在中、中島は森小弁のような在住日本人商人に会うことはほとんどなかったようである。ただ、一〇月八日に冬島に行った時には、伊豆川という名のコプラ業者の家で食事の世話をしてもらうことになり、夕食には鶏肉で饗応されている。伊豆川という人は小田原の出で、一九歳の時に南洋に来て、二五年も南洋にいるという。そのせいか、仮名以外は書くことができないというほど、日本とは疎遠になっていた〔②二七九〕。森小弁のように名前の知られた人物以外にも、当時のトラック諸島にはこういう日本人商人がたくさんいたのである。しかし、中島がこういった在住日本人商人たちと積極的に接触を図ろうとした形跡はない。

『ミクロネシア民族誌』を読む

　中島は一〇月一八日の朝、夏島の公学校に行った時に、松岡静雄『ミクロネシア民族誌』〔松岡、一九二七〕を借り出して来て、その日一日中かけて「閲読」した。この本は八三〇頁を超える大著であるが、一日で読了したのであろう。ポナペにおける「犬肉食」の慣行に関する『ミクロネシア民族誌』の記述を、中島が「南洋の日記」の中に「註」として取り入れていることについてはすでに書いたが、「南洋の日記」には、その他にも、『ミクロネシア民族誌』に依拠した「註」や「追記」が数多くみられる。
　（一）現地民が体に塗る「黄色塗料タイク（テイク）」についての記述〔②二八六〕。これは『ミクロネシア民族誌』四六三―四六四頁に依拠している。タイク（テイク）は「姜黄《きょうおう》又は鬱金《うこん》」の根を粉末にして作るもので、「之を皮膚に塗ることは装飾の外に蚊、蝿を攘《はら》い、咬傷〔かみきず〕瘡腫〔できもの〕を治《ち》する効力《こうりょく》がある」（『ミクロネシア民族誌』、四六四頁）。

（二）トラック諸島の踊り（グルグル踊、アウアヌ踊、エペゲク踊）についての記述〔②二八六〕。これは『ミクロネシア民族誌』の次のような記述に依拠している。「グルグル踴《おどり》はグルグルと称する棍棒……の中程を手にした男子が二列に対向し、絶えず上身を反転して隣の踴子《おどりこ》と上下交互に棒を叩き合わせて拍子をとる。アウアヌ踴は……頗る淫靡《いんび》な尻振り踴である。エペゲク踴は男のみの立踴で手振り足踏み面白く踴る」（七六〇―七六一頁）。

中島は、『ミクロネシア民族誌』を読むことによって、自分が南洋でそれまでに見聞きしたことをよりよく理解することができるようになった。それで、そのうちのいくつかの点については、「南洋の日記」に「註」あるいは「追記」の形で、書き込んだのである。

『過去の我南洋』を読む

中島は、一〇月二一日には、夏島の公学校で、長谷部言人《ことんど》『過去の我南洋』を「借覧」し、「面白し」という読後感を「南洋の日記」に記している〔②二八六〕。

中島が、『過去の我南洋』を読んで、特に興味を引かれたのは、そこに描かれた南洋標本「コレクター」、「クバリイ」Kubaryという人物の生涯であった。その日の「南洋の日記」には、「クバリイの伝記（小説的）を書き度《た》しと思う」と記されている〔②二八六〕。中島は『過去の我南洋』の記述を基に

コラム……3

「コレクター」(ザムラー)

一八世紀から一九世紀、東南アジア、オセアニア、中南米などの「未開地」では、多くの欧米人が、珍しい蝶などの昆虫や鳥類、槍や弓などの武器類、舟や炊事道具などの民具といった博物学的、民族学的資料を収集したり、考古学的調査を行って遺物を採集したりして、欧米各地の博物館などに売るのを職業としていた。

これらの人びとを英語では「コレクター」、ドイツ語では「ザムラー」Sammler と呼んだ。イギリスでは、「コレクター」を「虫捕り屋」fly catcher とも呼んでいた。ダーウィンと並んで、進化論の創唱者として知られるウォレスも「虫捕り屋」といわれていた[ブラックマン、一九八四、二〇・三五頁]。そこには、軽侮的なニュアンスが含まれていたのであろう。

ゴドフロイ商会の場合は、グレッフェやクバリの他に、クラインシュミット、デイトリッヒなど専門の「コレクター」を南洋に派遣しただけではなく、商業を主目的とする貿易船の船長にも、ゴドフロイ博物館用の資料を収集するよう指示している。例えば、一八六五年、ゴドフロイ商会はテテンズを船長としてヴェスタ号を南洋に派遣したが、その時のテテンズ宛指令書には、海鼠、コプラ、真珠貝など熱帯産品の調達と並んで、ゴドフロイ博物館用資料の収集も副次的業務に指定されていた[Tetens, 1889, pp. 198–199]。それで、テテンズは南洋諸島で博物館用資料の収集にもいろいろと気を配った。彼の収集品の中には、「さまざまな種類の槍」[ibid., p. 346]、「新種の鳥三〇種類や二フィートの長さの大蜥蜴《とかげ》数匹」[ibid., p. 369]の標本などが含まれていた。テテンズは現地民同士の戦闘に加勢を頼まれることもあった。そんな戦いで、彼の加勢した側が敵の「王」の首を取った時には、その首はゴドフロイ博物館用にテテンズに引き渡された[ibid., p. 379]。

しながら、作家的想像力を働かせて、「クバリイ」の小説的な伝記を書いてみたいと思ったのである。それでは、中島は「クバリイ」という人物のどこに惹きつけられたのであろうか。以下では、『過去の我南洋』以外の諸文献にも依拠しながら、「クバリイ」の生涯についてやや詳しく見ていくことにしたい。*

＊Kubaryを、中島は「クバリイ」と表記しているが、長谷部言人など多くの研究者は「クバリー」としている。しかし、以下、本書では、ハンガリー語の発音を尊重して、「クバリ」と表記する（南塚信吾氏の教示による）。

三　書かれなかった「クバリの伝記」——ある南洋標本「コレクター」の一生

ポーランド一月蜂起（一八六三年）

ヨハン（ヤン）・クバリは、一八四六年一一月一三日、ハンガリー人の父、スタニスラウス・クバリとベルリン生まれの母、ベルタとの間に、ポーランドのワルシャワで生まれた。クバリがまだ六歳の時、父が死んだため、彼は母の再婚相手であるポーランド人製靴業者、マルチンキェウィッチに養育された。

一八六三年一月、ポーランドで反ロシアの叛乱が起こった。その時クバリはまだ一六歳だったが、ポーランド人政治運動に熱心だった養父の影響を受けていたので、この叛乱に加わった。これについて、長谷部言人は次のように書いている。

恰《あたか》も一八六三年及び四年の交、新波蘭《ポーランド》王国建設運動の勃興した頃であったから、彼もこれに参加し、抽《ぬき》んでられて、重要な任務に就き、遂に官憲の逮捕するところとなった。幸に年少の故を以て該《がい》運動を遠ざかるを条件として、釈放されたが、その後も尚《なお》該運動に携わり、露国官憲の追迫急なるに至って、遂に亡命を余儀なくされ、一八六六年母の縁故を頼りて、伯林《ベルリン》に到り、衣食の道を求めて、ある石膏職の許《もと》に投じた（『過去の我南洋』、一三一―一三二頁）。

長谷部はこう書いているのだが、パスコウスキーの「クバリ伝」[Paszkowski, 1971]などによれば、事態はこれよりもかなり複雑であった。

ポーランド国家は、一八世紀末、ロシア、プロイセン、オーストリア三国によって分割されて消滅した。一八一五年のウイーン会議において、ロシア領ポーランドにロシア皇帝を王とするポーランド王国（ポーランド立憲王国）が建国されることになった。しかし、実質的にはロシア帝国の支配下に置かれていた。一八六三年一月、そのロシアに対する叛乱、いわゆるポーランド一月蜂起が起こったのである。

ポーランド一月蜂起は、最初六〇〇〇人ぐらいの叛乱者によって始められ、小集団によるゲリラ戦を主としていた。しかし、武装はきわめて貧弱で、クバリの加わった四〇人ほどの集団の場合も、火器はライフル銃二丁と二連銃一丁だけで、あとは大鎌と棍棒という有様であった。それを見て、これではとても戦えないと思っていたクバリは、二月、密かに国境を越えてベルリンに逃れ、母の兄弟のもとに身を寄せた。しかし、四月にはポーランドに戻り、当時はオーストリア領だったクラクフの地下組織で徴税などの職務に就いた。しかし、その職に耐えられず、すぐに辞めてしまった。翌、一八六四年四月、クバリは再びポーランドを脱出して、ベルリンに向かった。しかし、ドレスデンで精神的に崩れ、自らロシア領事館に出頭して、蜂起への参加を認めたうえ、ロシア帝国への忠誠を誓うことによって、ワルシャワに戻ることを許された。ところが、六月、ワルシャワに戻ったところ、彼はロシア官憲によって逮捕されてしまった。ポーランド一月蜂起は一八六四年四月までには鎮圧されていて、ワルシャワはロシアの直接支配下に置かれていたのである。しかし、クラクフにおける叛乱組織の全容について供述したことによって、クバリは釈放された。

その後、クバリは医科大学で医学を学んでいた。そんな時、ワルシャワのロシア人警察署長に呼び出され、パリにいる友人に働きかけて、著名なポーランド人亡命者たちを罠にかけるよう説得することを命令された。この件でポーランド人亡命者たちに警告を発したことから、彼は再び逮捕され、シベリア送りになるところであったが、母の知り合いのドイツ人などの尽力で釈放された。ワルシャワに留まっていてもどうにもならないと思った彼は、一八六八年三月、密かにワルシャワを脱出して、ベルリンに行った。ところが、今度は母の兄弟に援助を拒否されたため、化粧漆喰職人の徒弟になった。その後、クバリはロンドンに行って、しばらく石工のもとで働いたりした[Paszkowski, 1971, pp. 43-44]。

以上のようなパスコウスキーの記述の方が長谷部のそれより正確であろう。まだ十代の青年にとって、ポーランド蜂起の現実は過酷なものであり、きれいに身を処するなどということはできなかったのである。

ゴドフロイ博物館の標本「コレクター」に

クバリは、ロンドンからドイツに戻ると、ハンブルクに住み、そこでゴドフロイ博物館に通うようになった。ゴドフロイ博物館は、ゴドフロイ商会のヨハン・ゴドフロイ(第六代)が、一八六一年、スイスから動物学者グレッフェを招いて、自分の収集品を基に設立した博物館である。ゴドフロイ博物館は、ゴドフロイ商会の商圏である南太平洋の鳥類、昆虫、海洋生物、植物などの標本や、民族学的資料、考古学的遺物などの収集・調査を主たる活動とした。そのために、何人かの標本「コレクター」を南洋に派遣していた。

クバリがゴドフロイ博物館に通い始めた頃、グレッフェはサモアに派遣されていて不在だったが、この博物館の学芸員《キュレーター》、シュメルツと知り合い、一八六九年三月、シュメルツの紹介でヨハン・ゴドフロイと会うことができた。クバリの語学能力を見込んだゴドフロイは、クバリをゴドフロイ博物館の標本「コレクター」として、五年契約で雇うことにした[Paszkowski, 1971, p. 44]。

一八六九年五月、クバリはゴドフロイ商会の持ち船ワントラーム号でハンブルクを出発、南洋に向かった。その後のクバリの活動について、『過去の我南洋』には旅程しか書かれていないので、他の文献によって、やや詳しくみていくことにする。

一八六九年九月、クバリはサモア諸島ウポル島のアピア港に到着した。アピアでは、もう一〇年近く資料の収集・調査にあたっていたゴドフロイ博物館のグレッフェの指導を受けた。サモア諸島サヴァイイ島に移ってからは、プラット牧師の家に寄寓していたが、その後サモアの女性ノシと生活を共にするようになった。クバリはサモアでは、海鼠のような海洋生物や鳥類の採集を行った。一八七〇年一月二〇日には、母に宛てて、カロリン諸島行きの船を待っていると書き送っている［Krämer, 2017, p. 171］。四月には、ノシを伴ってマーシャル諸島ラリク列島南端のエボン島に赴き、八月にはヤップ島を訪れ、貝類、鳥類などを採集した（エボン島での調査の記録は［Kubary, 1873a］、ヤップ島でのそれは［Kubary, 1873b］）。

パラオ諸島コロール島

一八七一年二月、クバリはパラオ諸島コロール島に行き、その後約二年間パラオに滞在した（サモアの女性ノシはマーシャル諸島かヤップ島に残してきたようである）。パラオでのクバリの生活を支えたのはゴドフロイ商会の交易網であった。同年四月には、ゴドフロイ商会の持ち船イザーブロー ク号がパラオのマラカル港に寄港し、生活物資や交易用の商品などをクバリにもたらした。その中には、最新式の銃器や弾薬も含まれていた。イザーブローク号などゴドフロイ商会の持ち船は、その後もパラオに来航して、クバリのために写真撮影用の機材などを供給した。クバリが自分の船で採集旅行できるように、古い捕鯨用ボートを残していったこともあった［Krämer, 2017, p. 172］［Spoehr, 1963, p. 73］。

一八七一年四月二〇日、クバリは母ベルタに次のような手紙を書き送っている。

有難いことに、四月一日で、〔ゴドフロイ商会との五年の〕契約期間のうち、二年が過ぎました。有難いことに、と言いましたが〔中略〕、私にはもう一つ願いごとがあります。それは残りの契約期間がすぐに過ぎ去ることです。でも、それよりもいいのは、彼〔ゴドフロイ〕が出来るだけ早く私を解放してくれることです。私はここで、私の人生の最良の五年間を失い、あっという間に年老い、普通の生活というものがどういうものなのか忘れてしまうことになりそうなのです。しかも、金持ちの雇い主〔ゴドフロイ〕は給与を僅かしか払ってくれません。私にはもっと払いの良い、まったく別の仕事を見つける機会がありましたが、仕事を変えようとはしませんでした。なぜなら、ゴドフロイ氏が、次の手紙で、私の状況の実質的な改善を知らせて来るのではないかと思うからです。* [Krämer, 2017, p. 172, fn. 1]

*クレーマーは知人を介して、クバリの妹ユリアの所在を探し出し、クバリについて多くの情報を得ることができた。この手紙やその他のクバリの手紙も、ユリアによってクレーマーに提供されたものであろう。

図16 クバリ(左から2人目)とパラオ島民たち(1873年頃)
(Stocking, *The Ethnographer's Magic and Other Essays in the History of Anthropology*)

クバリが母への手紙に、このような弱音とも取れそうなことを書いているのには、コロール島の大首長イバドルとの関係が一因をなしていた。

コロールはパラオ諸島で最も早くヨーロッパ人と接触した地域である。一七八三年八月、イギリス東インド会社の定期船アンテロープ号〔三〇〇トン〕がマカオで船荷を積み込んで戻る途中、パラオ諸島の近くで座礁してしまった。船長ウィルソン以下の乗組員〔ヨーロッパ人三四人と中国人一六人〕は船から脱出して、コロール島の西南約一五キロメートルの小島、ア・ウロン島に上陸した〔**図5**参照〕。そこに、コロールの大首長イバドルの配下の者たちがやって来て、交流が始まった。

当時、イバドルはバベルダオブ島マルキョクの大首長レクライ（あるいは、冠詞アをつけて、アレクライ。ただし、これは大首長称号で、個人名ではない）と対立していたので、船長ウィルソンに乗組員を援軍として貸してほしいと依頼した。ウィルソンはそれを受け入れ、五人のマスケット銃で武装した乗組員をイバドルに提供した。彼らの支援を受けたコロール軍はマルキョクを攻撃して、簡単に勝利をおさめた。その後も二度にわたって、イギリス人銃撃手の援助を受けたコロール軍がマルキョクを攻撃し、ついに和を乞わせた[Semper, 1873, pp. 140–142] [Hezel, 1983, pp. 69–71]。

パラオで戦闘に火器が用いられたのはこれが最初で、その後、コロールはヨーロッパ人から火器を入手して、軍事力を急速に強め、ガラスマオ、ガラルドなど他の地区をしばしば襲撃した。そんな中で、コロールの人びとは外国人から利益を得ることに慣れてしまって、それが、クバリにとって、難しい問題を引き起こすことになったのである。

一八七一年、クバリがコロールに住み着いた当時のイバドルは貪欲で、クバリを自分の利益のために利用しようとした。クバリはすべての交易をイバドルを通して行うよう強制され、ちょっとした旅行に出るにもイバドルの許可を取らなければならなかった。その許可を得るためには、イバドルに謝礼を払うことが必要であった。クバリがパラオ諸島最北のカヤンガル島に採集旅行に行った時には、三隻のカヌーで、一五人の武装した護衛を連れていった。クバリは、このカヌーと護衛の代金をイバドルに支払っただけではなく、それとは別に、護衛たちにも手当を支払わなければならなかった。パラオ諸島南部のペリリュー島には、他の首長たちから配下の者たちを借りて、サモアのアピアから持ってきた二人漕ぎのボートで行った。それを知ったイバドルは非常に怒り、その首長たちを激しく叱責した。イバドルは首長たちの集会を招集して、クバリにいかなる手助けをすることも禁止すると言い渡した[Kubary, 1873c, p. 182]。

このイバドルは、火器を密かにコロール以外のある地区の首長に売却したことから、コロールの首長たちによって排斥され、イバドル不在の状況になった。しかし、今度はコロールの首長たちがクバリの活動を妨害するようになったので、一八七一年八月、クバリは居をコロール島の西南に隣接する小島、マラカル島に移した。以前、イギリス人船乗りで、海鼠などの交易に携わっていたチェインがマラカル島全島を購入して、広壮な家を建てて居住していた。しかし、その無軌道な行為によって現地民に憎まれ、一八六六年初めのある晩、家からおびき出されて殺害された[高山、一九九三、二二六頁]。その後、現地民はチェインの死霊を恐れて、マラカル島に居住しようとしなかったので、マラカル島は無人島となっていた[Kubary, 1873c, p. 184]。そんなことから、マラカル島はクバリにとって好都合な場所だったのである。

その後に推戴された新しいイバドルはクバリとの友好を図り、クバリの求めに応じて、パラオの貴重な貨幣を貸与したりした。パラオには、硬石製、陶器製、ガラス製などさまざまな貨幣が存在し、ウドウドと総称されていた。後でのべるように、その中には、バラク(ブラク)、ブンガウ(ムングガウ)と称される、政治的に重要な意味を持つものがあった。

しかし、クバリがバベルダオブ島のマルキョクに行こうとした際には、イバドルは先手を打ってマルキョクに襲撃隊を送り、一人の首長の首を取ってきた。そのため、クバリはマルキョク行を中止せざるをえなかった。クバリは、その代わりに、デスマスクを作るので、その首長の首を持ってくるよう要求した。その日のうちに、戦闘用カヌーがその首を運んできて、その前で乗組員たちが「戦闘踊り」を踊った。それに対して、クバリは彼らに数ポンドのタバコなどを贈与しなければならなかった。クバリはその首を一晩預かり、石膏のデスマスクを作って、収集品に加えた。さらにクバリは、コロールの首長たちが、彼らの慣習に従って、その首を掲げて友好的な村々を一回り回って、「戦闘踊り」を踊ってきた後には、その首を貰い受けるという約束をしていた[Kubary. 1873c. p. 187]。しかし、半年後に「戦闘踊り」がひとわたり終了した後、その首は投げ捨てられてしまい、クバリの手には入らなかった[ibid., p. 194]。

インフルエンザの流行

一八七二年一月、パラオ諸島でインフルエンザが大流行し、コロールでも五人の首長が死亡するなど、多数の死者が出た。クバリは医科大学で学んだ知識を利用して、治療にあたり、クバリ自身の言葉によれば「診た患者の一人として死なないという、自分でも理解できないような幸運に恵まれた」[Kubary. 1873c. p. 188]。これによって、クバリはイバドルや首長たちをはじめとするパラオの人びとの信頼を得ることができた。

このインフルエンザの大流行では、バベルダオブ島ガラルド地区の大首長も罹病して死去した。暫定的にその後を継いだ大首長もインフルエンザに罹ったので、彼と友好的な関係にあったコロールの首長たちがクバリに助けを求めた。それに応えて、一八七二年三月、クバリはマラカル島を出発して、ガラルドに向かった。コロールの二人の首長が配下の者たちを連れて、クバリに同行した。一行はバベルダオブ島西海岸をアイミリーキ、アルモノグイと北上して、ガラスマオまで行った(図5参照)。ガラスマオは先年コロール軍の攻撃を受けて多くの死者を出し、無人化していたが、数年前に生き残りの人びとが逃亡先から帰還して、三つの集落をつくって居住していた。ガラスマオからは海岸沿いのマングローブ林中の浅い水路を北に進み、ガラルド地区の中心村落ガボクドの船着き場まで行った。そこで舟を下りた一行は、徒歩でガボクド村に向かった。ガボクドは西海岸と東海岸の中間ぐらいに位置していた(図22参照)[ibid., pp. 190-191]。

これより一〇年前の一八六二年、ガボクド一帯は、コロール軍の攻撃を受けた。コロール軍は、イギリスの軍艦スフィンクス号の砲撃などによる援助を受け、ガボクド一帯を破壊したのである。この攻撃が行われた経緯とそれがもたらした惨状については、その直後にガボクドを訪れ、一年近く滞在したドイツ人動物学者ゼンパーが詳細な記録を残している[Semper, 1873, pp. 41-47]。しかし、その後、双方の間に和議が成立した。

クバリはガボクドで、インフルエンザ患者の治療などに当たった。ガラルドの若者たちはクバリのために、リーフ(礁)や森に行って、生物標本の素材を集めてくるよう命令された。こんなことはコロールではなかったことであった。そのうえ、マルキョクを訪ねたいというクバリの希望を、マルキョクの大首長レクライに伝えてくれた。レクライはコロールと敵対していたにもかかわらず、クバリの訪問を受け入れた。クバリの一行は東海岸に出て、カヌーで海路マルキョクに行き、レクライの歓迎を受けた。マルキョク内陸部のガルドック湖を訪れたりして一日を過ごした翌日、クバリはレクライと別れて、ガボクドに戻った。約二週間ガボクドに滞在した後、クバリは西海岸を海路で南下して、マラカル島に帰着した[Kubary, 1873c, p. 193]。

バベルダオブ島マルキョクにて

一八七二年六月一〇日、クバリはコロールの首長たちの反対を押し切って、マラカル島を出発、再びマルキョクに向かった。今度は、ボートでアイライ、カイシャルとバベルダオブ島の東海岸を北上して、その日のうちにマルキョクに着いた(図5参照)。マルキョクの大首長レクライはクバリとの再会を喜び、いろいろと便宜を図ってくれた。

今回のクバリのマルキョク訪問には、主として二つの目的があった。一つは、ガルドック湖を訪ねて、魚類の採集をすることで、二つ目はコロールでは入手できなかったパラオの稀少な貨幣を手に入れることであった[Kubary, 1873c, p. 195]。

ガルドック湖(図22参照)探索はマルキョクの男たち総出の大仕事になった。レクライの命令で、魚漁用の籠が前もって湖に沈められ、竹製の筏が用意された。湖に行く行列は、首長たちの半分が先頭に立ち、ついで槍で武装したレクライがクバリの前を行き、その後を残り半分の首長たちが従って、最後に若く逞しい武装戦士たちが進んでいくという形をとった。行列の両側には、身軽な子どもたちがつき従っていた。ガルドック湖畔には、二軒の家がすでに建てられていた。一軒はレクライとクバリ用、もう一軒は首長たちのためのものであった。それから、魚漁用の籠が湖から引き上げられた。しかし、「悲しいかな、その中には三種類四匹の魚しか入っていなかった」[ibid., p. 199]。その後、湖に竹の筏を浮かべて回遊した。クバリが水深を測ったところ、一番深いところで五ファーデン（約九メートル）であった。若者たちや子どもたちは筏の周りを泳ぎ回った。マルキョクの人でも、戦士以外はガルドック湖に来たことがなかったから、マルキョクの「若者たちにとって、この日は忘れられないものとなったであろう」とクバリは書いている[ibid., p. 200]。

クバリは、コロールの人びとに猜疑心を起こさせないように、マルキョクには交易用の品物をあまりもたずに行ったのだが、マルキョクの人びとは、今度来た時に何かくれればいいと言って、美しい耳飾りや装飾品、櫛、石の斧などを提供してくれた[ibid., p. 196]。そのうえ、クバリ自身の言葉によれば、マルキョクでは「話題の中心が古い慣習に関してだったので、堕落したコロールの人びとの記憶からは消滅してしまったような、たくさんのことを聞くことができた」[ibid., p. 195]。マルキョクでの一週間の滞在は、クバリにとって、極めて実り多いものだったのである。

クバリがマルキョクを去るにあたって、レクライは、クバリがパラオの貨幣を手に入れたがっていること、しかしコロールの人びとはクバリに一つの貨幣も与えていないこと、を知っていると言って、彼の妻の首飾りからブンガウ Bungau と呼ばれる貨幣をはずした。そして、「ここにクバリの貨幣がある」といって、一人の配下の者に渡した。彼はそれを高く掲げ、「ここにクバリの貨幣がある」と叫んだ。皆が注視する中、その貨幣はクバリの手提籠の中に入れられた[ibid., pp. 201-202]。ブンガウ（ムングガウ）貨幣は、五センチメートルぐらいの赤色硬石製であるが、バラ

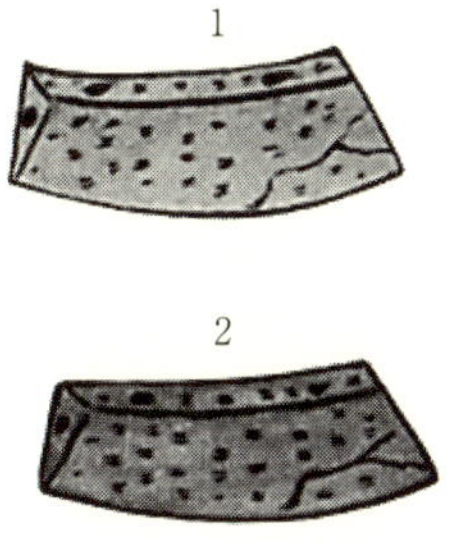

図17　パラオの貨幣
1. バラク（ブラク），2. ブンガウ（ムングガウ）（矢内原忠雄『南洋群島の研究』）

ク(ブラク)と呼ばれる貨幣と同様に、流通貨幣というよりは威信財で、それぞれの政治勢力の独立性を象徴する宝物として極めて大きな政治的重要性をもっていた。戦闘で敗れた側は、和議あるいは服属のしるしとして、勝った側にこれらの貨幣を差し出した。したがって、マルキョクやコロールのような強大な勢力のもとには、これらの貨幣が集中することになったのである(矢内原『南洋群島の研究』、一五三―一五五頁)。

マラカル島に帰るクバリのボートには、大きな帆かけカヌーが同伴した。それにはレクライから贈られた一匹の大きな豚が積み込まれていた。クバリのボートは贈り物のタロ芋で一杯になってしまったので、クバリは帆かけカヌーに乗ることにした。六月一六日の夕方、クバリの一行はマラカル島に無事帰着した。

クバリがマルキョクで特別な歓待を受けたこと、さまざまな贈り物をもらったこと、重要な政治的意味をもつブンガウ貨幣を贈られたこと、これらのことをクバリに同行してマルキョクに行ったコロールの人びとがイバドルや首長たちに報告すると、イバドルたちは驚愕した。それは、クバリがコロールよりもマルキョクとより深く結びついているということを示しているからである。彼らの口からは「クバリがコロールを崩壊させようとしている」という叫びがあがった[Kubary, 1873c, p. 202]。

クバリとコロール島のイバドルたちの間のこのような緊張を孕んだ関係はその後も続いた。その中で、アルモノグイ地区の大首長がコロールに使者を送り、クバリがマルキョクでもらった貨幣を彼から取り上げて、マルキョクに返還するよう要求するということもあった[ibid., p. 205]。この貨幣はそれほどの政治的重要性をもつと考えられていたのである。

最初のポナペ島滞在

一八七三年五月、クバリはゴドフロイ商会の持ち船イザーブローク号でパラオを出発、途中モートロック諸島などの島々を回って、八月にはポナペ島南部のロンキチ港に着いた。前に書いたように、この時のキチ地区のナニケン（大首長）はヘンリー・ナンペイの継父であったが、気性の激しい人物として知られていた。このナニケンとの関係について、クバリは『ゴドフロイ博物館雑誌』に寄せた一文（一八七四年一月執筆）の中で、次のように書いている。

現地民に対する私の立場に関しては、私が六人のKanjes（?）の若者を従者にもち、その他の人の援助を必要としないので、私の方にとても有利である。最初、大首長ナニケンとの間に不愉快なことがあって、それを辛抱しなければならなかった。しかし、彼の地位を考慮に入れ、彼の取り巻き連の忠告に従って、彼に貢物として何本かの火酒を進呈することにしたので、今では彼との関係は良好となった。これは、ロンキチ港に入る外国船の船長たち皆がやっていることである。飲酒癖のせいで、ナニケンの気性は非常に興奮しやすいうえ、私の住まいは彼の家から十歩と離れていない。そのため、彼とは常に接触することになるので、できるかぎり彼の希望を考慮に入れるのがいいように思われる。［Kubary, 1875, p. 262］

実際、私たちの間の関係はしだいに友好的なものになっていき、今は良好である。ナニケンは私の住まいの傍を通る度に、必ず中に入ってきて、私の頭に彼の緑の葉環をかぶせていく。豚を屠殺する時には、ナニケンの分け前である前四半部の肉を必ずくれるし、海亀漁をする時には、一匹の海亀を必ず持ってきてくれる。ナニケンは私の前で、不遜な態度をとったり、何かを強請したり、あるいは酔っ払っていたということは一度もない。大首長〔ナニケン〕に対する私の立場がこのように友好的なものであるから、他の現地民との関係が難しくないのは明白であろう。

[Kubary, 1875, p. 263]

クバリはポナペに来てから半年ぐらいで、現地民社会とこのように友好的な関係を築きあげていたのである。

クバリはポナペで、鳥類や魚類のアルコール漬け標本の作製を行ったが、その種類はあまり多くなかった[ibid., p. 263]。

この最初のポナペ滞在中に、クバリが標本採集以上に力を注いだのはナンマトル遺跡の発掘調査であった。ナンマトル遺跡はマタラニーム湾内チェムェン島の南岸に築かれた一〇〇を超える人工島から成る遺跡で、東西約一〇〇〇メートル、南北約五〇〇メートルという巨大な規模である。この遺跡は古くから欧米人の間でも知られていたが、本格的な発掘を行ったのはクバリが最初である。この発掘で、クバリは頭蓋骨などの人骨、腕輪・首輪などの装飾品、石斧のような生活道具など多数を採集することができた。クバリは発掘から得られた結論として、次の四点を挙げている[Kubary, 1873d, p. 131]。

（一）ナンマトルの石造建造物は、現在のポナペ人とは別の民族によって造られたものである。征服者である王はこの石造の都城に住み、被支配者であるポナペ現地民はこの都城の外、ポナペ本島に居住して、支配者の生活を支えねばならなかった。この民族の最後の王は西方から襲来した Idzikolkol の軍によって殺された。

(二) ナンマトル遺跡の建造者は「黒人種」に属するが、現在のポナペ人は「混血種」である。その証拠として、ナンマトル遺跡で発掘された頭蓋骨が長頭ないし長頭と短頭の間であるのに対して、現在のポナペ人は短頭である。

(三) ナンマトル遺跡は島が沈下したことの証拠とはならない。それが水上都城の土台であることは明白である。

(四) ナンマトル遺跡はスペイン人海賊の築いた要塞の跡であるという、よくいわれる説には根拠がない。ここで発見されたスペインの大砲は難破船から運び込まれたものであろう。

帰国の途に

ポナペ滞在中の一八七三年一〇月二二日、クバリは母ベルタに宛てて次のように書いている。

ゴドフロイ氏は、〔契約期間の終わる一八七四年に、さらに五年間の契約を新たに結び〕一八七九年まで仕事を続けてほしいと私に手紙で言ってきました。彼は私に、〔この五年間については〕年額一〇〇〇ターレルの給与を支払い、契約期間満了時には二〇〇〇ターレルのボーナスを出すということです。私はこの提案に基本的に同意していますが、南太平洋の暗闇の中に再び飛び込む前に、あなたに会い、自由の空気を吸うことが必要だと感じています。それで、私は、今年の末に〔ヨーロッパに〕向かうつもりです。ですから、一八七四年の中頃にはあなたの手にキスすることができると思います。〔Krämer, 2017, p. 172, fn. 1〕

コラム……4

ナンマトル遺跡

ナンマトル遺跡は一一―一六世紀頃、ポナペ島全土を支配したシャウテレウル王朝の都城跡である。その西側半分は王宮(パーン・カテラ)を中心とする行政区や家臣たちの居住区で、東側半分は祭祀場や神官たちの居住区であった。東側の中心にあるナン・タワスはナンマトル遺跡の中でも、最も顕著な遺構で、クバリは王たちの墓とみなした。

シャウテレウル朝を創始した人びとは外来の民族とされるが、彼らがどこから来た、どのような民族だったのかは明らかでない。彼らは大きな柱状の玄武岩(柱状節理)をポナペ各地からナンマトルに運び、それらを積み上げて人工島を築く高度な土木技術を有していた。

一六・一七世紀頃、これも外来のイソケレケルという称号をもつ人物の率いる軍勢が襲来して、シャウテレウル朝を滅ぼした。ただ、この征服者たちは、ポナペ全土を一体として支配したのではなく、そのもとで今日にまで続くポナペ島の五地区(マタラニーム、ウー、キチ、ジョカージ、ネット)分立の体制が形成されていった。

ナン・タワス
(その東南隅)
(2017年著者撮影)

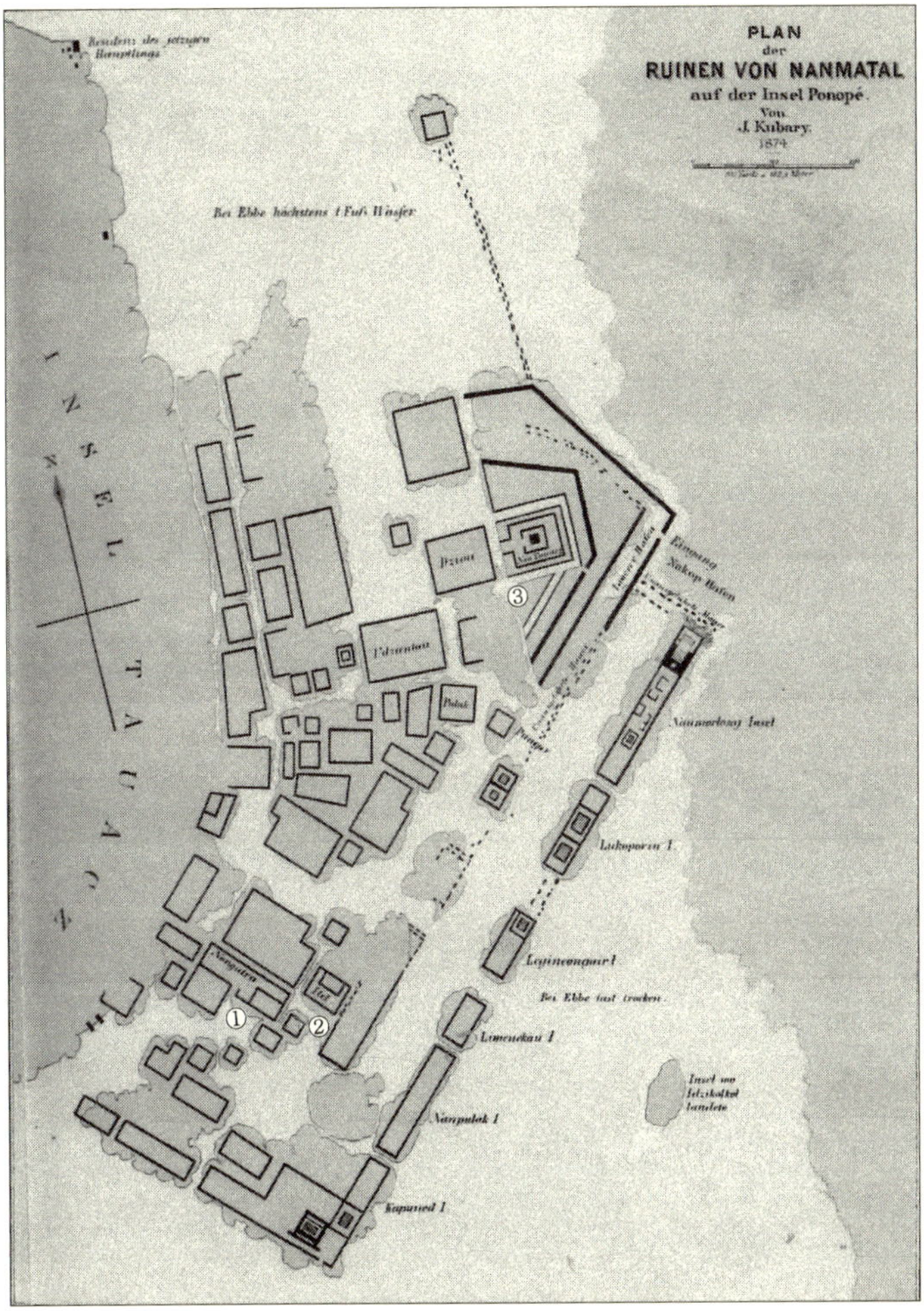

ナンマトル遺跡全図

①Nangutra(パーン・カテラ), ②Itel(イテート,「聖なる鰻」の聖域), ③Nan Tauacz(ナン・タワス)(Kubary, 'Die Ruinen von Nanmatal auf der Insel Ponapé (Ascension)', Tafel 5)

このように、クバリは一八七三年末に帰国の途に就くつもりだったようだが、結局、ゴドフロイ商会の持ち船アルフレート号でポナペを出発、サモアに向かったのは一八七四年八月になってからであった。船には、人骨などナンマトル遺跡の遺物をはじめとして、鳥類や魚類のアルコール漬け標本など大量の採集品を入れた木箱、約一〇〇箱が積み込まれていた。ところが、マーシャル諸島ヤルート島ジャボール港の入口でアルフレート号が座礁して、採集品を入れた箱の多くが失われてしまった。クバリはヤルートに数週間留まって、失われた標本などの埋め合わせをできるかぎり行った。その後、彼は他の船でサモアに行き、そこから二三箱の収集品をハンブルクに送った。

一八七四年一二月、クバリはサモアを出発、ニュージーランドを経て、一八七五年二月、シドニーに着いた。そこで、彼はイギリス領ニューサウスウェールズ植民地政庁に「帰化」申請を提出して、約一週間後に認められた。その証明書には、「ジョン・スタニスラウ・クバリ。ポーランド生まれ、二八歳、博物学者《ナチュラリスト》、シドニー在住」と書かれていた[Paszkowski, 1971, p. 50]。彼は、その後生涯にわたって、ドイツの南洋進出と強く結びついていたのだが、それでも、イギリスの「国籍」を持つ方が有利と考えていたのであろう。

クバリは、一八七五年二月一六日、シドニーを出発、五月三一日にようやくハンブルクに帰着した。クバリの母ベルタと妹ユリアは彼に会うために、ワルシャワからハンブルクに出て来た。ユリアは、クバリがドイツに亡命した時まだ幼く、兄のことはほとんど何も覚えていなかったようである。

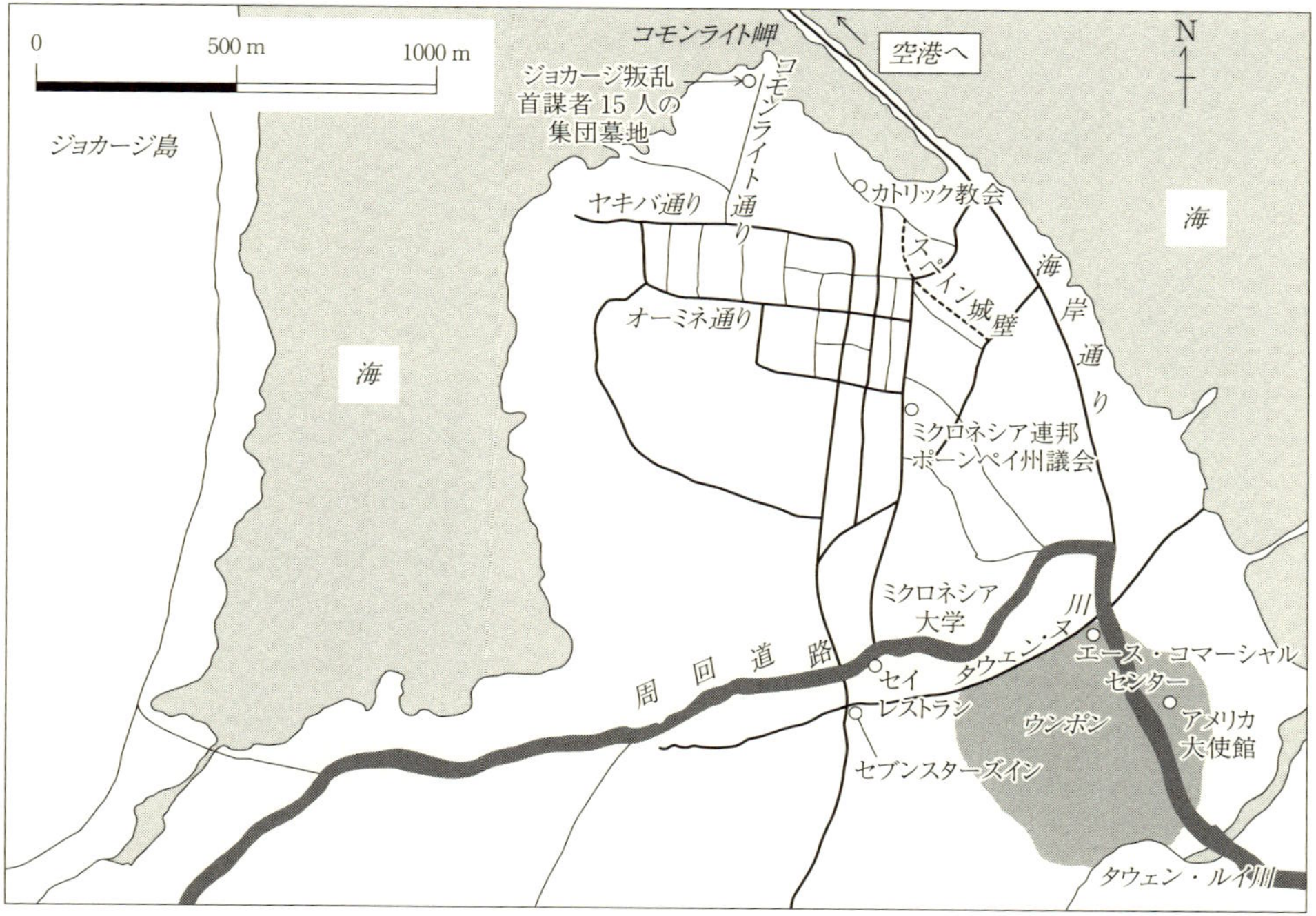

図18　コロニア（コロニア半島）とウンポン Mpomp の地（網掛け部分）
（Hambruch, *Ponape, 1. Teilband* の記述（コラム5）と現地調査をもとに作図）

図19　タウェン・ヌ川 Tau en Nu
ドイツ統治時代(1899-1914年)，この狭く深い谷間を流れる川がコロニアとネット地区の境界とされ，今日に至っている．(2017年著者撮影)

再びポナペへ、そして結婚

ハンブルクでは、ヨハン・ゴドフロイと駐ハンブルク・ロシア領事の斡旋で、ワルシャワ訪問の許可をえることができた。ワルシャワ滞在中は、家族と共に過ごし、ポーランドの動物学者などと交わったり、学会で報告を行ったりした[Paszkowski, 1971, pp. 50-51]。

ハンブルクに戻ったクバリは、前引の母宛書簡に見られるようなゴドフロイの提案に同意して、再びゴドフロイ商会と五年契約を結び、標本収集のために南洋に行くことになった。一八七五年九月、クバリはハンブルクを出発、南洋に向かった。今度は、写真撮影用の機材など何十箱という大量の機材を携行していった。

クバリはまず、ポナペ島に赴いた。しかし、今回は最初のポナペ滞在時に拠点としたポナペ島南部のキチ地区ではなく、北部のネット地区が目的地であった。そこに何か手がかりがあったのであろう。彼は、ネット地区の大首長から、ウンポン Mpomp の地に約三〇ヘクタール（三〇万平方メートル、約五五〇メートル四方）の土地を譲り受けて、ここに家を建てた。「（コロニアの）港の全景を一望する、小さな美しい丘の上」であった[Hernsheim, 1883, p. 62]。それから、ランガル島の北西に位置する小島サプティク島にもプランテーション用地を購入した。その他の土地も合わせると、クバリは約一〇〇へ

コラム……5　ウンポンの地理的位置

ウンポンの地理的位置については、ハンブルヒの記述から大略を知ることができる。

アメリカン・ボードのドーン牧師は、スペイン〔ポナペの東カロリン支庁〕との教会敷地にかんする所有権紛争で、教会敷地はネットの大首長から譲渡されたものだと主張し、その譲渡文書（一八八〇年七月二六日付）なるものを証拠として提出した（スペイン側はこれを偽文書と主張した）。ハンブルヒによれば、そこには教会敷地の境界が次のように記されていた。

> Mejinion と呼ばれる土地で、Tau en Nu〔タウエン・ヌ川〕の河口から始まり、その中流域をJ・クバリ氏の土地〔ウンポン〕との境まで辿り、そこからさらに西に、Tolinia と呼ばれる土地との境界に到達し、そこから北に折れて海に至る
> [Hambruch, 1932, p. 196]。

さらに、ハンブルヒは次のように書いている。

> Mešenieṅ（東風に直面する土地）と呼ばれる〔コロニア〕半島はネットの大首長から買得された土地で、そこにはアメリカン・ボストン・ミッション〔アメリカン・ボード〕の土地と並んで、民族学者ヤン・クバリの Mpomp〔ウンポン〕の畑があった
> [ibid., p. 340]。

> 海岸通りをさらに〔南に〕行くと、数分で、いくつかの現地民の家に至る〔後略〕。そこからさらに数歩行くと、以前のドーン牧師の伝道所に着く。そこは、今では、リーベンツェル・ミッションの伝道所で、素朴な学校と教会の建物がある。そこからさらに、海岸通りは現地民の小道に入る。この小道はクバリのウンポンの畑に通じている
> [ibid., pp. 341-342]。

クタールという広大な土地を確保して、ポナペを本拠地としたのである[Paszkowski, 1971, p. 51][Hezel, 1995, p. 57]。

クバリは、一八七七年二月には、モートロック諸島に行き、住民の民族学的な調査を行い、翌、一八七八年五月にはトラック諸島に行き、一年余り滞在して、鳥類の収集などを行った[Paszkowski, 1971, pp. 51-52]。

ところが、一八七九年、ゴドフロイ商会が破産し、九月、クバリとの契約も打ち切られてしまった。それまでクバリは、標本「コレクター」としての活動にしろ、博物学的、民族学的研究にしろ、ゴドフロイ商会の交易網に全面的に支えられて行ってきた。その支えがなくなってしまったのである。窮地に陥ったクバリはポナペに戻り、ウンポンとサプティク島の土地を農園にして、生計を立てることにした。農園の作物はコーヒー、ココア、レモン、パイナップル、タバコ、檳榔《びんろう》の実(これをつぶして、それに石灰の粉を振りかけて噛む風習がポナペでも見られた)などであった。

一八八〇年、彼は、ジョカージの大首長一族の女性とアメリカ人の間に生まれた「混血児」、アナと結婚した。この時、クバリは三十三、四歳、アナは十四、五歳であった。クバリとアナの間にはすぐに息子が生まれたが、一歳ぐらいで死去した[ibid., pp. 52-53]。

同じ一八八〇年、民族学者オットー・フィンシュとヘルンスハイム商会のフランツ・ヘルンスハイムが一緒にポナペに来て、ウンポンのクバリの家を訪れた。ヘルンスハイムの『南洋回想』[Hernsheim, 1883]にはその時のことが詳しく書かれている。ポナペの五地区の大首長の内で、もっとも高位とされているのはナンマルキの称号をもつマタラニーム地区の大首長で、その次がジョカージ

コラム……6

クバリの妻アナとその父親

「アナ Ana Yerlit」という表記は長谷部言人『過去の我南洋』(一三二頁)による。クレーマーは née Yelirt (Yelirt 家の生まれ)とし[Krämer, 2017, p. 174]、パスコウスキーは Anna Yelliott とする[Paszkowski, 1971, p. 53]。アナについて、江崎悌三は Anna が本名であったろうとしている[江崎、一九八四、八三頁]。

アナ(15, 6 歳時)
(Krämer, *Palau, 1. Teilband*)

アナの父親について、長谷部は単に「アメリカ人」とし、パスコウスキーは「アメリカ人宣教師」とする。ハンブルヒが引用しているオーストリアのフリゲート艦ノヴァラ号の報告書(一八六一年)では、アナの父親は「北アメリカ人 Alexander Jellet」となっている。江崎はアナの父親を Alexander Eliot とし、この Eliot が島民の発音によって、さまざまに転訛したのであろうとする[前掲書、八三頁]。

ノヴァラ号の報告書によれば、アナの父親は二〇年来ポナペに定住して、鍛冶屋と大工をするかたわら、水先案内人をしていた。彼は、ノヴァラ号がマタラニーム港に近づいた時、ボートでノヴァラ号に乗りつけ、水先案内をすると申しでた[Hambruch, 1932, pp. 148, 150]。これによれば、アナの父親は宣教師ではなく、いわゆるビーチコマー beachcomber だったということになる。

地区の大首長だとヘルンスハイムがいうので、クバリは、一行をジョカージの大首長の所に連れて行った。ジョカージの大首長はシャカオ（カヴァ酒）を作らせて、彼らを歓待してくれたが、ヘルンスハイムはその「石鹼水」を思い出させる変な臭いの飲み物を吐き出してしまわないよう苦労しなければならなかった［Hernsheim, 1883, p. 64］。その後、クバリは一行をマタラニームのナンマトル遺跡に案内した。前に書いたように、クバリは一八七三年にこの遺跡を調査して、『ゴドフロイ博物館雑誌』にその報告［Kubary, 1873d］を載せていた。ヘルンスハイムはそれを知っていたので、ナンマトルに行きたいと思ったのであろう。一行はジョカージから船で五時間かけて、マタラニームに行き、マタラニームの大首長、ナンマルキの家で歓待を受けた。ナンマトル遺跡を訪れたヘルンスハイムは、ナン・タワスの偉容に特に感銘を受けた。

パラオで現地民と共に

一八八二年、ポナペでのクバリの生活は一変した。この年の初めにポナペを襲った台風によって、農園が大打撃を受けたうえ、その後ココ椰子林が虫害によって枯れてしまったのである。生計に窮したクバリは、四月日本に行き、ドイツ公使の斡旋で、「横浜の博物館」に臨時職員として採用された（ただし、この「横浜の博物館」が何を指すかは不明確。［西川、二〇〇四、四頁］）。同年五月一日、クバリは「東京の国立博物館」（現在の東京国立博物館につながる、いわゆる「内務省系博物館」）に三カ月間の期限付き職員として雇用され、動物の専門家として動物部に配属された。在勤中、クバリは博物館運営の改善策について三つの意見書を提出した。その中には、日本産動植物の標本採集のために、旅費自弁でもよいから、自分を国内採集旅行に派遣してほしいという提案もあった。しかしこれらの提案は、財源の問題を理由に、いずれも受け入れられなかった。クバリは雇用の延長を望んだが、これも認められなかったため、八月には日本を去った[Paszkowski, 1971, pp. 53-54]〔西川、二〇〇四、四―五頁〕。ただ、クバリが日本に来たのには、研究目的もあったようで、クバリは自著の注で次のように書いている[Kubary, 1895, pp. 13-14, fn. 1]。

> 一八八二年にたまたま日本に滞在した折、私はパラオの貨幣を持参していた。この陶磁器の二番目の故郷〔日本〕で、〔それらについて〕いくらかなりと解明するためであった。東京の国立博物館の古代部門 Alterthümer-Abtheilung des National-Museums in Tokio で問い合わせたところ、〔中略〕最終的回答としては、〔パラオの貨幣に〕似た古代の真珠〔あるいは玉〕Perlen が発掘されているが、それらは日本産ではなく、初期の仏教僧によってアジアから持ち込まれたものであろう、ということであった。

クバリが香港経由でポナペに戻ったところ、ゴドフロイ博物館の学芸員《キュレーター》だったシュメルツから、オランダ、ライデンの民族学博物館にクバリを「コレクター」として雇用する意思があるという連絡があった。喜んだクバリは、正式の契約を待たずに、借金までしてパラオに標本採集に出かけた。それらのうち一部は実際にライデンの民族学博物館に送られたのだが、結局、「コレクター」に採用するという話はダメになってしまった。生活に困窮したクバリは、一〇年ほど前に親交を結んだマルキョクの大首長レクライによって第五首長《ルバク》に任命されて、現地民同様の暮らしをすることになった。彼は、現地民さながらに檳榔の実やそれに振りかける石灰の粉などを入れた手提籠を常に持ち歩き、「ウサケル」（褌《ふんどし》）一つのほとんど裸で首長会議に出たりしていた［Krämer, 2017, p. 175］。

だからといって、クバリは博物学的、民族学的研究を放棄したわけではなく、このパラオ滞在中に、「パラオの人びとの宗教」［Kubary, 1888］という論文を書いている。また、地質学的な調査なども行い、アンガウル島の燐鉱石（グアノ）を調査するということもあった［Paszkowski, 1971, p. 54］。

パラオ滞在中の一八八三年七月に、クバリとアナの間に娘イザベラが生まれた。その頃、イギリスの軍艦エスピエーグル号に同乗して、パラオを訪れたルユントは、クバリやその家族との出会いについて、旅行日誌に次のように書いている。

一八八三年八月九日　木曜日

今日の夕方、私たちが、とてもびっくりしたけれども、喜んだことには、ポーランド人の博物学者《ナチュラリスト》クバリ氏がマルキョクから〔コロールに〕到着した。彼はマルキョクの大首長アレクライ〔レクライ〕に全権を委任された特使として、〔エスピエーグル号の〕艦長と交渉するために来たのである。彼は背が低く、色黒で、髪と顎髭は黒かった。大きな身振りで話をした。彼はオーストラリアで「国籍」を取得した英国民で、私たちの女王の臣民であることに、大きな誇りをもっていた。彼は自分で作った巨大な鼈甲ぶちの眼鏡をかけていた。それが彼の外見をとても滑稽なものにしていた。もう一つだけ目立ったのは彼の帽子で、そのてっぺんはすばらしい鼈甲でできていた。［ibid., p. 54］

ルユントたちは、土曜日の朝マルキョクに向けて出帆し、マルキョクの南の小村で上陸した。

一八八三年八月一二日　日曜日

私たちが話をしているところに、クバリ氏が現れ、山の傍を通って、マルキョクまで歩いて行ったらどうかと提案した。私たちはこの提案を喜んで受け入れた。歩くということはめったにない贅沢だからである。〔中略〕

丘の肩を回ると、北の方にも南の方にも延びる海岸のすばらしい光景が見られた。それから再び森に入ったが、そこがマルキョクに入る境界であった。ここで、クバリ氏が木の枝からぶら下がっている籠に私たちの注意を向けた。この籠には人間の首が二つ入っていた！ 最近の〔戦闘の〕犠牲者である。クバリ氏は〔エスピエーグル号の〕艦長がそれを欲しがるのではないかととても心配していた！ 〔パラオでは〕敵の首を取って来ると、それに対していろいろな儀式を行う。それが終わると、それらの首は〔中略〕村の境界の石の外に放り出される。クバリ氏はそれを待っていて、首を拾い上げ、他の収集品と一緒に彼の家の中に置いておけるようになるまで、籠に入れて吊るしておくのだ。[ibid., pp. 55–56]

私たちはきれいな水の流れる川辺に来た。そこはクバリ氏の洗身場であった。その向こうに彼の家があった。現地民の家と同じつくりで、三部屋あり、真中の部屋が彼の仕事場だった。私たちは彼の妻に紹介された。かわいい、小柄な女性であった。……生まれて数週間の小さな赤ん坊を見せてくれたが、彼はこの子をイギリス国民として届け出ることに心を配った。彼は私たちに、鳥類や動物や写真などの彼の収集品の一部を見せてくれた。そして、私たち一人一人に、檳榔の実を噛むときに使う首長用の石灰入れ《ライム・スティック》〔石灰の粉を入れる竹筒〕をくれた。[ibid., p. 56]

マルキョクの大首長レクライの「特使」として

クバリがマルキョクの大首長レクライの「特使」としてエスピエーグル号を訪れたのには、次のような事情があった。一八八〇年夏、アイルランド系アメリカ人商人オキーフの持ち船がバベルダオブ島北部で座礁した際に、現地民によって略奪されるということがあった。これに対して、オキーフが香港のイギリス政庁に救済を訴えたので、翌一八八一年一月、イギリスの軍艦リリー号が香港からパラオに来航し、その責任をマルキョクに帰し、コプラ、鼈甲、海鼠など、市場価格で五〇〇〇ドルにのぼる賠償を要求して、帰った。翌一八八二年四月、リリー号は僚艦コーモス号と共に、再びパラオに来航、賠償の実行を求めた。しかし、マルキョク側ではその用意ができていなかったので、イギリス軍は上陸して、村々を襲撃し、破壊した。その破壊の痕跡は、ルユントがマルキョクを訪れた時も未だ歴然と残っていた。彼は次のように書いている。

> 私たちは村の方に降りて行った。と、黒焦げになった廃墟が私たちの目に飛び込んできた。家は一軒も残っていなかった。もっと悪いことには、この島の最も古くて、素晴らしいクラブ・ハウス〔バイあるいは冠詞アをつけてアバイ。合宿所、集会所、外客接待所などとして利用された〕がいくつも吹き飛ばされていた。これらの重要な固有の価値をもつ建物〔の破壊〕はもちろんのこと、それをもはや修復することができないということを、私たちは悲しんだ。この破壊は全く不必要なことであった。〔Paszkowski, 1971, p. 56〕

翌、一八八三年の八月、今度はオーストラリアの英海軍基地からエスピエーグル号が来航したので、マルキョクの大首長レクライは、ちょうどマルキョクにいたクバリに「特使」として出向いて、艦長ブリッジと交渉してもらうことにした。それが功を奏したのか、艦長ブリッジは賠償要求が過大であったことを認めて、マルキョク側の用意した三五〇ドル相当の品々だけで、一件落着とした[Hezel, 1983, pp. 277-280]。

ルユントがエスピエーグル号に同乗していたのは、この交渉に立ち会うためであった。彼は、当時、イギリス西太平洋領高等弁務官のもとで、法律委員をしていた。パラオでの紛争ということで、パラオに派遣されて、エスピエーグル号艦長とマルキョク側との交渉に立ち会ったのである。ルユントは、「中国の軍艦」(香港を基地とするイギリス軍艦)ではなく、誰か「オーストラリアの基地の艦長」が来ていたならば、こんな破壊的な行為は行われなかったのに、と香港政庁側の対応を批判している[Paszkowski, 1971, p. 56]。

エスピエーグル号がパラオを去ったすぐ後、クバリはヤップ島に行って、遺跡の調査などを行った。一八八四年一月、クバリはオキーフの持ち舟、スワン号でヤップ島を出発、ソンソル島など、パラオ諸島からさらに南西に離れた島々に向かった。これらの島々の農園からコプラなどを集荷するのがスワン号の回航の目的だったのだが、クバリはそれに便乗して、これらの島々の博物学的、民族学的調査や標本の採集を行ったのである(この調査旅行の記録は[Kubary, 1895, pp. 79-114])。二月、スワン号でヤップに戻ったクバリは再びパラオに行った。

一八八四年六月頃、クバリはベルリン民族学博物館の初代館長だったバスティアンの尽力で、同博物館の「コレクター」に採用され、ヤップ島などに赴いて標本採集や調査にあたった[Paszkowski, 1971, p. 57]。

一八八五年三月、クバリは香港に行き、ヤップ島やソンソル島などでの採集品をベルリン民族学博物館に送った。その後、クバリは再度ヤップ島に戻った。しかし、同年九月、ベルリン民族学博物館から「コレクター」契約の破棄を通告された。その理由としては、「現地民との親密すぎる交わりと彼らとの関係における節度の無さ」が指摘されていた[Paszkowski, 1971, pp. 57–58]。誰かがクバリを中傷するような情報をベルリン民族学博物館に伝えたのであろう。

ニューギニアへ

前にも書いたことだが、一八八五年八月、スペインの南洋領土侵略を企てたドイツは軍艦イルティス号をヤップ島に派遣して、ヤップ島占領を宣言した。ドイツは、さらに、軍艦アルバトロス号をヤップ島からパラオ諸島に向かわせたが、この軍艦には、当時ヤップ島にいたクバリが艦長の要請によって通訳として乗船していた。ベルリン民族学博物館との関係を切られ、生活に困窮していたクバリにとってはよい話だったのであろう。妻や娘も一緒で、ヘルンスハイム商会のエデュアルト・ヘルンスハイムも同船していた。バベルダオブ島に上陸したドイツ部隊は首長たちにスペインの国旗を降ろして、ドイツ国旗を掲揚するよう迫った。首長たちがためらっているのを見て、クバリが自らドイツ国旗を掲揚し、今後はドイツ国旗だけを掲げるよう、首長たちに忠告した。クバリは、パラオの人びととの親交を利用して、ドイツの帝国主義的南洋進出のために一肌脱いだのである[Hezel, 1995, p. 3]。

その後、軍艦アルバトロス号はトラック諸島、ポナペ島、クサイ島、マーシャル諸島を回航し、次々とドイツ国旗を掲揚していった。この航海中、クバリがエデュアルト・ヘルンスハイムに自らの

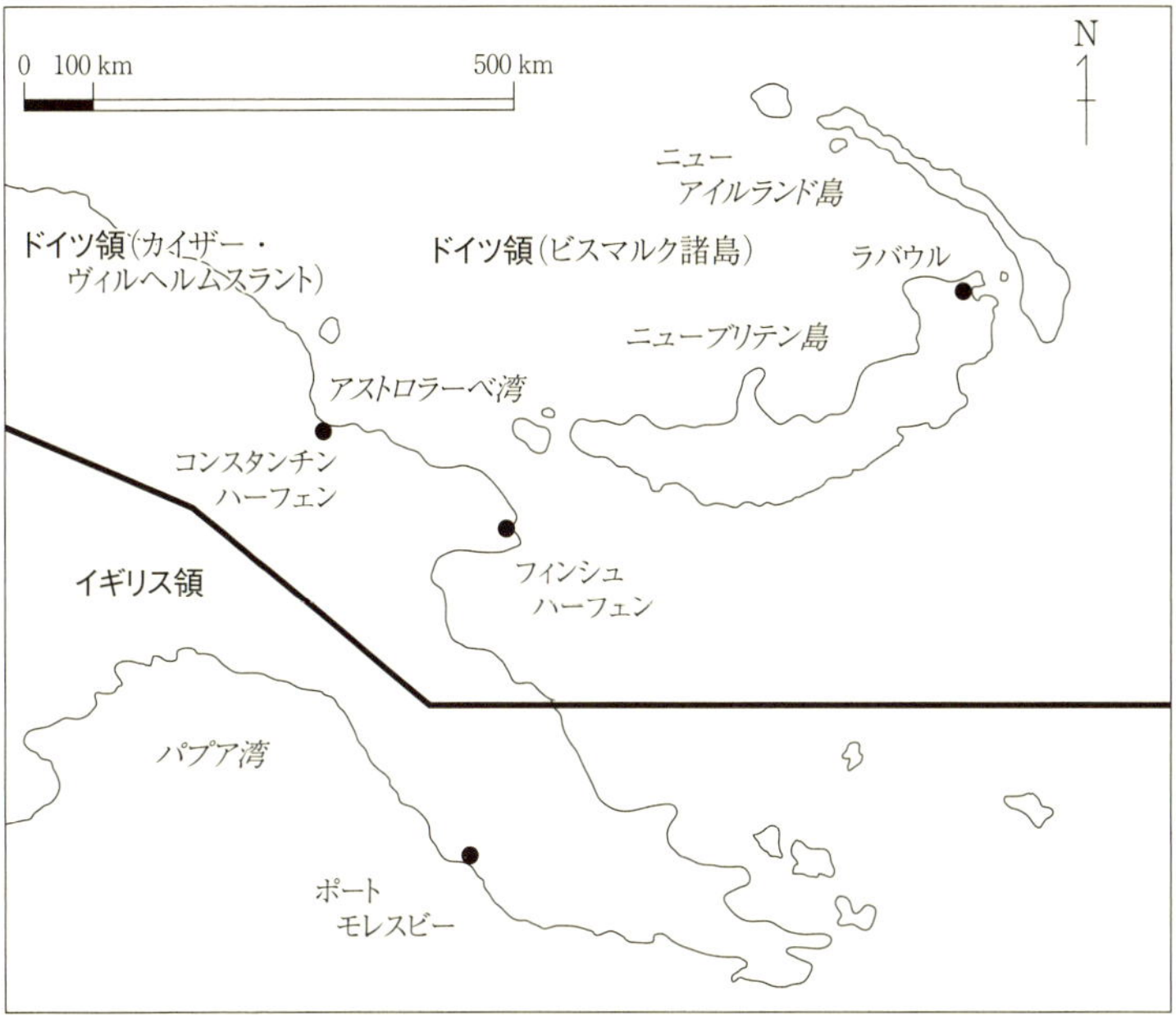

図 20　ニューギニア東部要図(1885-1914 年)

苦境について語ったのであろうか、アルバトロス号がニューギニア、ニューブリテン島のマトゥピに着いた時、クバリはヘルンスハイムと共に下船して、ヘルンスハイム商会のクラガカウル事業所で働くことになった[Krämer, 2017, p. 175]。

その少し前まで、ニューギニア東部でも、ゴドフロイ商会が事業を展開していたのだが、前に書いたように、一八七九年に倒産してしまった。そのため、一八八二年に、ドイツの有力な銀行家アドルフ・フォン・ハンゼマンを中心としてニューギニア会社が設立され、ニューギニアでのゴドフロイ商会の事業を引き継ぐことになった。

一八八四年一一月三日、ドイツは

ヘルンスハイム商会のマトゥピの事業所敷地でドイツ国旗を掲揚して、ニューギニア東部領有を宣言した[Finsch, 1888, p. 140]。他方、イギリスもニューギニア東部領有を宣言したので、一八八五年四月、ドイツはイギリスと分割協定を結んで、ニューギニア東部の北半分（カイザー・ヴィルヘルムスラント）とその周辺の島々（ビスマルク諸島）を保護領（ドイツ領ニューギニア保護領）とした。同年五月には、ドイツ領ニューギニア保護領の統治と開発をニューギニア会社に委託した。クバリがヘルンスハイム商会のクラガカウル事業所で働き始めた頃、ニューギニア東部はこのような政治状況にあった。

このドイツ領ニューギニア保護領の形成には、前に出てきた民族学者オットー・フィンシュが深く関わっていた。フィンシュは当時プロイセン領だったシレジア（シュレージエン）地方に生まれた。もともとは鳥類学者だったのだが、ドイツ帝国の南洋進出に関心をもち、銀行家ハンゼマンのグループに加わって、一八七〇年代からしばしば南洋に調査に出かけていた。一八八四年九月、フィンシュはニューギニア会社の「調査隊」を率いて、蒸気船サモア号でシドニーを出港、翌年五月まで数度にわたってニューギニア東部各地を調査して回った。その目的は良港の発見、現地民との友好的関係の樹立、農業・牧畜のための植民適地の発見などであった。一八八四年一一月、フィンシュの「調査隊」はニューギニア東岸で良港になると思われる入り江を発見、ここをフィンシュハーフェン（フィンシュ港）と命名した[ibid., p. 164]。フィンシュハーフェンは、その後、ドイツ領ニューギニア保護領の首府になった[ibid., p. 193]。

ニューギニア会社のプランテーション管理

一八八七年七月、クバリはヘルンスハイム商会を辞めて、ニューギニア会社に入り、ニューギニア東部のアストロラーベ湾岸、コンスタンチンハーフェン〔コンスタンチン港〕の商業施設とプランテーションの管理者となった。フィンシュがアストロラーベ湾岸を調査したのは一八八四年末であるが、その時はコンスタンチンハーフェンとは名ばかりの小さな入り江で、海岸部には現地民の集落も見当らないような土地であった[Finsch, 1888, p. 32]。クバリはそんな土地の「開発」を任されたのである。ニューギニア会社在職中、クバリは妻と娘と共に幸せに暮らしていたようにも見える。クバリの娘イザベラが、「クバリ伝」の著者パスコウスキーに宛てて書いた手紙（一九五七年）には、次のように書かれている。

父はいつもとても忙しく、ほとんどの時間、オフィスで書き物をしていました。父は大量の収品をヨーロッパに送っていました。それで、母はいつも大きな荷物を作っていました。私たちは大きなプランテーションを〔管理下に〕持ち、そこでは何百人という労働者が働いていました。彼らは他の島々から連れてこられた現地民でした。彼らは野蛮人 savages でしたから、訓練しなければなりませんでした。毎朝、私たちの家の近くに整列して、教練を受けてから、彼らは仕事に行くのでした。彼らに対して、父は厳しかったですが、公正でした。彼らは父が好きで、父のためならば、何でもしたでしょう。〔中略〕父はよくヨーロッパに行くんだといっていました。父の生きている親族は父の母と妹だけで、彼らはポーランドにいました。〔中略〕子どもとして、私は両親と一緒でとても幸せでした。父はすべての人を喜ばせようとしました。クリスマスの時には、サンタクロースの格好をして、すべての人を面白がらせるのが常でした。父と母はお互いに理解

しあっていたので、すべてが快適でした。［Paszkowski, 1971, p. 58］

娘イザベラの描く、父クバリの姿はこのように平和なものである。クバリはニューギニアでも、大量の標本を採集して、それをヨーロッパの博物館などに送っていた。その中には、蝶類や貝類の標本、鳥の剝製などがあった。アストロラーベ湾岸の現地民の武器類、槍や弓矢などはライデンの民族学博物館に送られた。その他に、アストロラーベ湾に注ぐゴーゴル川流域などの地理学的、民族学的調査も行っている［ibid., p. 59］。

しかし、クバリの本務はプランテーション経営であり、そのためにはプランテーション用地と労働力の調達が必要であった。クバリはアストロラーベ湾岸の村々を訪ね、いくらかの物品を村人たちに渡しては、その地の買得を宣言するという方法で、赴任後二年のうちに、アストロラーベ湾岸のほとんどの土地をニューギニア会社のものにしてしまった。他方、プランテーション労働力の確保には、困難があった。すでに、オットー・フィンシュがニューギニア東部周辺を調査した一八八四年頃には、イギリスとドイツの「労働者徴募船」の活動によって、大量の現地民がオーストラリアやサモアなどに送られていた［Finsch, 1888, pp. 26, 198 et al.］。それも、実際には「奴隷狩り」といった方がいいようなやり方で、労働者を掻き集めていたのである。そのため、現地民労働力は不足していたので、クバリは近隣の島々、特にニューブリテン島からプランテーション労働者を掻き集めてきた。こうしたプランテーションでは、過重な労働のために、死ぬ者も少なくなかった。特に、ドイツの会社のプランテーションで、死者が多かったとされている。それに対して、現地民たちはプランテーションで働くことを拒否したり、未遂に終わったが叛乱を企てたりした［Stocking, 1992, pp. 237-238］。

この頃、クバリは自らを「アストロラーベ湾の帝王」と称していたということだが、それとは裏腹に、「現地民たちを抑えることができず、経営感覚にも欠け、家族という重荷を負った」彼はしだいに「酒にすがり、悩みを抱えた無頼者のような生活」を送るようになっていった[Spoehr, 1963, pp. 94-95]。クバリはついに健康を害してしまい、ニューギニア会社の主任医ルコウィッチから、ヨーロッパに帰るか、「ニューギニアで自分の墓を選ぶか」、どちらかにするよう忠告された[Paszkowski, 1971, p. 62]。

ポナペ島での死（一八九六年）

一八九二年、クバリは妻子を伴ってヨーロッパに行き、博物館に職を求めた。ドイツでもポーランドでも、クバリは熱烈な歓迎を受けたが、望んだ職を得ることはできなかった。クバリは優れた博物学的、民族学的研究を行い、高い評価を得ていたのだが、あくまでも、無学歴の標本「コレクター」であり、ヨーロッパの大学や博物館で研究を行う「学者」とは、いわば身分的違いがあったのである。

ヨーロッパでの永住をあきらめたクバリは、やむなくニューギニアに戻ることにした。その時、彼の妹ユリアはクバリに同行することを望んだが、母ベルタに止められた[Krämer, 2017, p. 175]。クバリはニューギニア会社に復職したが、一八九五年末には解雇の通告を受けた。彼の生活の乱れがその一因だったのではないかと思われる。

彼は、娘イザベラをシンガポールに連れて行き、ミッションスクールに預けた後、フィリピンのマニラへ行った。コロニア郊外ウンポンの土地にかんするポナペの東カロリン支庁との紛争を、在マニラ・スペイン当局との交渉によって決着させるためであったが、そこで心臓病に襲われ、数カ月間入院するはめに陥った。一八九六年五月末、クバリはようやくポナペに戻ることができた。

この頃、言語学者フレデリック・クリスチャンがポナペに来て、しばしばウンポンの住居にクバリを訪ねている[Christian, 1899, pp. 175, 200]。クリスチャンはサモアでは、スティーヴンソンのヴァイリマ農園の隣に住み、スティーヴンソン同様、「叛乱者」マタアファに共感を寄せていた。彼は、スティーヴンソンの助言に従って、タヒチなど東ポリネシアの島々の調査を行うためにサモアを去ったが、その際には自分の土地をスティーヴンソンに移譲したという[ibid., p. xi]。彼は、東ポリネシアで言語学的、民族学的な調査を行った後、一八九六年一月にポナペにやって来て、一〇月まで滞在した。

一八九六年三月、クリスチャンの一行はナンマトル遺跡の調査のためにマタラニームに行った。この時クバリはマニラで入院中で、彼の協力は得られなかったが、クバリが『ゴドフロイ博物館雑誌』に書いた論文をしばしば参考にしている。クリスチャンがナンマトルで発掘を行っていると、たまたまスペイン船がマタラニーム港に入ってきて、クリスチャンを船上に招いたりした。そのことに猜疑心を募らせたマタラニームの大首長、ナンマルキが脅迫的な言動を示したため、クリスチャンは調査を切り上げざるをえなかった。これもクバリがいなかったために起こったことであろう[ibid., pp. 76-109]。

クバリがポナペに帰って来てから、クリスチャンはウンポンのクバリの家をしばしば訪ねた。同年一〇月、クリスチャンは、ポナペでの最後の夜を、クバリと共に過ごそうと考えて、ウンポンの家を訪ねた。クバリは陸貝(カタツムリなど)の採集旅行からちょうど帰ってきたところだったが、とても元気で、二人は夜遅くまで「異国」南洋の「神秘」についての話に熱中した[ibid., p. 227]。

このように、クリスチャンが訪ねてくると、クバリは元気に応対していたのだが、彼の生活そのものは困窮していた。彼はヘンリー・スピッツ商会の前貸金によってのみ生活を支え、妻アナの兄で大工のデーヴィッドの世話になっていた[Krämer, 2017, p. 175]。そのうえ、彼はドイツ系ベルギー人商人、ドミニクス・エッチャイトなどから、多額の借金をしていて、サプティク島などの土地はその抵当に入っていた[江崎、一九八四、九三頁]。クバリは酒に溺れ、「アナの言によると、往々狂暴の振舞があった」（長谷部『過去の我南洋』、一三五頁）。一八九六年一〇月九日、彼は夭逝した息子の墓の傍で死んでいるのを発見された。自死であろうとされている。この時、クバリは四九歳、妻アナは三〇歳か三一歳であった。

クバリの遺産であるウンポンの約三〇ヘクタールの地所やサプティク島などの土地は、一九〇三年、抵当流れか何かで、ポナペのドイツ・東カロリン支庁によって競売にかけられた。これをドミニクス・エッチャイトが落札して、ウンポンに広大なココ椰子林を造成した。この地所はその後、エッチャイト家によって代々継承されてきている。* また、クバリは未発表の手稿を大量に遺したようで、これらの遺稿はドイツ・東カロリン支庁の医官ギルシュナーの手に渡ったとされているが、その後の行方は不明とのことである[江崎、一九八四、八五頁]。

*一九七〇年代に、ネット地区のナンマルキ（大首長）やナニケンなどが、エッチャイト家を相手取って、この地所の返還を求める訴訟を起こした。その根拠は、かつて当時のネットの大首長がクバリに譲渡したのはこの地所の用益権であって、無条件に相続できる土地財産権 the land in fee simple ではないということであった。しかし、一九

八二年、ポナペ高等裁判所は、ネットの大首長側敗訴の判決を下した（Civil Appeal No. 348, December 1, 1982）。

クバリの妻アナのその後

アナは、クバリの死後、あるスペイン人の官吏と同棲し、さらに「レペンマタウなるものの妻となった」（長谷部『過去の我南洋』、一三六頁）。前に書いたように、一九一〇年一〇月、当時ポナペを支配していたドイツに対する叛乱がジョカージ地区で起こった。レペンマタウはその首謀者の一人で、アナも叛乱に加わった。アナは英語やドイツ語ができたから、ドイツ側との交渉役をすることもあった（同、一八四―一八五頁）。翌一九一一年二月、叛乱は鎮圧され、レペンマタウはショマタウなど他の一四人の首謀者たちとともに、銃殺刑に処された。アナを含む四百余人の叛乱参加者たちはパラオ諸島バベルダオブ島、アイミリーキ地区に流されたが、日本の統治下、ポナペへの帰島を認められた。アナは、その後、「サラピンなるものの妻」となり、死ぬまでポナペで暮らした。クバリとアナの娘イザベラは、後年、シンガポールのミッションスクールの教師となった（同、一三三―一三四頁）。母アナとは疎遠になっていたようで、パスコウスキー宛手紙では、「母は七二歳で死にましたが、〔晩年を〕どう過ごしていたのか、私は知りません」[Paszkowski, 1971, p. 58]と書いている。

長谷部言人は、一九二九（昭和四）年、再訪したポナペで、アナに会った。『過去の我南洋』（一三六頁）には、その時の様子が次のように書かれている。

　昭和四年予の会ったとき、〔アナは〕年六十四歳、シャカオ〔カヴァ酒〕の臭に染みた穢《(わ?)》ろしき老媼《ろうおう》だが、若き頃には容色秀麗、屢々《しばしば》兎《と》角《かく》の風評を立てられたそうである。クバリの終を完《まっとう》せざりしは主として彼の女との結婚に災されたように云うのも強ち《あなが》酷評ではないであろう。

クバリの生涯を追ってみてきた限り、長谷部のこのアナ評はやはり「酷評」のように思われる。長谷部は博物学的、民族学的研究を志しながら、挫折したクバリの境遇に同情していたのであろうが、その責をアナに負わせるのはいささか見当はずれというべきである。アナに関する「兎角《とかく》の風評」を聞き知った長谷部は、アナに自らが規範とする妻の規格とは合わないものを見て、そこにクバリの不幸の原因を求めたのであろう。しかし、そのような長谷部の受けとめ方には、戦前の日本で一般的であった「家」的な結婚観、夫婦観が反映されているように思われる。

クレーマーは、クバリが酒に溺れて生活を乱していった責任をアナに帰し、「これは、白人男性が、〔白人と現地女性との〕混血の女の悪影響によって破滅に至った一例である。もし、白人女性が妻であったならば、彼をこの運命から救っていたであろう」[Krämer, 2017, p. 175]と書いている。長谷部はクレーマーのこの「白人至上主義」的発想からも影響を受けていたのかもしれない。

しかし、クバリの不幸は、もっとずっと大きな歴史の激動の中で捉えられるべきものである。クバリの一生は、一八世紀末のロシア、プロイセン、オーストリア三国によるポーランド分割が引き起こした政治的波動や、一九世紀後半におけるドイツの帝国主義的南洋進出といった時代の激浪によって翻弄されつづけた一生であった。ゴドフロイ商会の破綻はその中の一つの小さな波にしかすぎないが、クバリが時代の大波に飲みこまれる一つのきっかけとはなった。その後の彼には、防波堤になってくれるものは何もなかったのである。

書かれなかった「クバリの伝記」

中島敦は『過去の我南洋』を読んで、クバリの生涯の概要を知り、クバリの小説的な伝記を書いてみたいと思うほど、心惹かれた。しかし、「クバリの伝記」が実際に書かれることはなかった。南洋から東京に戻った中島に残されていた時間は、結果的には、僅かに八カ月半ほどで、その間も気管支カタルや喘息などに悩まされどおしだったことがその一つの理由であろう。もし、「クバリの伝記」が書かれていたならば、それは、スティーヴンソンとほとんど同じ時期に南洋に生きたヨーロッパ人を主題としながらも、「光と風と夢」とはずいぶん異質なものになっていたに違いない。

「光と風と夢」に描かれたスティーヴンソンの姿は、ドイツ人をはじめとする「白人」の横暴に憤る「善人スティーヴンソン」の姿である。「光と風と夢」の中で、中島はスティーヴンソンにこう「独白」させている。「無智な土人に安っぽい同情を寄せるR・L・S・氏〔スティーヴンソン〕は、宛然《えんぜん》ドン・キホーテの観があるそうな」〔①一六四―一六五〕。このスティーヴンソンの「独白」は中島の創作であるから、中島自身、「光と風と夢」で自ら描いたスティーヴンソンの姿にいささか一面的なところがあるのを感じていたのであろう。

前にも書いたように、スティーヴンソンは、アピア南郊に四〇〇エーカー〔約一六〇ヘクタール〕という広大な土地を安い価格で購入して、その一部を農園としていた。この土地は、それ以前に誰か「白人」がおそらく詐欺的な方法でサモア人から入手したものに違いない〔山本、二〇一二、一七八―一八五頁〕。その点では、スティーヴンソンにも「白人」の汚点が付着していなかったわけではないのだが、「光と風と夢」からはそういったことは見えてこない。

他方、クバリはスティーヴンソンとは比べものにならないぐらい、南洋の人びとの日常世界の中に入り込み、彼らと生活を共にすることもしばしばあった。しかし、同時に、実質的には亡命の無国籍者のような存在であったクバリは、南洋の島々を駆け巡り、生物の標本や民具などをヨーロッパの博物館に送って暮らしをたてる「コレクター」であった。クバリが収集した「資料」の中には、戦いで斃《たお》れ、首を斬りとられた現地民の頭蓋骨やデスマスクまで含まれていた。

クバリは、その後、パラオ島民との親交を利用してドイツの帝国主義的南洋進出に荷担したり、ドイツのニューギニア保護領におけるプランテーション経営に直接に携わったりした。クレーマーやフィンシュの場合もそうだが、この時代の博物学者や民族学者は帝国主義的侵略に深くかかわっていた。しかし、このような生き方がクバリの心身をしだいに蝕み、ついには、彼を自死にまで追いこんでいくことになったのである。

このように、クバリという存在には、スティーヴンソン以上に、帝国主義という時代を生きた人間の歴史的広がりと奥行きが体現されている。だから、もし中島が「クバリの伝記」を書くことができていたならば、歴史の激動に翻弄され、屈曲を繰り返した末に自死した一人の人間の生を通して、帝国主義という時代の「文学的」な時代像を描くことができていたのではないかと思われる。

第Ⅴ章

中島敦の南洋

一　迫りくる戦争の影（一九四一―四二年）

南洋に迫る戦争の影

一九四一（昭和一六）年七月、中島敦がコロール島の南洋庁に赴任した頃には、もう既に戦争の影が南洋にかかり始めていた。九月一〇日、ようやくデング熱から回復した中島は、土方久功《ひじかたひさかつ》らと一緒に、コロール島東南部のガルミズ村を訪れた。その日の「南洋の日記」には次のように記されている。

午後、土方氏、渡辺氏、久保田氏等とアルミズ（ガルミズ）島民部落を訪《おとな》う。部落に入るや、往昔の石畳路の掘起されて軍用道路となるを見る、島民又転居する者多きが如く、土方氏、頻りに嘆く。〔②二六八〕

かつてガルミズ村には、石畳の道が縦横に通っていたのだが、日本軍はそれらの石畳を掘り起こして、車両の通れる「トラック道」を波止場まで通した〔土方、二〇一四、三七七頁〕。それに伴い、「転居」せざるをえなくなった住民も多かったのである。

しかし、南洋庁のあったコロール島よりもはるかに戦争の影が濃かったのはトラック諸島、特に夏島であった。夏島は、第四艦隊の司令部が置かれていただけではなく、後に一時期、連合艦隊停泊地となったぐらいであるから、そのための土木作業が、現地民たちを強制徴用して、急ピッチで行われていたのである。

前に書いたように、一九四一年一〇月六日、中島は、南洋群島視察旅行の帰路、夏島に上陸した。その日の「南洋の日記」には、「ハッパの響。サイド・カア、トラックの音。頗る騒々しき島なり」〔②二七八〕と記されている。それに続いて、「夏島は何処を歩きても不愉快なり」（一〇月一三日）、「（夏島の）途は概ね工事場にて甚だしき泥濘なり。椰子及パンの木の伐採さるるもの多し。パンの木は、トロッコのレールの枕木に用いらるるなり」（一〇月一六日）といった記載が「南洋の日記」に見られる。一〇月三〇日、公学校の先生たちと一緒に夏島を一周してきた中島は、その日の「南洋の日記」に次のように書いている。

到る所、工事、工事、人夫、人夫、人夫小舎、レール、トロッコ、ハッパ、赤土崖、椰子の実は尽《ことごと》く無し。〔②二八九〕

「夏島は、人夫等の多い騒々しい街で大嫌いだ」〔②四四九〕と、中島は妻タカ宛の手紙（一〇月一一日付）にも書いている。夏島は戦争準備のための工事現場のような状況だったのである。

それは夏島だけのことではなかった。一〇月九日の「南洋の日記」には、「早朝より（冬島公学校長）岩辺氏、島民を集め公会堂にて訓辞をなす、夏島竹島への徴発労働者中、無断にて逃出し、或いは、夜、ひそかにカヌーに乗じて帰村する者など多きを戒むるなるべし」〔②二七九〕とある。冬島からは夏島だけではなく、夏島の南に隣接する小島、竹島にも「徴発労働者」が送り込まれていた。それは飛行場などの建設のためであるが、その労役を嫌って密かに冬島に逃げ帰る現地民が多かったのである。

一九四一年一一月には、春島でも飛行場の建設などが始まったが、その労働力として利用されたのは日本人受刑者であった。最初はマリアナ諸島テニヤン島で飛行場建設に使役されていた受刑者二〇〇人ほどが春島に移送された。翌一九四二年二月には、日本本土の各刑務所から集められた五〇〇人ほどの受刑者が春島に送られ、三月には、さらに五〇〇人ほどが送り込まれた。彼らの多くは窃盗犯であったが、なかには思想犯もいた。戦後、作家となった窪田精はその一人で、反戦的な劇団「わかもの座」に参加したことにより、治安警察法違反で懲役八年の刑に服していたところを春島に移送されたのである〔窪田、一九八三〕。

トラック諸島夏島で、何度もコロール帰庁の予定が変更された末、中島は、結局一一月五日、夏島から水上飛行機で直接にコロールに戻った。その翌日、中島は父田人《たびと》に宛てて、次のように書き送った。

昨日午後二時飛行機にて無事パラオに着きました。〔中略〕

ただ、教科書編纂者としての収穫が頗る乏しかったことは、残念に思っております。現下の時局では、土民教育など殆ど問題にされておらず、土民は労働者として、使いつぶして差支《さしつか》えなしというのが為政者の方針らしく見えます、之で、今迄多少は持っていた・此の仕事への熱意も、すっかり失せ果てました。〔②四六六〕

戦争準備のためには、「土民は労働者として、使いつぶして差支《さしつか》えなしというのが為政者の方針らしい」、これが南洋群島、特に夏島の現状を見て来た中島の到達した結論であった。南洋群島の「近代化」が軍事基地化、軍事総動員体制化にほかならないことを中島は強く認識させられたのである。中島も、はじめは現地民子弟用国語読本の改善という仕事に「多少は」「熱意」をもっていたのだが、南洋群島のこのような状況を見てコロール島に帰って来た時には、その「熱意」を完全に失ってしまっていた。現地民の子どもたちに日本語を教え込もうとするのも、南洋群島の軍事的利用という目的に奉仕させるためなのではないか、という疑問を感じたこともあったであろう。マーシャル諸島は、中島の目に、「夢の国」のように映った。しかし、トラック諸島、特に夏島に滞在する中で、中島は南洋群島の現実の姿に否応なく気づかされたのである。

日米開戦（一九四一年一二月八日）

夏島から帰ってからまだ二週間も経たない一一月一七日、中島敦はマリアナ諸島の島々を巡る視察旅行に出た。ヤップ、ロタ、テニヤンの島々を経て、一一月二五日には、サイパン島に到着した。二七日には、サイパン島の唯一の公学校であるサイパン公学校を視察に訪れたが、その「軍隊式訓練」の徹底ぶりには驚かされた〔②二九五〕。戦争の影が学校まで覆うような状態になっていたのである。一二月二日には、サイパン第一、第二国民学校の視察に行った。三日からは、南洋庁地方課属の高里景行と一緒に、毎日バスや「郵便局の赤自動車」に便乗して、チャランカ（チャランカノア）、アスリート、マタンシャの各国民学校を訪ね、授業を参観した。一二月八日、日米開戦の日をサイパンで迎えた中島は、その日の「南洋の日記」に、次のように記している。

午前七時半タロホホ行のつもりにて支庁に行き始めて日米開戦のことを知る。朝床の中にて爆音を聞きしは、グワムに向いしものなるべし。小田電機にて、其後のニュースを聞く。〔中略〕腕章をつけし新聞記者二人、号外を刷りて持来る。ラジオの前に人々蝟集《いしゅう》、正午前のニュースによれば、すでに、シンガポール、ハワイ、ホンコン等への爆撃をも行えるものの如し。宣戦の大詔、

首相の演説等を聞いて帰る。〔②二九八〕
この日の朝、中島は東海岸のタロフォフォ国民学校へ視察に行くつもりで、南洋庁サイパン支庁で高里と待ち合わせたのだが、日米開戦を知って、タロフォフォ行きを中止したのである。
日米開戦のニュースは中島にも衝撃を与えたのではないかと思われるのだが、その割には「南洋の日記」のこの日の記載は何か素っ気ないという印象を与える。戦争に対する熱狂や興奮といったものは全く感じられないし、日米戦争の最前線になる可能性の高い南洋にいることからくる不安感もそう

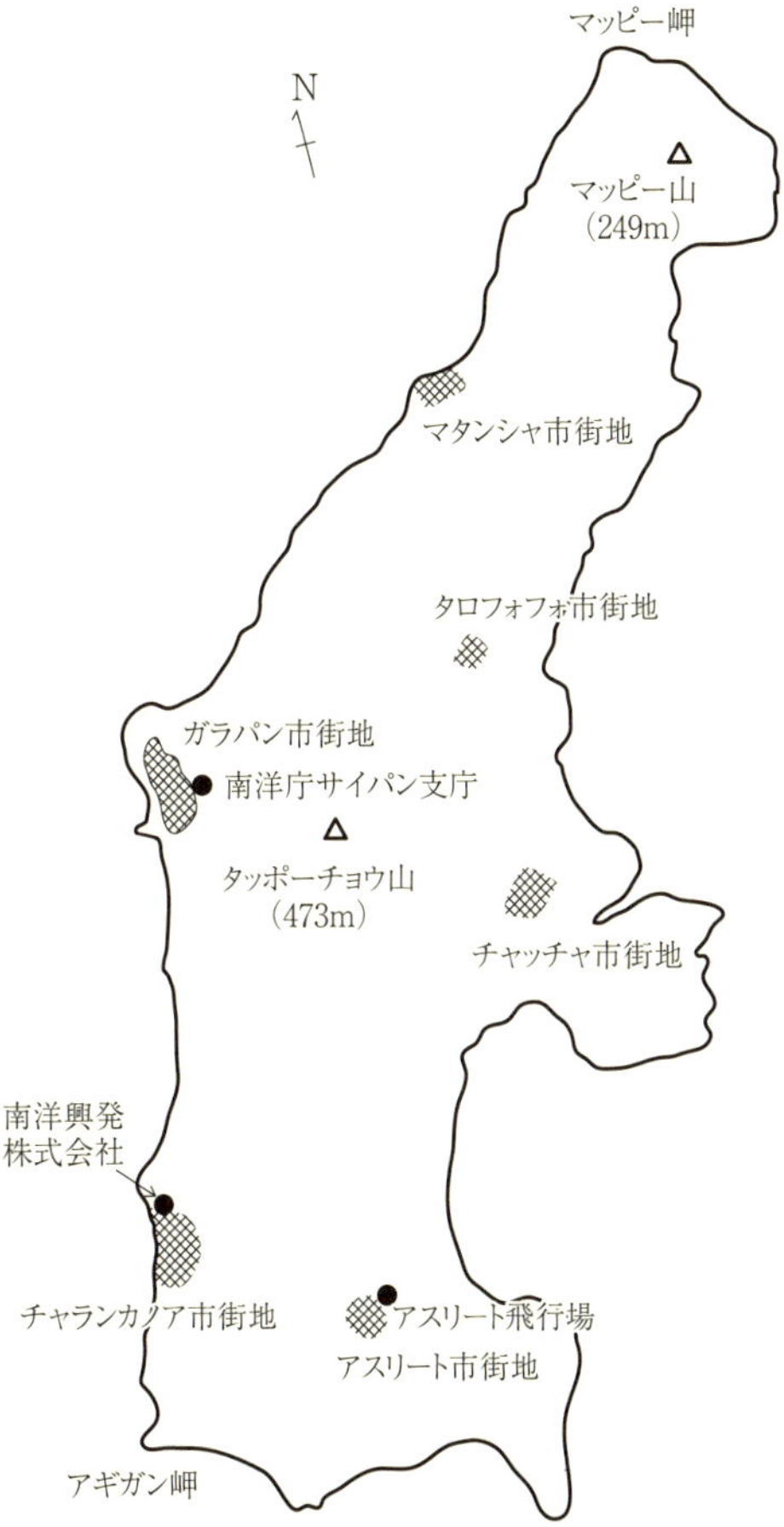

図 21　サイパン島
サイパン島の面積は約 115 km², 沖縄本島の約 10 分の 1.

強くは感じられない。この日早朝三時過ぎ（日本時間）に行われたハワイ真珠湾攻撃の数時間後には、グアム島に対しても海軍機による爆撃が行われた（一二月一〇日、グアム占領）。中島は、彼が朝方、寝床の中で聞いた爆音はグアム攻撃に向かった日本軍の飛行機のものだろうと書いているが、その可能性は高い。サイパンはこのような状況だったのだが、中島はそれを淡々と受け止めていたようである。前にも書いたが、日米開戦の日の午後、中島は島木健作の『満洲紀行』を読んで、「面白し。蓋《けだ》し、彼は現代の良心なるか」と「南洋の日記」に書きつけている。日本の南洋委任統治政策に対して批判的になっていた中島は、満洲移民政策に対する島木の批判に強く共感したのであろう。

一二月一四日、サイパン島からパラオに帰着した直後に、中島が妻タカに送った手紙には、「いよいよ来るべきものが来たね。どうだい、日本の海軍機のすばらしさは」（②四九五）と書かれている。「南洋の日記」にも、「昨日のハワイ空襲は多大の戦果をあげたるものの如し。マレー半島上陸も大成功なりしと」（一二月九日）、「（サイパンからパラオに帰る船に）乗船後のニュースによれば、シンガポールにて、我が海軍機、敵戦艦二隻を撃沈せりと。又曰く、本日、敵飛行機十台パラオ空襲、但し全部撃墜さると」（一二月一〇日）、「香港昨日陥る」（一二月二六日）、といった記載がみられる。しかし、その後の「南洋の日記」（一九四二年一月二一日まで）には、日本軍の「戦果」あるいは戦局に関する記載は全くない。中島も、開戦直後には、日本軍の「戦果」に、いくらか心を動かされたようだが、それは一時的な心の揺れのようなものだったのであろう。

バベルダオブ島視察旅行

一九四二年一月一七日、中島はパラオ諸島バベルダオブ島への出張に出発した。島内の二つの公学校を視察するのが公的な出張目的だったが、妻タカ宛の手紙（一九四二年一月一七日付）に、「今度は土方（久功）さんと一緒だから楽しい。（中略）充分に島民の生活を見てくる積り」［②五〇八］と書いているところを見ると、本当の目的は「島民の生活を見てくる」ことの方にあったのである。土方は、「島民部落を見てまわれるような旅に連れて行ってくれ」という中島の要望［土方、一九九一c、三三〇頁］「島に応えて、「敦《とん》チャン（中島）ニ旅行ノスケジュール」を作ってやった［土方、二〇一四、四一八頁］。（以下の文中、引用は中島の「南洋の日記」［②三〇四―三二四］から。それを土方「トンちゃんとの旅」［土方、一九九一d］などによって、適宜補足した。）

一月一七日、前夜から熱を出していた中島は、朝になっても疲労が激しく、「よほど、今日の出発は止め」にしようかと思ったが、八時半頃、土方と一緒にコロール波止場に向かった。「リュックサックの重荷」が肩に痛かった。こうした出張旅行の場合には、南洋庁の食堂から、日数分の「米、味噌、塩などを貰って」いく［土方、二〇一四、三九八頁］。さらに鮭缶などの副食物も持っていくので、荷物がとても重くなるのである。それで、この後、中島のリュックサックを担いでくれる現地民を探すのが一苦労であった。

中島と土方を乗せた定期船ちちぶ丸は一〇時出航、バベルダオブ島の中心地、マルキョクに向かった。カイシャル沖で外海に出ると船は木の葉のように縦横に揺れた。午後一時過ぎ、マルキョクに着いて下船すると、雨が降っていて、二人は「ビショ濡れになりてオイカワサン宅に逃げこむ」。オイカワサンというのは現地民の有力者で、長年、巡警（現地民巡査）の長を務めた後、前年八月に作られた「島民生産組合」の役員になっていた。

船中でも「板縁の間にずっと寐たきり」だった中島は、翌日の午前中も横になっていて、午後ようやく「外を少し歩いて見る」という有様であった。

その間、土方はマルキョク公学校の森校長などに誘われて、「貯金奨励」の会が開かれるカイシャルに行った。会では、土方も時局について一場の話をさせられた。往路は、コロールに戻るちちぶ丸に飛び乗って行ったのだが、船には供出の野菜や果物を詰めた籠――椰子の葉で編んだバスケット――がたくさん積みこまれていた。戦時下、コロールでは食糧事情が悪化していたので、バベルダオブ島の村々から無理矢理食糧物資を供出させていたのである。「島民生産組合」が国策として上から作られたのも、食糧増産を目的としてであった。そのために、現地民で働けるほどの者は皆終日畑仕事に追われて、おかずにする魚をとりに海に出ることもままならないという状態であった（「トンちゃんとの旅」、三四〇頁）。カイシャルからの帰路、土方は歩いてマルキョクに戻ることにして、夕方、豚肉一塊を貰って帰ってきた。

翌日、ようやく元気になった中島は土方と共に、マルキョク公学校を視察し、その後、バイ（集会所）を見たり、ウルボサン村まで散歩したりした。夕食には、ゲルボーソコ（ゲルヲソホ）――マルキョクの第五長老《ルバク》だったマルビク爺さんの継子の家――に行き、メヤス魚の揚物とサツマ芋の馳走になった［②三〇五］。

翌朝、中島と土方はマルキョクから小舟に乗ってリーフ（礁）沿いに島の東岸を北上、プレシャン（プレサン）の南貿農場の船着き場で舟を下りた。前に書いたように、プレシャン（プレサン）農場は、か

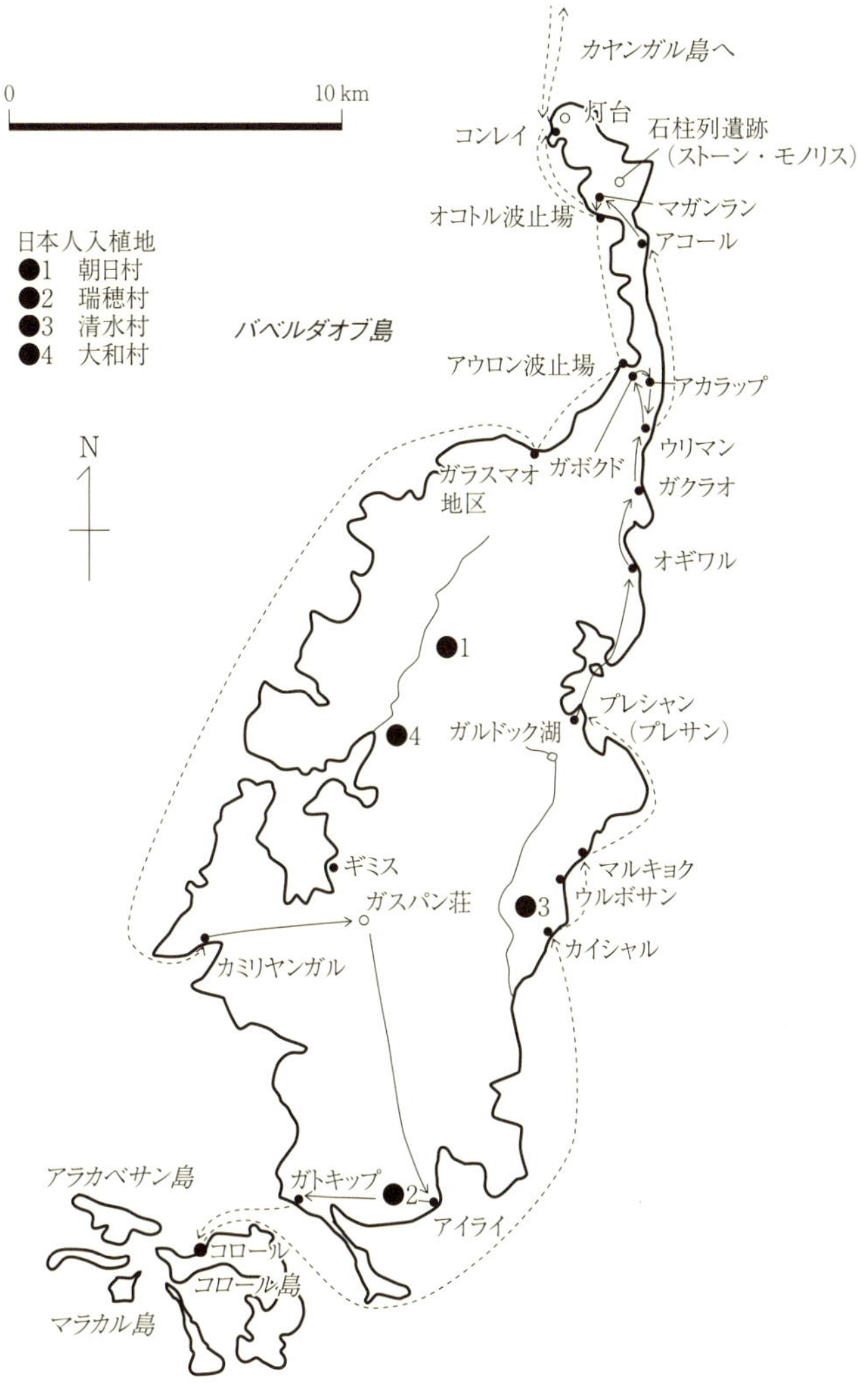

図 22　中島敦のバベルダオブ島旅程
中島の旅程の破線部分は海路，実線部分は徒歩．

つて恒信社がマルキョクの大首長から購入した二〇〇〇町歩の土地で、ドイツ統治時代長く紛争（プレサン事件）が続いたが、日本統治下の一九一七年、恒信社を併合した南貿によって継承され、南貿農場と呼ばれていたのである。

中島と土方は、プレシャンから長い「陸橋」（土手道）を渡って、オギワル地区に入った。この礁湖《ラグーン》を横切る土手道は、これより一〇年ほど前に建設されたものであるが、長期間の忍耐を要する難工事だということで、「ルバク長老達」にさせることになり、パラオ中の老人たちが動員された。だが、その頃の労役は、この戦時体制下に比べれば随分呑気なものだったと土方は述懐している（「トンちゃんとの旅」、三四一頁）。

中島と土方は、正午頃、海辺のオギワル村に到着した。「この部落は一本の大道中央を真直に貫く。その両側に家あり。頗る整然たり」。これは、南洋群島からの「内地観光団」に参加した村長が、日本で見た街路を摸して、海岸沿いにまっすぐな道路を建設、「ギンザドーリ」と名付けて、山側の三つの集落に住んでいた村民たちをそこに移住させたことによる〔飯高、二〇〇九、七頁〕。

オギワルでは、後で書くように短編「雞」に出てくるドイツ人宣教師レンゲの「邸」を訪ねた。しかし、レンゲは、すでに前年の一九四一年、パラオを去っていた。これより八年ほど前の一九三三年七月、南洋旅行中健康を損ねた矢内原忠雄が「東京で一面識ある」レンゲに招待されて、休養のためにレンゲ邸に五日間逗留している〔矢内原、一九六三d、四二一―四二二頁〕。レンゲは、一九三〇年、ドイツのリーベンツェル・ミッションからパラオに派遣されて、オギワルで布教や診療活動をしていた。そこに旧知の矢内原を招待したのである。レンゲは日本でも布教活動をしていたことがあり〔Garrett.

1992, p. 458]、その時、矢内原と知り合ったのであろう。一九三四年、レンゲは、妻が重い病気に罹ったため、東京に移った。だが、結局、妻は日本で死去し、横浜の外人墓地に葬られた。その後、レンゲはドイツで再婚して、一九三七年にパラオに戻った[Zimmermann, 1960?, pp. 30-31]。その時は、コロールの教会にもいたので、土方とはしばしば会っている[土方、二〇一四、一一・三一―三二頁]。しかし、二人目の妻もパラオで病死したため、一九四一年、レンゲは子どもたちを伴って、ドイツに帰ったのである[Zimmermann, 1960?, p. 31]。

中島と土方がオギワルのバイに行ってみると、オイカワサンが中心になって、「島民生産組合」の集金についての相談が行われていた。なかなか終わりそうもないので、バイを後にした中島は、その後、「夕方迄土方氏と浜の干潟に下り立ち soko´(z)〔sokol〕なる白き小あさりを掘る。持帰りて味噌汁とす。夕食には之と、クカオ〔タロ芋〕とを喰う。土方氏の為には腐り気味《ブラオ》なる魚あり」。宿泊したオギワルの村長の家で、夕食を食べたのだが、土方が、おかずには「ブラオム」（腐り魚の煮物）しかないと村長がいっているというと、中島は「いや、とてもいけない」と顔をしかめた。土方が大きなかわい、はぎのブラオムをむしゃむしゃ食べていると、中島は、うまそうだなといいながらも、手を出そうとはしなかった[土方、一九九一c、三二〇―三二一頁]。

その翌朝、中島と土方は米とクカオ芋とパパイヤの若い実の味噌汁で朝食を済ませて、オギワルから陸路ガラルド地区に向かった。海辺の「泥濘甚だし」い道を一時間半かけてガクラオまで行き小憩、さらに北に一時間ほど歩いて、海辺のウリマンに着いた。村吏事務所に泊まることにして、ガラルド公学校の佐藤校長の所に顔を出した。村吏事務所の前の椰子繊維会社に勤めているシロウが挨拶に来たので、明日の夕方は君の家で夕食を食べたいと土方が頼んだ。シロウは、かつて、土方がガラルド公学校で開いた木彫り講習会の生徒だったのである。翌日、中島は公学校の視察を行った後、「四時頃より土方氏に連れられ、アカラップなるシロウサンの許に御馳走になりに行く」。二人は途中、ガラルド地区のかつての中心村落ガボクドに寄り、「教員補イケヤサンの所にて、椰子水をのみ休憩。六時近くシロウの所につく」（前に書いたように、ガボクドはかつてクバリが二週間ほど滞在して、インフルエンザの治療にあたった所である）。夕食には、「クカオ。サツマ芋。バナナ。魚の塩煮スープ。タピオカ（キャッサバの根茎。煮物にしたものであろう）。カンコン（空芯菜の一種）を椰子乳にてドロドロに煮たるスープ。最後のもの最もうまし。腹一杯喰う」。八時半頃、シロウの家を辞して、「月も大分明るけれど、尚、懐中電灯の援を借りつつ山路を下り」、ウリマンの村吏事務所に戻った。

ガクラオでもそうだったが、ウリマンでも、若い男たちはみんな、バベルダオブ島北端アルコロン地区、コンレイに建築中の灯台の工事に人夫として徴発されていて、村にはほとんどいなかった。野菜や果物のような食糧物資だけではなく、現地民の労働力も軍事基地化に向けて総動員されていたのである。

翌日、ウリマンからは、シロウの舟に乗せてもらって、リーフ沿いにアコールまで行き、そこから徒歩で、アルコロン地区のマガンラン村に向かった。ここはバベルダオブ島で最も狭い地峡地帯で、東西両海岸の間の距離が一キロメートルもないところだから、四〇分ほどでマガンランに着いた。三時頃、巡警のヤイチの家に行って、「粥を炊かせて喰う」。「夕方、土方氏と一島女と共に石柱址（ストーン・モノリス）を見に行く。左右に海を見下す章魚木《たこのき》（カヴァー写真参照）多き良き路なり。マンゴーを

コラム……7

アルコロンの石柱列遺跡(ストーン・モノリス)

この遺跡は、アルコロン地区の東斜面、稜線よりちょっと下った、標高八〇メートルほどの所に位置し、a図のように南北に延びる大石柱列と、その東南に東西に延びる小石柱列がL字状をなしている。二つの石柱列に囲まれた東側に、b図のような高さ一メートルぐらいのクリッツム(人面石)が矢印の方向を向いて立っている(「パラオ石神並に石製遺物報告」[土方、一九九一a]、八四頁)。

この遺跡の年代は不明であるが、神々が作りかけたバイの礎石とする伝承が古くからあり、八幡一郎は何らかの建造物の礎石である可能性を認めている[八幡、一九三二、二一七頁]。土方は、石柱の頭部が「二股」に彫られていることから、大海の彼方に、二股に分かれた巨石があり、一方には多くの魔神が住み、他方には天神の村があるとする「メタガタン」(二股石)信仰の「斎場」ではないかと推測している[土方、一九九〇、四七頁]。

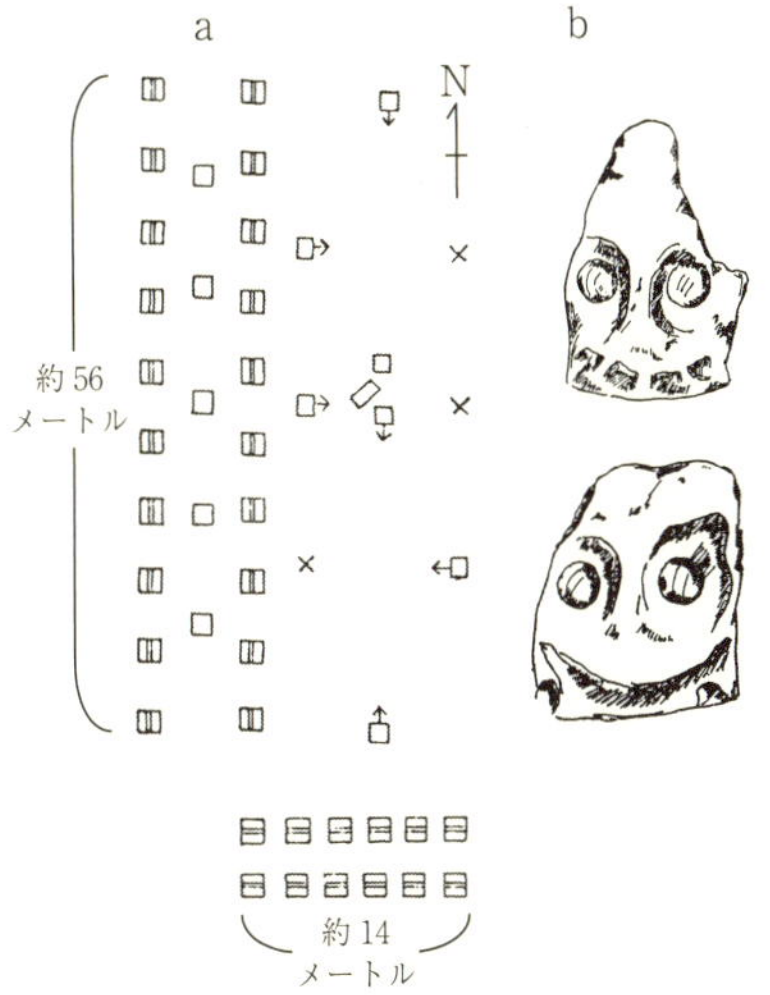

(土方久功「パラオ石神並に石製遺物報告」より)

石柱列遺跡(2017年著者撮影)

喰いつつ古き石柱を見る。」形に続ける三列の石柱群。中に人面石数箇。ただそのあたり一面タピオカ畑となれるには驚かされたり」。食糧増産のために、章魚木ぐらいしか生えない荒地にまでタピオカ（キャッサバ）を植えさせていたのである。夕食は、「カムヅックルのさしみと塩煮とタピオカ」、ヤイチのせいいっぱいのもてなしであった（土方「トンちゃんとの旅」、三六九頁）。

翌朝、「六時前起床。暗き中にてヤイチの女房が炊きし粥を喫し、波止場に向う」。そこから、「ポンポン船」に乗り、バベルダオブ島北端のコンレイ波止場に立ち寄った後、北方の離島、カヤンガル島まで四時間ほどかけて行った。外海に出ると、小さな船は大きく揺れ、船酔いで吐いてしまう者もいた。カヤンガルはその他の三島と共に環礁を形成していて、西側の礁湖は「恐ろしく美しく白き浜」だった。昼食は、リカン家で、「ビンルンム（ピッルーム。タピオカ粉のちまき）と鮪燻製《まぐろ》。椰子水」。カヤンガルでも、灯台建設に徴発されて、若い男の姿はほとんどなく、老人や女たちが供出のバナナやレモンを忙しそうに梱包していた。こんな未開な、自給自足の小さな村から、閑かさと暇と気ままさを取りあげてしまったら、もう生活には何も残らない、と土方は嘆いた（同、三七二頁）。

中島と土方は、翌朝早く、ちちぶ丸に乗ってカヤンガル島を離れ、「九時半頃コンレイに着くや、〔南洋庁〕交通課の伊藤氏より、クカオ（タロ芋）一籠を贈らる。うまし」。コンレイからは、バベルダオブ島の西海岸を南下、「アルコロン（のオコトル波止場）に着けば、一島女より、マンゴー一籠貰う。頗る美味。その他、バナナとオレンジの大籠一つ」。さらに、ガラルド地区のアウロン波止場に着くと、佐藤ガラルド公学校長から「彫物一つ」を贈られた。ガラルドを出ると、「西海岸は風穏かにして快し。ガラスマオを経て三時前にアイミリーキに着く」。

アイミリーキ地区カミリヤンガルの波止場で下船した中島と土方は、「赭土《あかつち》の新開道路を一時間余歩きて」、熱帯産業研究所(熱研)に行き、そこの「倶楽部」に泊まった。翌朝、二人はアラカベサン島から村を挙げてアイミリーキ地区に移住してきた旧アミアンス(ミュンス)村の人たちを訪ねた。旧村を日本海軍に取り上げられてしまったために、原野を開拓して新アミアンス村を建設しているところであった(同、三七五―三七六頁)。

翌日には、熱研の農園を見た後、南洋拓殖株式会社(南拓)の「ガスパン荘」に行き、一泊、その次の日の午前中、旧ガスパン村(ギミス集落)を訪ねた。村民が皆西海岸の新ガスパン村に移ってしまい、旧村長家と二軒の家だけが残っていた。土方は「カヅス石積み道を、クリッツム人面石やアディオン洗身池など、敦ちゃんを案内」してまわった(同、三七九頁)。

その午後、二人はアイライの林業試験場に行き、そこで一泊した。その翌日は豪雨のため、林業試験場のガランとした人気のない小屋に「空しく逗留」、次の日、瑞穂村を通って、海辺のガトキップに行き、セパルの家に一泊した。セパルも土方の木彫り講習会の生徒だったのであろう、前の年に土方が訪れた時には「土産木彫」を作っていた[土方、二〇一四、三九三頁]。

翌一月三一日、「朝、粥を炊かしむ。昨夜(セパルの)弟が捕り来し魚は、早速みそ汁となる。八時出発、連絡道路に出でて、渡船を待つ。九時頃来る。敷設水雷の陸揚。九時半コロール波止場着」。

約二週間の旅行であったが、泊まったのは現地民の家が多かった(オイカワサン、シロウ、イケヤサン、ヤイチなど、中島が名前をカタカナで表記しているのは、みな現地民である)。当時、バベルダオブ島には、朝日村、瑞穂村など日本人の入植地が四カ所あり(**図22**)、そこにはいずれも国民学校が付設されていたのだが、中島はどこの国民学校も訪れていない。土方の手配のおかげだが、中島は現地民の村を熱心に訪ね歩き、主に現地民の家に泊まっていたのである。何か小説のネタになるようなことがあればと思ってのことであろう。ただ、それだけではなく、中島は、現地民の生活を通して、バベルダオブ島どころか、カヤンガル島のような離島でも軍事基地化、軍事総動員体制化が急速に進んでいることを肌身で感じたのである。土方の方は、もうそれ以前から、「島民労力が極度に強制的に要求される此の頃では、弱い人間は皆参ってしまう」と、知り合いの現地民青年たちの早すぎる死を悼んでいた［土方、二〇一四、三九九頁］［寺尾、二〇一七、八六―八七頁］。

二　「文明と未開」、「近代化」

南洋を見る目

「光と風と夢」は中島敦が南洋に行く前に書かれたものであるから、そこには中島の南洋体験はまったく反映されていない。中島が南洋で何かを体験して帰国した後に書いた、いわゆる「南洋もの」としては、連作「南島譚」（「幸福」「夫婦」「雞」の三篇。ただし、「幸福」のネタは中国古典で、南洋とは関係ない。［木村、一九八九］参照）と連作「環礁」（「寂しい島」「夾竹桃の家の女」「ナポレオン」「真昼」「マリヤン」「風物抄」の六篇）がある。これらは中島生前に刊行された第二作品集『南島譚』（一九四二年）に収録されているから、決定稿といってもよいだろう。

しかし、これらの作品以上に、中島の南洋を見る目を赤裸々に表しているのは、中島が南洋から家族に宛てて出した手紙である。中島は、驚くほどまめに、妻タカや父田人などに手紙を書いているのだが、それらの中には、中島の南洋を見る目があからさまに表現されている。一九四一年七月六日、コロール島の南洋庁に着任したその日の夜に、妻タカに宛てて書いた手紙には、次のような一節がある。

> 芝(とても、コマカイきれいな芝)でかこまれヒビスカス〔ハイビスカス〕やカンナやパパイヤの植わっている官舎を見ると、お前達をよびたくなるが、しかし、之はよっぽど考えて見なければならぬことだと思う。こちらで育った〔邦人の〕幼児は大抵、島民に似た容貌《かお》をしているんだよ。確かに。色の黒いのは仕方が無いとしても。目がドングリ眼で髪がちぢれて、脣が厚いんだ。頭も島民の子に近いんじゃないかと思う。
>
> ふしぎだけれど、之は本当なんだ。ノチャボン〔中島の次男、格《のぼる》のこと。この時、約一歳半〕が、そんなになっちゃ、僕はいやだな。この前の手紙で書いたヤップ島の院長さんの家へ行った時、僕はそのお嬢さん(七つ)を、本当に土人の児と思ったものね。これは考えものだよ。〔②三九五―三九六〕

南洋に着いたばかりの中島は、南洋で育った子どもたちの身体的、知的状況をこのようなものと認識していたのである。彼はそれを高温で多湿な南洋の風土が及ぼす悪影響の結果と考えた。

前にも書いたように、一九四一年一一月五日、中島は二カ月近くに及ぶ南洋群島の視察旅行を終えて、コロール島に帰着した。その翌日、中島は父田人に宛てて、次のように書いている。

一日も早く今の職をやめないと、身体も頭脳も駄目になって了うと思って、焦っておりますが、今の所一寸抜けられそうもありません。〔中略〕何しろ、不断のこの暑熱では、頭の方がもちません、記憶力の減退には我ながら呆れるばかりです、〔中略〕とにかく、今のパラオのような生活を一年も一年半もつづけたら、身体はこわれ、頭はぼけ、気は狂って了いそうです。〔②四六六—四六七〕

一一月九日消印の妻タカ宛手紙にも、同じようなことが書かれている。

パラオの一年間の平均温度は東京の七月八月の平均温度よりも高く、湿度と来たら東京の三倍か四倍ぐらいなんだ。残念ながら、オレはこの高温と湿度とに敵わない。身体は或いは慣れるかも知れないが、精神は次第次第にモウロウとなって行くばかりだろう。南洋に長くいる人は、たしかに頭の働きが鈍いね。これは本当だ。〔②四七二〕

高温で多湿な気候が人間の頭脳を鈍くするというのは偏見といわねばならないが、病弱な中島には南洋、特に湿度の高いパラオの気候がこたえたのである。前に書いたように、中島の南洋行には、暖かい南洋に行けば喘息が良くなるのではないかという期待があったようだが、それがむしろ逆になってしまった。日本では、夏のような暑い季節、あるいは暖かい季節には喘息が起こらなかったのに、暑いパラオで喘息に苦しむことになったのである。そんなことが中島の南洋を見る目に一種の偏りを与えたのであろう、中島は「熱帯風土論」とでもいうべき陳腐な発想に陥ってしまったようである。

委任統治と現地民教育

前にも書いたように、南洋群島の公学校などを視察して回ってきた中島は、現地民の子どもたちに日本語を教えるための教科書を編修するという仕事に意味を認めることができなくなってしまった。前引の妻タカ宛の手紙の中で、中島は次のように書いている。

さて、今度旅行して見て、土人の教科書編纂という仕事の、無意味さがはっきり判って来た。土人を幸福にしてやるためには、もっともっと大事なことが沢山ある、教科書なんか、末の末の、実に小さなことだ。所で、その土人達を幸福にしてやるということは、今の時勢では、出来ないことなのだ。今の南洋の事情では、彼等に住居と食物とを十分与えることが、段々出来なくなって行くんだ。そういう時に、今更、教科書などを、ホンノ少し上等にして見た所で始まらないじゃないか。なまじっか教育をほどこすことが土人達を不幸にするかも知れないんだ。オレはもう、すっかり、編纂の仕事に熱が持てなくなって了った。土人が嫌いだからではない。土人を愛するからだよ。僕は島民(土人)がスキだよ。南洋に来ているガリガリの内地人より、どれだけ好きか知れない。単純で中々可愛い所がある。オトナでも大きな子供だと思えば間違いがない。昔は、彼等も幸福だったんだろうがねえ。パンのミ・ヤシ・バナナ・タロ芋は自然にみのり、働かないでも、そういうものさえ喰べてれば良かったんだ。あとは、居眠り、と踊りと、おしゃべり、とで、日が暮れて行ったものを、今は一日中こき使われて、おまけに椰子もパンの木も、ドンドン伐られて了う。全く可哀そうなものさ。［②四七一—四七二］

ここには、いくつものことが語られている。

(一)「土人達を幸福にしてやるということは、今の時勢では、出来ない」。

戦争準備のために、「椰子もパンの木も、ドンドン伐られ」、現地民たちは土地から追い立てられ、土木作業などに「一日中こき使われ」る。中島が南洋群島、特にトラック諸島の夏島で見た現地民たちの現実はこのようなものであった。このような状況において、日本語の教科書を「ホンノ少し上等にして見た所で始まらない」、中島はそう思わざるを得なかった。

（二）「僕は島民（土人）がスキだよ」、「単純で中々可愛い所がある。オトナでも大きな子供だと思えば間違いがない」。中島は現地民をこのように見ていたのである。

（三）「なまじっか教育をほどこすことが土人達を不幸にするかも知れない」。豊かな自然の実りに恵まれ、働かなくても生きていけた昔の現地民生活、そこに日本語を持ち込み、教育を施すことがどのような結果をもたらすのか、中島はそのことを考えずにはいられなかった。

これら三点のうち、（一）は夏島の現状を見た後の中島のリアルな南洋認識を示している。中島の目には、迫りくる戦争の影に翻弄される現地民の姿がはっきりと映っていたのである。（二）は「文明と未開」にかかわる問題なので、それは後に回すとして、ここでは、南洋の社会がさまざまな差別と抑圧の体制を持ち、多くのタブーに束縛された社会であることの認識が落ちている点だけを指摘しておきたい（土方『流木』参照）。（三）は、中島における「文明と未開」、さらには「近代化」にかかわる認識枠の問題であるから、（二）と合わせて、より広い視野で考えてみなければならない。

「文明と未開」

中島は生前未発表の未定稿「北方行」の中で、次のように書いている。南洋に行く前に書かれた文章であるから、ここに中島自身の南洋体験が反映されているわけではない。

スクリインの上では南洋土人の生活の実写がうつされていた。眼の細い・脣の厚い・鼻のつぶれたような土人の女達が、腰に一寸布片を巻いただけで、乳房をぶらぶらさせながら、前に置いた皿のようなものの中から、何か頻りにつまんで喰べている。米の飯らしい。〔中略〕

見ている中に折毛伝吉は例の不安がまたしても彼の中に忍込んできているのを感じた。いつものことであった。伝吉はこういうもの——南洋やアフリカの土人とか、そういったものの生活を見るたびに、自分も彼等の一人として、生れてくることはできなかったものであろうか、と、いつも考えて見るのであった。たしかに——と彼は思う。たしかに、彼も、彼等無智な土人達の一人として、生れてくることも出来た筈ではないのか。そして輝かしい熱帯の太陽の下に、唯物論もセント・フランシスも無上命法も、乃至《ないし》は人類の歴史も地球の運命も、すべてを知らないで、一生を終えることも出来たはずではないのか。彼はそう思い、妙に、運命の不確かさについて不安を感じる。〔③一九一—一九三〕

ここに書かれている「運命の不確かさ」についての「伝吉」の「不安」は、「狼疾記」(一九三八—三九年執筆。第二作品集『南島譚』に収録)の冒頭部分〔②二二九—二三二〕では、「三造」の不安として、ほとんどそのまま再録されている。だから、この「不安」は中島自身がずっと持ちつづけていたものと考えてよいだろう。しかし、それが、自分は「南洋やアフリカの土人」のような「未開人」として生まれてくることもできたはずなのに、たまたま「文明人」として生まれついてしまったためにこんな「不安」を感じるのだ、という思考回路を通して表現されているところに問題がある。中島はこのような「文明と未開」という認識枠を携えて南洋にやって来たのだが、その南洋の「未開」とは、「輝かしい熱帯の太陽の下に、唯物論も維摩居士《ゆいまこじ》も無上命法も、乃至は人類の歴史も、太陽系の構造も、すべてを知らないで一生を終える」[②二三一]というイメージであった。もちろん、「運命の不確かさについて不安を感じる」などということとは無縁の世界ということである。

それでは、実際に南洋を体験したことによって、中島のこのような「文明と未開」の認識枠に何か変化が生じたのであろうか。前引の妻タカ宛の手紙の中で、中島は、「昔は、彼等も幸福だったんだろうがねえ。パンのミ・ヤシ・バナナ・タロ芋は自然にみのり、働かないでも、そういうものさえ喰べてれば良かったんだ。あとは、居眠り、と踊りと、おしゃべり、とで、日が暮れて行った」と書いている。「昔は」とあるように、これは戦争の影に覆われるようになる前の現地民の生活を描いた文章なのだが、この「未開」のイメージは中島が南洋に来る前にもっていた「未開」のイメージと本質的に変わりないといってよいであろう。

「雞」

しかし、中島が南洋から帰京した後に書いた、いわゆる「南洋もの」の中には、「南洋の日記」や南洋からの手紙よりも、南洋の人間をより深い陰影において描いているものがある。第二作品集『南島譚』に収録されている「雞」という短編はその一例である。

「雞」はコロール島に住んでいた「マルクープ」と呼ばれる老人の物語である。パラオの民俗信仰の神像や神祠などの模型を収集していた「私」は、マルクープ老人がパラオの「故実」に通じ、手先も器用だということを聞き、「悪魔除けのメレックと称する髯面男の像」などの製作を依頼した。老人は、最初のうちは、ちゃんとしたものを作ってきたが、そのうちに手抜きの模型や盗品を持ってくるようになった。そのうえ、だんだんと値段を吊り上げようとするようにもなった。ある日、「私」はマルクープ老人のちょっとした誤魔化しに腹を立てて、老人を怒鳴りつけた。すると老人は突然、「石の様な無表情さ」になり、「凡《すべ》ての感覚に蓋をした・外界との完全な絶縁状態」になってしまった。「沈黙の半時間の後、ふと我に返ったように老人は身を動かし、すうっと私の部屋から出て行った」。一時間後、「私」は机の上に置いておいた懐中時計がなくなっていることに気づき、マルクープ老人の家に行ってみたが、老人はいなかった。その後、二、三日、毎日老人の家をのぞいたが、老人はどこかに行ってしまったということで会うことができなかった。それから二年後、「私」が「東の島々」の民族調査からパラオに戻ってくると、マルクープ老人が訪ねてきた。老人は咽頭癌か咽頭結核でパラオ病院に通っているのだが、良くならないので、ドイツ人宣教師レンゲ牧師の所で治療を受けたい、ついては、パラオ病院の院長にその許可を貰ってくれないかというのが、その要件であった。前に書いたように、レンゲ牧師はバベルダオブ島のオギワルで、宣教活動のかたわら、診療所を開設していた。その評判はとてもよく、多くの患者がオギワルに集まっていたのである。「私」は老人の願いどおりにしてやったが、老人はレンゲ牧師の治療でも良くならず、しばらくしてオギワルで死んでしまった。その三カ月ほど後、一人の現地民青年がマルクープ老人から頼まれたといって、一羽の鶏を持ってきた。その二、三日後、また別の青年が同じように一羽の鶏を持ってやってきた。その翌日にも、また別の一人が一羽の鶏を持ってきた。「私」の口利きに感謝したマルクープ老人は、一人に頼んだだけでは不安だったので、三人の現地民に鶏を持っていくように依頼したのである。そのことを知った「私」は、「南海の人間はまだまだ私などにはどれ程も分っていないのだという感を一入《ひとしお》深くした」［②三三―四六］。

「雞」はこんな話なのだが、これは土方久功が日記に書きつけておいた二人の老人の話を合成したものである。中島は土方の家に入り浸っているうちに、土方の日記を自由に読ませてもらえるようになった。そして、日記の中に何か面白い話を見つけると、「土方さん、この話、僕にくれませんか」と頼んだ。それに対して、土方は「ああ、どうぞ」と答えていた［土方、一九九一b、七五頁］。このようにして、中島は「雞」の素材である二人の老人の話を土方から貰ったのである。一人はギラメスブヅという老人で、土方はこの老人に「人形や民芸的な木彫りの小道具など」を作ってもらっていた。この老人がレンゲ牧師にかかりたいといって、土方に口利きを頼み、死に際して、三人の現地民に鶏を土方の所に持っていくよう依頼したのである。もう一人の老人はアマラエルという老人で、土方はこの老人を「留守居兼料理人」として、家に置いていた。彼は不自由な足を引きずりながら、よく働いていたのだが、「或る時どうした出来心か、私の目の前で金を盗んで、頑として啞になり聾になってしまったことがあった」［同、七六頁］。中島はこの二人の老人の話をマルクープ老人の話としてひとまとめにして、「雞」という作品に仕立てたのである。

このように、中島は二人の老人を合成することによって、「南海の人間」の「分かりにくさ」を創出したのだが、それは、土方の受け止め方とはかなり違っていた。土方はギラメスブヅ老人が、土方の口利きに感謝して、三人もの現地民に鶏を持っていくよう依頼したことを知って、次のように書いている。
こんな純粋な気持、こんな一途な気持――それを若い頃まで、互いに戦争ばかりしていた、そして死首を得てはブラバオル首踊を踊って村々をまわった島民が持っていたことを知り、ただただ敬虔な何者へともない祈りを祈ったのであった。
常々この目で見、この耳で聞いて知っているように、個人と、個人の集まりであるところの群集とは全く別なものなのだ。そうだろうか。それとも、そんなにも優しい心と、そんなにも残忍な行為とが、どこかで摺れ合うことがなくて済むものだろうか。〔同、七五頁〕

このように、土方の方は、ギラメスブヅ老人その人の中に「分かりにくさ」を感じていたのである〔寺尾、二〇一七、一八―一九頁〕。ただ、この老人が若い時に、本当に敵の首を切り取り、「ブラバオル首踊を踊って村々をまわった」かどうかは、土方も知らなかったであろう。この老人の若い時といえば、クバリが生きていた時代からあまり遠くないから、そういうことがあっても不思議ではないだろうが。

中島は、土方が感じたギラメスブヅ老人その人の中にある、このような「分かりにくさ」ではなく、突然「頑として唖になり聾になってしまった」アマラエル老人の姿の方に、強い印象を受けた。この土方の体験を下敷きにして、中島は「雞」の中で次のように書いている。

所が次の様な場合、我々はそれを一体どう考えたらいいのであろうか。例えば、私が一人の土民の老爺《ろうや》と話をしている。たどたどしい私の土民語ではあるが、兎に角一応は先方にも通じるらしく、元来が愛想のいい彼等のこととて、大して可笑しくもなさそうな事を嬉しそうに笑いながら、老人は頗る上機嫌に見える。暫くして話に漸く油が乗って来たと思われる頃、突然、全く突然、老爺は口を噤《つぐ》む。初め、私は先方が疲れて一息入れているものと考え、静かに相手の答を待つ。しかし、老爺は最早語らぬ。語らぬばかりではない。今迄にこやかだった顔付は急に索然たるものとなり、其の眼も今は私の存在を認めぬものの如くである。何故？　如何なる動機が此の老人をこんな状態に陥れたのか？　どんな私の言葉が彼を怒らせたのか？　いくら考えて見ても全然見当さえつかない。とにかく、老爺は突然目にも耳にも口にも、或いは心に迄、厚い鎧戸を閉《た》てて了った。彼は今や〔パラオの〕古い石の神像《クリッツム》だ。〔②二六〕

ここには、現地民は「単純で中々可愛い所がある。オトナでも大きな子供だと思えば間違いがない」といったような、月並みで観念的な「南洋の土人」像とは本質的に異なる現地民像が見られる。それは、「文明と未開」などという安易な認識枠にあてはめられるようなものではない。そこに、帰京後の中島の南洋を見る目に生まれていた、以前と異なるものを認めることができる。

「近代化」

しかし、たとえ「文明と未開」という月並みな認識枠を乗り越えたとしても、なお「近代化」という問題は残っている。現地民に日本語を教え、それを通して、日本に流入した西洋近代の文化を現地民生活に持ちこむことがかえって現地民を不幸にするかもしれない、中島は南洋にいて、「近代化」に伴うそのような問題に感づいたのである。

中島に先立って、この「近代化」の問題に突き当たったのは矢内原忠雄であった。矢内原が南洋群島を視察したのは、中島よりもほぼ八年前、一九三三年七―九月と一九三四年六―七月の二回であるが、この時には、日本は既に国際連盟からの脱退を通告していた。一九三一年、満洲事変を引き起こした日本は、翌一九三二年には傀儡国家「満洲国」の建国を宣言、翌一九三三年三月、国際連盟の「満洲国」不承認に反発して、国際連盟脱退を通告したのである。それにもかかわらず、南洋群島はその後も日本の委任統治領のままであった。それは、国際連盟の規約上、委任統治の受任国は国際連盟加盟国に限るとはされていなかったこともあって、委任統治を継続するという日本の意向を国際連盟側も黙認したからである〔矢内原、一九六三c、一三八―一三九頁〕。

この微妙な国際政治状況の中で、日本は国際連盟委任統治制度の「精神」にのっとって、南洋群島の委任統治を続けるべきだ、と矢内原は主張した。それは、「現代世界の厳しい諸条件下においては、自立することのできない諸民族」の「福利と発展を図るのは文明に信託された神聖な責務である」(国際連盟規約第二二条)とする「精神」であった。矢内原は、この委任統治の「建前」としての「精神」を盾にとって、日本国内で強まってきた南洋群島を植民地として軍事基地化しようとする動きを牽制しようとしたのである。それは、いわば苦肉の策というべきものだったといえるであろう。

南洋群島委任統治に関する矢内原の基本的な考え方は、南洋群島の「近代化」を不可避の歴史過程とするものであった。「島民人口の衰退傾向は外人の渡来による彼等社会の近代化によって始まった。然るにこの衰退傾向を阻止する方法は、近代化の阻止、固有社会への復古に存するのではなく、却って近代化の過程の正当なる進捗でなければならない」(矢内原『南洋群島の研究』、三九五頁)。現地民社会は欧米人や日本人との接触により、多かれ少なかれ氏族制的に編成されていた「固有の社会組織経済生活」やそれに立脚する「固有文化」を失い、「しかも同時に資本主義的近代生活に適応すべき能力に不足した」(『南洋群島の研究』、三二七頁)。氏族制的土地慣行から私的土地所有制への移行、自然経済から貨幣経済への変化、といった「近代化」過程への適応能力の不足、それが現地民人口の減少として現象している、というのが矢内原の捉えた南洋の社会状況だったのである。

それゆえに、現地民の「近代化」への適応能力を高めることが課題となるが、そのカギを握るのは現地民教育だと矢内原はいう。「島民教育の問題は、この新社会状態に対する適応能力の賦与涵養に帰する」(同、三二七頁)。その点で、「公学校は島民社会近代化の有力なる拍車であると共に、この近代化への適応能力を賦与し訓練するものとして進歩的役割を果たしつつあるものと認められる」(同、三三五頁)。

ただ、公学校教育に一つ問題があるとすれば、それは日本語教育があまりに偏重されている点だと矢内原はいう。「単に日本語を教えるだけでなしに、教える言葉、即ち教授用語も亦日本語であり」、「普通教育の殆んど大部分の労力を語学の学習に費すために、教育の根本目的たる知識及び徳性の涵養そのものに対して、時間なり努力なりを投ずることがそれだけできない」[矢内原、一九六三b、一九四頁]。矢内原はこのような「国語普及政策」を「同化主義政策の表現」とみなし、「島民社会の特殊性に対する考慮の不足を感ぜしめる」と批判している(『南洋群島の研究』、三三二頁)。しかし、それでは、どうすればよいのかという点になると、矢内原は何もいっていない。したがって、矢内原が何を考えていたのかは推測する以外にないのだが、彼は日本語と共に、「島民語」(現地語)をも教授用語として活用する方法を考えていたのではないかと思われる。それは、現地民から採用される教員補が授業をする場合にも、「島民語」ではなく、日本語で授業をさせていることについて、くりかえし批判的に言及していることから推測される（同、三三二頁）。矢内原は「島民語」を「近代化」して、近代的世界環境に適応できるものとするとともに、それを教授用語として現地民の子どもたちを教育するということを考えていたのではないかと思われる。

南洋群島の公学校を視察して回った中島は、現地民の子どもたちに日本語を教育することに極めて懐疑的な気持ちになって、コロールの南洋庁に戻ってきた。そして、それは現地民社会の「近代化」そのものに対する懐疑へとつながっていった。それに対して、矢内原は公学校教育に積極的な意味を認め、それを通して、現地民が「近代化」過程への適応能力を高めていくことに期待をかけた。この考え方の相違には、二人の資質や立場の違いが反映されている面もあるだろうが、それ以上に、二人の間を隔てる八年の年月に起こった変化の方が大きいと思われる。日本が坂道を転がるようにして破滅的戦争に突き進んでいったこの八年の年月が南洋群島の現地民社会に引き起こした激動、それが矢内原と中島の間を隔てているのである。

「沖縄」

中島は南洋群島で、しばしば「沖縄」と出会った。トラック諸島の夏島では、公学校で開かれた海軍慰問演芸会を見に行き、「沖縄踊りが沢山あって面白かった。日本の踊は、おかしくて見ちゃいられない」と妻タカ宛の手紙に書いている［②四五八］。「南洋の日記」には、その時に見た「読みにくき踊の名」として、「上り（下り）口説《クドチ》。谷茶前《タンチャメエ》。花風《ハナフウ》。川平《カビラ》節。等」が挙げられている［②二八七］。マリアナ諸島のロタ島では、サヴァナ高原シナパールを訪れた時、沖縄県人会が相撲大会を開いているのに出くわした[②二九四]。サイパン島では、彩帆《サイパン》劇場で「琉球史劇、北山風雲録」という芝居を見たが、「劇中、聞きとれしは、数語」に過ぎなかった[②二九五]。妻タカに宛てては、「二時間ばかり見ていたが、解った言葉は四つ五つしかない。それ程沖縄の言葉は、標準語と違うんだよ。しかし、琉球の風俗と、踊とが面白かった」[②四八六]、と書いている。

当時、南洋群島にはたくさんの沖縄出身者がいた。一九三五(昭和一〇)年の南洋群島在住日本人は約五万一〇〇〇人(現地民を含む総人口は約一〇万三〇〇〇人)であったが[今泉、二〇〇二、五八三頁]、在住日本人の約五割は沖縄出身者であった。特に、サイパン、テニヤン、ロタの三島では、南洋興発株式会社が大規模な製糖業の開発を行うために、サトウキビ栽培・加工に習熟した沖縄の人びとを積極的に採用したから、数多くの沖縄出身者が在住した。過酷な労働や激しい差別に直面した彼らは沖縄県人会を結成したりして、それに対抗しようとしていた[今泉、二〇一四、二八一―二八三頁]。

中島はバベルダオブ島視察旅行の折にも、「沖縄」と出会った。アイミリーキ地区の新アミアンス村を訪ねようとして道に迷った中島は、近くにあった「琉球人」の家で道を聞こうとした。しかし、その家の主は出てこないで、子どもに応対させたのだが、中島には、その子どものいうことがいっこうに要領を得なかった。そこには、多分、言葉の問題があって、親としては、学校で「標準語」を習っている子どもの方がまだましだと思って、子どもに応対させたのであろう。ところが、その子どもの言葉がよく理解できなかった中島は、「琉球人の曖昧・不親切とは全く腹の立つことなり」とわざわざ「南洋の日記」に書きつけるほど腹を立ててしまった[②三二一―三二二]。どうやら中島は、沖縄の人びとを十把一からげにして、「琉球人」はみんな言うことが「曖昧」で、「不親切」だと思ったようである。

それは沖縄の人たちに対する差別意識あるいは蔑視観などというものではないだろうが、どこかに「日本人」と「沖縄人」とを別個の存在として見る意識が働いていたようにも感じられる。中島にとって、「沖縄」は、朝鮮や中国よりももっとずっと遠い「異国」だったのであろう。朝鮮や中国は少年時代に自ら体験した地であり、漢籍を通してその文化に深く親しんだ世界だったのに対して、「沖縄」の人も言語も文化も南洋に来て初めてちょっと触れただけだったからである。

帰京と死（一九四二年一二月四日）

一九四二年一月三一日に、バベルダオブ島の視察旅行からコロールに帰着した中島は、ほとんど休む間もなく、二月五日にはパラオ諸島南部のペリリュー島に出張した。ペリリュー島でも、公学校の視察などを行い、七日にコロールに戻った。二月二〇日、今度はパラオ諸島南端のアンガウル島に出張した。アンガウル島はドイツ領時代から燐鉱石（グアノ）の採掘が行われていた島で、中島が訪れた時には、南拓鉱業所が採掘を行っていた。翌二一日、中島は公学校の視察を終えて、コロールに戻った。この二回の極めて短い離島出張が、結局は、南洋庁における中島の最後の「公務」となった。

中島は、サイパンからパラオに帰着した一九四一年の末頃には、喘息が悪化したこともあって、東京に帰ることを考え始め、南洋庁に東京への出張願を出していた。東京出張の目的は国語読本編纂のための資料の収集ということであった。

一九四二年三月四日、東京出張の許可が下りたので、中島は土方久功と一緒にパラオを出発、一七日に東京に帰着した。この時は、もう一度南洋に戻るつもりでいたのだが、まだ寒い東京で激しい喘息の発作を起こしたうえ、気管支カタルにも罹って、入院する羽目になってしまった。そんなこともあって、南洋に戻るのを断念して、結局、九月七日に南洋庁を依願免官となった。その間、中島は国語読本編纂のための資料の収集にもそれなりに努力していたようだが、同時に、作家としての活動に注力して、第一作品集『光と風と夢』を刊行した。南洋庁退官後には、第二作品集『南島譚』を刊行、「李陵」、「名人伝」、「弟子」など一般に中島の代表作とされる作品もその前後に執筆されている。中島の健康状態を考えると、まさに旺盛な執筆活動だったというべきであろう。

ところが、一九四二年一二月四日午前六時、中島は入院先の病院で喘息の発作に襲われ、看病していた妻タカの体に倒れ掛かるようにして、急死してしまった。タカによると、中島は死の直前、「書きたい、書きたい」、「俺の頭の中のものを、みんな吐き出してしまいたい」といっていたという〔中島タカ、一九六〇、二二一―二二三頁〕。その「吐き出してしまいたい」ものの中には、「クバリの伝記」のような南洋にかかわるものもあったのではないかと思われるが、確かめるすべはない。

エピローグ——植民地体験の追体験

二〇世紀前半、多くの日本人が何らかの形で植民地支配とかかわった。中には、他民族を抑圧しているという自覚もなしに植民地支配にかかわった人たちもいたであろうが、植民地体験を通して何かを学んだ人たちもまたいたであろう。そんないろいろな植民地体験を、それぞれの人の生に即して具体的に追体験してみたいと思った。その時、まず最初に脳裏に浮かんだのが中島敦であった。

中島敦の植民地・朝鮮に生きる人びとを見る目は複眼的で陰影に富んでいる。京城S門外の「淫売婦」金東蓮、彼女を捕まえた警官・趙教英、「虎狩」の趙大煥、「北方行」の権泰生、これらの人間像は、それぞれに、植民地・朝鮮のある断面を切り取ったものである。

それに対して、中島の「南洋の日記」や南洋から家族に宛てて書いた手紙に見られる南洋の人びとの姿は意外と平凡である。それは、当時の普通の日本人が抱いていた「南洋の土人」像とあまり違いがない。両者のあいだの、この大きなへだたりをどう理解すればよいのであろうか。

中島の「朝鮮もの」と、「南洋の日記」や南洋からの手紙との間の本質的な違いは、「朝鮮もの」が反芻された朝鮮体験の表現であるのに対して、「南洋の日記」や南洋からの手紙は「生《なま》」のままの南洋体験の表現であるという点にある。中島は、自ら朝鮮で体験したことを、その後に身につけた広い知識に照らしてくりかえし反芻し、その体験の意味を問い続けた。中島の「朝鮮もの」は朝鮮での「生《なま》」の体験をそのまま書いたものではなく、それをくりかえし反芻することを通して成形されたものだったのである。それに対して、「南洋の日記」や南洋からの手紙は「生《なま》」のままの南洋体験の表現であるから、そこには中島が日本から携えていった月並みな「南洋の土人」像がそのまま入り込んでいた。そこに、両者の間の本質的な違いが存在する。

だから、もし帰京後の中島に、南洋に関する広い知識を身につけたうえで、自らの南洋体験を十分に反芻するだけの時間が残されていたならば、歴史的広がりと奥行きに富んだ「南洋もの」が書かれていたのではないかと思われる。前に取り上げた「雞」という作品はその可能性を示している。第二作品集『南島譚』に収録された「夾竹桃の家の女」という短編も、そのような可能性を感じさせる。中島は、土方とのバベルダオブ島旅行の途次、マルキョクでたまたま一軒の現地民の家に立ち寄った。その家には、一人の「老爺」と二人の少女の他に、赤ん坊に乳をふくませている若い「細君」がいた。中島はその「細君」の顔に「妙に煽情的なる所」があるのを感じた〔②三〇五〕。「夾竹桃の家の女」という白日夢のような作品はこのちょっとした出会いから生まれたものであるが、そこに描かれた「細君」の姿は、月並みな「南洋の土人」像とは異質である。

中島が「光と風と夢」の中で描いた南洋と、彼の「南洋の日記」や南洋からの手紙に見られる南洋の間にも、大きなへだたりがある。「光と風と夢」には、豊かな自然に恵まれたサモアの土に根差した暮らしと同時に、帝国主義列強の抗争に巻き込まれて、現地民同士が血で血を洗う戦闘に明け暮れる凄惨なサモアの歴史が描かれている。「光と風と夢」の南洋は、「南洋の楽園」風の安直な南洋ではない。「光と風と夢」の南洋は、サモアをめぐる国際的紛争の中で「叛乱者」マタアファの側に心を寄せたスティーヴンソンの諸作品に媒介されることによって、歴史的広がりと奥行きを持った南洋となりえている。

それに対して、中島が自分の目で見た南洋は、日本の委任統治下、現地民同士の凄惨な抗争もおさまり、「首踊」の風習も昔の話となって、一見平和な世界であった。特に、ヤルート島などマーシャル諸島の島々のように、まだ戦争の影に濃く覆われるに至っていなかった島々は、外から見る限り、「夢の国」のように見えたかもしれない。南洋群島が「夢の国」などでは決してないことを中島が否応なく認識させられたのは、南洋群島視察旅行の帰路、戦争準備が急ピッチで進められていたトラック諸島夏島に一カ月ほど滞在する中においてであった。

中島は先の戦争に真正面から反対するということはもちろんしなかったけれども、戦争に入れ込むこともなかった。中島の異母妹、折原澄子は「兄のこと」という文章の中で、中島は「戦果に喜んではいましたが、戦争には強い疑問を持っていたらしく、一度姉〔中島の妻タカ〕が戦争遂行への決意らしいことを述べた時、兄がきっぱり否定したことを覚えています」〔折原、一九八九、二二五頁〕と書いている。中島は、前にも書いたように、初戦の「戦果」にはいくらか心を動かされたようだが、しかし心の奥底では、この戦争に対して「強い疑問を持っていた」。しかも、それは戦局が極端に悪化したことによるものではない。中島が死んだのは一九四二（昭和一七）年一二月四日であるから、まだ戦争が本当に絶望的な状況になったとはいえない頃である。ということは、中島は、戦争における勝敗の帰趨にかかわらず、この戦争そのものに疑問を持っていたということになる。それは、南洋、特に夏島とババベルダオブ島における中島の体験に根差した疑義だったのであろう。

中島が病床で書いた絶筆「章魚木の下で《たこのき》」[③二二五―二二八]における戦争と文学との関係についての述懐はその証左となるであろう。その中で、中島は時局に奉仕する文学といったことに対して鋭い批判の目を向け、「書くものの中に時局的色彩を盛ろうと考えたこともなく、まして、文学などというものが国家的目的に役立たせられ得るものとは考えもしなかった」という。そのうえで、「文学が其の効用を発揮するとすれば、それは、斯《こ》ういう時世に兎《と》もすれば見のがされ勝ちな我々の精神の外剛内柔性――或いは、気負い立った外面の下に隠された思考忌避性といったようなものへの、一種の防腐剤としてであろう」と指摘する[③二二六―二二七]。文学にもし「効用」などというものがあるとするならば、それは、戦争、戦争と空元気で騒ぎまわる世相の底に滞留する思考停止状態に警鐘を鳴らすことだというわけである。この時代には、このようなことを言うだけでも大変なことであったろう。

このように考えてきて、最後に一つ疑問が残る。中島は、南洋庁職員として、日本帝国主義の植民地支配(南洋群島統治)に直接荷担した自分自身の存在をどう考えていたのであろうか。

あるアメリカ人日本文学研究者は、中島の短編「マリヤン」[②八〇―九〇]にかんして、「マリヤン」の「語り手」は、南洋庁という「官僚組織における彼の端役的な立場や彼の偏屈な性質を強調することによって、彼の持つ植民地官僚としての権威を否認しようとしているように思われる」[Tierney, 2010, p. 162]という。さらに、「マリヤン」の「語り手」は「自らの肉体的虚弱性と劣等性を意図的に前面に押し出すことによって、自分自身を植民地的権力関係への共犯性から無罪化しようとしている」[ibid., p. 179]ともいっている。

この「マリヤン」の「語り手」と中島敦とを等置することには慎重でなければならないが、少なくとも、「マリヤン」の「語り手」に中島自身の姿が色濃く投影されていることは間違いないであろう。

たしかに、中島が病弱のために南洋統治にほとんど役立たなかったこと、南洋庁の役人たちの間で孤立して、疎外感を強くもっていたこと、これらのことが中島の「植民地的権力関係」への「共犯」の意識を弱めていたということは、ある程度、いえるであろう。中島の「南洋の日記」や南洋からの手紙、あるいは「南洋もの」には、自らの「植民地的権力関係への共犯性」を自覚していたことを示す明白な表現は見当たらない。しかし、南洋群島の「近代化」に懐疑的であった中島には、日本の南洋群島統治は「未開」の人びとを「文明化する使命」civilizing missionを担っている、といった考え方もなかった。中島には、南洋群島統治(植民地支配)を正当化する論理もなかったのである。だから、中島のうちに、自らを「植民地的権力関係への共犯性から無罪化」しようとする主体的意思まで読み取ろうとするならば、それは行き過ぎというべきであろう。

文献一覧

青木澄夫、二〇〇九『放浪の作家　安藤盛と「からゆきさん」』中部大学(発売：風媒社)。

洗春海、一九八九「龍山小学校からのこと」→〔田鍋編著、一九八九〕所収。

飯田洋介、二〇一五『ビスマルク——ドイツ帝国を築いた政治外交術』中公新書。

飯高伸五、二〇〇九「日本統治下パラオ、オギワル村落におけるギンザドーリ建設をめぐる植民地言説およびオーラルヒストリーに関する省察」『アジア・アフリカ言語文化研究』七七。

井上彦三郎・鈴木経勲、一八九三『南島巡航記』経済雑誌社。

今泉裕美子、一九九六「南洋庁の公学校教育方針と教育の実態——一九三〇年代初頭を中心に」法政大学沖縄文化研究所編『沖縄文化研究』二二号。

今泉裕美子、二〇〇二「南洋群島」『具志川市史』第四巻(「移民、出稼ぎ、論考編」)、第三編第二章。

今泉裕美子、二〇一四「太平洋の「地域」形成と日本——日本の南洋群島統治から考える」岩波講座『日本歴史』第二〇巻(「地域論」)。

今西錦司編著、一九四四『ポナペ島——生態学的研究』彰考書院。

岩佐嘉親、一九七〇『サモア史(上)』日本太平洋協会。

岩田一男、一九七八「『光と風と夢』とVailima Letters」→〔中村・氷上・郡司編、一九七八〕所収。

江崎悌三、一九八四「南洋群島の動物学探検小史」『江崎悌三著作集』第一巻、思索社(原載、太平洋協会編『南洋諸島　自然と資源』河出書房、一九四〇年)。

岡谷公二、一九九〇『南海漂泊——土方久功伝』河出書房新社。

落合孝幸、一九九三『ピエール・ロティ——人と作品』(増補版)駿河台出版社。

折原澄子、一九八九「兄のこと」→〔田鍋編著、一九八九〕所収。

金子兜太、二〇一六『あの夏、兵士だった私――96歳、戦争体験者からの警鐘』清流出版。

木村東吉、一九八九「中島敦『幸福』の意味と位置――「石とならまほしき」思いの変容過程について」→〔田鍋編著、一九八九〕所収。

清野謙次、一九四三「南洋研究の先覚者松岡静雄大佐を偲ぶ」松岡『ミクロネシア民族誌』岩波書店版に附載。

窪田精、一九八三『トラック島日誌』光和堂。

高知新聞社編、一九九八『夢は赤道に――南洋に雄飛した土佐の男の物語』高知新聞社。

近藤節夫、二〇一四『南太平洋の剛腕投手――日系ミクロネシア人の波瀾万丈』現代書館。

志賀重昂、一九二七『南洋時事』、志賀重昂全集刊行会編『志賀重昂全集』第三巻（原著、丸善商社、一八八七年）。

島木健作、一九四〇『満洲紀行』創元社。

杉岡歩美、二〇一六『中島敦と〈南洋〉――同時代〈南洋〉表象とテクスト生成過程から』翰林書房。

杉森久英、一九八九「中島さんにあった時のこと」→〔田鍋編著、一九八九〕所収。

鈴木経勲、一八九二『南洋探検実記』博文館。

関根仙太郎、一九四四「南洋群島の五十年を語る」南洋経済研究所編『南洋資料』第四七三号『南洋群島昔話其の一』。

高山純、一九九三『江戸時代パラウ漂流記――新史料の民族誌的検証』三一書房。

高山純、一九九五『南海の大探検家　鈴木経勲――その虚像と実像』三一書房。

田鍋幸信編著、一九八九『中島敦・光と影』新有堂。

寺尾紗穂、二〇一五『南洋と私』リトルモア。

寺尾紗穂、二〇一七『あのころのパラオをさがして――日本統治下の南洋を生きた人々』集英社。

中島敦、二〇〇二『（第三次）中島敦全集3』筑摩書房。

中島タカ、一九六〇「お礼にかへて」『ツシタラ4』（文治堂書店版『中島敦全集』附録）。

中村光夫・氷上英廣・郡司勝義編、一九七八『中島敦研究』筑摩書房。

中村光夫、一九七八「旧知」→［中村・氷上・郡司編、一九七八］所収。

永原陽子、一九八一「ドイツ帝国主義と植民地支配――「デルンブルク時代」の植民地政策」『歴史学研究』第四九六号。

南洋経済研究所編、一九四四『南洋資料』第四七四号『内南洋を築きし人々　其の三――森小弁　赤山白三郎』。

南洋庁長官房編、一九三二『南洋庁施政十年史』。

南洋貿易株式会社編、一九四二『南洋貿易五十年史』。

西川輝昭、二〇〇四「あるドイツ人博物学者が見た一八八二年の「博物館」――新発見のクバリー氏意見書から」『名古屋大学博物館報告』第二〇号。

野村進、二〇〇五『日本領サイパン島の一万日』岩波書店。

橋本正志、二〇一六『中島敦の〈南洋行〉に関する研究』おうふう。

長谷部言人、一九一七「南洋新占領地視察報告」文部省専門学務局編『南洋新占領地視察報告（追録）』。

長谷部言人、一九三二『過去の我南洋』岡書院。

土方久功、一九九〇「伝説遺物より見たるパラオ人」『土方久功著作集』第一巻、三一書房（原載、『太平洋圏――民族と文化』上巻、河出書房、一九四四年）。

土方久功、一九九一ａ「パラオ石神並に石製遺物報告」『土方久功著作集』第二巻、三一書房（原載、『民族学研究』二〇巻三・四号、一九五六年）。

土方久功、一九九一ｂ「鶏」『土方久功著作集』第六巻、三一書房（原載、『青蜥蜴の夢』大塔書店、一九五六年）。

土方久功、一九九一ｃ「敦ちゃん」『土方久功著作集』第六巻、三一書房（原載、『昭和文学全集』月報第三五号、一九五八年）。

土方久功、一九九一ｄ「トンちゃんとの旅」『土方久功著作集』第六巻、三一書房。

土方久功、一九九二『流木――孤島に生きて』『土方久功著作集』第七巻、三一書房（原著、『流木』小山書店、一九四三年）。

土方久功、二〇一四「土方久功日記 V」須藤健一・清水久夫編『国立民族学博物館調査報告一二四』。

ブラックマン、アーノルド・C、一九八四『ダーウィンに消された男』羽田節子・新妻昭夫訳、朝日新聞社。

松岡静雄、一九二五『太平洋民族誌』岡書院。

松岡静雄、一九二七『ミクロネシア民族誌』岡書院（再版、岩波書店、一九四三年）。

矢内原忠雄、一九六三a『南洋群島の研究』『矢内原忠雄全集』第三巻、岩波書店（原著、岩波書店、一九三五年）。

矢内原忠雄、一九六三b「南洋群島民の教育に就て」『矢内原忠雄全集』第五巻、岩波書店（原載、『倫理講演集』第三九一輯、一九三五年）。

矢内原忠雄、一九六三c「南洋委任統治論」『矢内原忠雄全集』第五巻、岩波書店（原載、『中央公論』第五四六号、一九三三年）。

矢内原忠雄、一九六三d「南洋群島旅行日記」『矢内原忠雄全集』第三巻、岩波書店。

八幡一郎、一九三二「南洋に於ける著名遺蹟の概況」→［長谷部、一九三二］に附載。

山本真鳥編、二〇〇〇『新版世界各国史27 オセアニア史』山川出版社。

山本真鳥、二〇一二「第2部 オセアニア世界の植民地化と土地制度」小谷汪之・山本真鳥・藤田進共著『土地と人間――現代土地問題への歴史的接近』有志舎。

山本真鳥、二〇一八『グローバル化する互酬性――拡大するサモア世界と首長制』弘文堂。

湯浅克衛、一九七八「敦と私」→［中村・氷上・郡司編、一九七八］所収。

湯浅克衛、二〇一二「カンナニ」『コレクション 戦争と文学一七 帝国日本と朝鮮・樺太』集英社（原載、『文学評論』一九三五年四月号。『カンナニ』大日本雄弁会講談社、一九四六年、刊行の際、後半部分を加筆）。

よしだみどり、一九九九『物語る人《トゥシターラ》――『宝島』の作者R・L・スティーヴンスンの生涯』毎日新聞社。

歴史学研究会編、二〇〇八『世界史史料9』岩波書店。

ロティ、ピエール、一九三八『アフリカ騎兵』渡辺一夫訳、白水社(Pierre Loti, *Le Roman d'un spahi*, 1881)。

ロティ、ピエール、二〇〇〇『アジヤデ』工藤庸子訳、新書館(Pierre Loti, *Aziyadé*, 1879)。

ロティ(ロチ)、ピエール、二〇一〇『ロチの結婚』黒川修司訳、水声社(Pierre Loti, *Le Mariage de Loti*, 1880)。

渡邊一民、二〇〇五『中島敦論』みすず書房。

Balfour, Graham, 1901, *The Life of Robert Louis Stevenson*, Vol. 2, New York: Charles Scribner's Sons (facsimile reprint, FB&c Ltd.).
Bastian, Adolf, 1888, *Allerlei aus Volks- und Menschenkunde*, Erster Band, Berlin: Ernst Siegfried Mittler und Sohn (facsimile reprint, Kessinger Publishing).
Christian, Frederick W., 1899, *The Caroline Islands, Travel in the Sea of the Little Lands*, London: Methuen & Co. (facsimile reprint, FB&c Ltd.).
Conrad, Sebastian, 2008, *Deutsche Kolonialgeschichte*, München: C. H. Beck.
Davidson, J. W., 1967, *Samoa mo Samoa, The Emergence of the Independent State of Western Samoa*, Melbourne: Oxford University Press.
Ehrlich, Paul, 1979, 'Henry Nanpei: pre-eminently a Ponapean', in Deryck Scarr, ed., *More Pacific Islands Portraits*, Canberra: Australian National University Press.
Fanny and Robert Louis Stevenson, 1956, *Our Samoan Adventure*, London: Weidenfeld and Nicolson.
Farrell, Joseph, 2017, *Robert Louis Stevenson in Samoa*, London: MacLehose Press.
Finsch, Otto, 1888, *Samoafahrten, Reisen in Kaiser Wilhelms-Land und Englisch-Neu-Guinea in den Jahren 1884 u. 1885 an Bord des Deutschen Dampfers „Samoa"*, Leipzig: Ferdinand Hirt & Sohn (facsimile reprint, Fachbuchverlag-Dresden).
Firth, Stewart, 1979, 'Captain Hernsheim: Pacific venturer, merchant prince', in Deryck Scarr, ed., *More Pacific*

Islands Portraits, Canberra: Australian National University Press.

Furnas, J. C., 1951, *Voyage to Windward, The Life of Robert Louis Stevenson*, New York: William Sloane Associates.

Garrett, John, 1992, *Footsteps in the Sea, Christianity in Oceania to World War II*, Suva (Fiji): Institute of Pacific Studies, University of the South Pacific.

Hambruch, Paul, 1932, *Ponape, 1. Teilband: Ergebnisse der Südsee-Expedition 1908–1910, II. Ethnographie: B. Mikronesien, Band 7*, Hamburg: Friederichsen, De Gruyter & Co.

Hambruch, Paul, 1936, *Ponape, 3. Teilband: Ergebnisse der Südsee-Expedition 1908–1910, II. Ethnographie: B. Mikronesien, Band 7*, Hamburg: Friederichsen, De Gruyter & Co.

Hanlon, David, 1988, *Upon a Stone Altar, A History of the Island of Pohnpei to 1890*, Honolulu: University of Hawaii Press.

Hanlon, David, 1999, 'Chapter Two, Magellan's Chroniclers? American Anthropology's History in Micronesia', in R. C. Kiste and Mac Marshall eds., *American Anthropology in Micronesia, 1941–1997*, Honolulu: University of Hawai'i Press.

Hernsheim, Franz, 1883, *Südsee-Erinnerungen (1875–1880)*, Berlin: A. Hofmann & Comp. (facsimile reprint, The British Library Historical Collection).

Hezel, Francis X., 1983, *The First Taint of Civilization, A History of the Caroline and Marshall Islands in Pre-colonial Days, 1521–1885*, Honolulu: University of Hawaii Press.

Hezel, Francis X., 1995, *Strangers in Their Own Land, A Century of Colonial Rule in the Caroline and Marshall Islands*, Honolulu: University of Hawai'i Press.

Johnstone, Arthur, 1905, *Recollections of Robert Louis Stevenson in the Pacific*, London: Chatto & Windus (facsimile reprint, FB&c Ltd.).

Krämer, Augustin, 1902, *Die Samoa-Inseln, Entwurf einer Monographie mit besonderer Berücksichtigung Deutsch-Samoas, Erster Band: Verfassung, Stammbäume und Überlieferungen*, Stuttgart: E. Schweizerbartsche Verlagsbuchhandlung (facsimile reprint, HP).

Krämer, Augustin, 1906, *Hawaii, Ostmikronesien und Samoa, Meine zweite Südseereise (1897-1899) zum Studium der Atolle und ihrer Bewohner*, Stuttgart: Strecker & Schröder (facsimile reprint, HP).

Krämer, Augustin, 2017, English translation of Krämer, *Palau, 1. Teilband: Ergebnisse der Südsee-Expedition 1908-1910, II. Ethnographie: B. Mikronesien, Band 3*, Hamburg: Friederichsen & Co., 1917 (translated by Markus E. Locker for Krämer Translation Project of Etpison Museum, Koror, Republic of Palau, and digitally released in 2017).

Kubary, Johann S., 1873a, 'Die Ebongruppe im Marshall's Archipel', *Journal des Museum Godeffroy*, Band 1, Heft 1, pp. 33-47.

Kubary, Johann S., 1873b, 'Die Carolineninsel Yap oder Guap nebst den Matelotas-, Makenzie-, Fais-, u. Wolea-Inseln', *Journal des Museum Godeffroy*, Band 1, Heft 2, pp. 84-130 (with A. Tetens).

Kubary, Johann S., 1873c, 'Die Palau-Inseln in der Südsee', *Journal des Museum Godeffroy*, Band 1, Heft 4, pp. 181-238.

Kubary, Johann S., 1873d, 'Die Ruinen von Nanmatal auf der Insel Ponapé (Ascension)', *Journal des Museum Godeffroy*, Band 3, Heft 6, pp. 123-131.

Kubary, Johann S., 1875, 'Weitere Nachrichten von der Insel Ponapé (Carolinen-Archipel)', *Journal des Museum Godeffroy*, Band 3, Heft 8, pp. 261-267.

Kubary, Johann S., 1888, 'Die Religion der Palauer', in Bastian, 1888, pp. 1-69.

Kubary, Johann S., 1895, *Ethnographische Beiträge zur Kenntnis des Karolinen Archipels*, Leiden: P. W. M. Trap (facsimile reprint, Book Renaissance).

Moors, Harry J., 1910, *With Stevenson in Samoa*, Boston: Small, Maynard & Co.（facsimile reprint, FB&c Ltd.）.

Paszkowski, Lech, 1971, 'John Stanislaw Kubary: Naturalist and Ethnographer of the Pacific Islands', *Australian Zoologist*, Vol. 16, No. 2, pp. 43-70.

Peattie, Mark R., 1988, *Nan'yō, The Rise and Fall of the Japanese in Micronesia, 1885-1945*, Honolulu: University of Hawaii Press.

Semper, Karl G., 1873, *Die Palau-Inseln im Stillen Ocean*, Leipzig: F. A. Brockhaus（facsimile reprint, hanse）.

Speitkamp, Winfried, 2014, *Deutsche Kolonialgeschichte*, Stuttgart: Reclam.

Spoehr, Florence M., 1963, *White Falcon, The House of Godeffroy and Its Commercial and Scientific Role in the Pacific*, Palo Alto（California, U.S.A.）: Pacific Books.

Stair, John B., 1897, *Old Samoa, Or Flotsam and Jetsam from the Pacific Ocean*, London: The Religious Tract Society（facsimile reprint, Kessinger Publishing）.

Stevenson, Robert L., 1996, *A Footnote to History, Eight Years of Trouble in Samoa*, reprint ed., Honolulu: University of Hawai'i Press（original ed., London: Cassell & Co., 1892）.（『サモア史脚注』）

Stevenson, Robert L., 1907, *Vailima Letters, Being Correspondence addressed by Robert Louis Stevenson to Sidney Colvin, November 1890-October 1894*, 6th ed., London: Methuen & Co., 1907（1st ed., London: Methuen & Co., 1895）.（『ヴァイリマからの手紙』）

Stevenson, Robert L., 1901, *In the South Seas, Being an Account of Experiences and Observations in the Marquesas, Paumotus and Gilbert Islands*, Vol. 1, Leipzig: Bernhard Tauchnitz（original ed., 1896; facsimile reprint, Biblio Life）.（『南洋だより』）

Stevenson, Robert L., 1924, *Vailima Papers*, Tusitala Edition, London: William Heinemann.

Stocking, George W., 1992, *The Ethnographer's Magic and Other Essays in the History of Anthropology*, Wisconsin: The University of Wisconsin Press.

Tetens, Alfred, 1889, *Vom Schiffsjungen zum Wasserschout, Erinnerungen aus der Leben des Capitäns Alfred Tetens*, Zweite Auflage, Hamburg: G. W. Niemeyer Nachfolger (facsimile reprint, Amazon).

Tierney, Robert T., 2010, *Tropics of Savagery, The Culture of Japanese Empire in Comparative Frame*, Berkeley: University of California Press.

Zimmermann, Anna R., 1960?, *Sixty Years Liebenzell Mission*, Bad Liebenzell (Germany): Liebenzeller Mission Headquarters.

あとがき

　中島敦の足跡を文献上でたどりながら、その中に実地に行ったことのないところがあることに後ろめたさのようなものを感じていた。それで、二〇一七年四月に、南塚信吾、油井大三郎、木畑洋一、渡邊勲の各氏などを誘って、ポナペ島、パラオ諸島、サイパン島を回ってきた。一〇泊ほどの旅行で、太平洋戦争の戦禍が激しかったマーシャル諸島やトラック諸島を訪ねることができなかったのは心残りだったが、ポナペ島ではクバリの存在をより身近に感じることができたし、パラオ諸島バベルダオブ島では中島と土方久功の歩いた跡をいくらかなりとたどることができた。

　二〇一八年七月には、南塚、木畑、渡邊の各氏などと共に、満洲(中国東北地方)を旅行した。日本の中国侵略や満洲開拓団の痕跡を訪ねるのが主目的であったが、私個人としては、中島の足跡をたどることも一つの目的だった。中島は京城中学校四年生の時、修学旅行で奉天(瀋陽)の北陵(昭陵)を訪ねている。陵域最奥の盛り土の上に造営された、清朝第二代太宗ホンタイジの円墳のような墓廟の周囲を回りながら、今はこのようにきれいに整備されているが、中島が訪ねた頃はどうだったのだろうかと思った。

　中島は、民間の漢学者であった祖父撫山や父田人の影響で、幼いころから漢籍に深く親しんだ。本書カヴァーの中島の書は、杜甫が八人の詩人たちの飲みっぷりを詠んだ「飲中八仙歌」の一句で、「瀟灑《しょうしゃ》[きよらか]な美少年」崔宗之は「觴《さかずき》を挙《あ》げ、白眼もて青天を望む」と詠っている。なお、この

「戯詩」中には、「李白一斗詩百篇」というよく知られた一句がある。

一九四二年に中島敦が逝去してから、この一二月でちょうど七六年の年月が経つ。その間に、敗戦、「戦後」、「ポスト戦後」と時代が移り変わり、今日、戦前に逆戻りしたような政治や社会の状況がますます顕著になってきている。中島は、絶筆「章魚木《たこのき》の下で」において、文学（文学者）が時局におもねり、「国家的目的」に奉仕しようとすることに対して、婉曲な表現ながら、厳しい批判を加えている。もし、中島が生きていたならば、今日の国家主義的傾向を強める日本の状況に対して、どのような表現で批判するであろうか。ちなみに、カヴァー写真の章魚木は、中島が「左右に海を見下す章魚木多き良き路なり」と「南洋の日記」に記したバベルダオブ島アルコロン地区の、石柱列遺跡（ストーン・モノリス）へ行く路の傍に立つ木である。

シリーズ「日本の中の世界史」の一冊として本書を準備する過程においては、本シリーズの他巻執筆者の方々や渡邊勲氏など多くの人たちから貴重な意見をいただいた。編集、出版にあたってのさまざまな労は、岩波書店の入江仰、吉田浩一両氏にとっていただいた。これらの方々に深く謝意を表する。

二〇一八年一二月四日

小谷汪之

人名索引

あ 行

相沢庄太郎(1892-1972)　124
相沢進(1930-2006)　124
アイバドル→イバドル
アガタ(タララ参照)　82, 83, 90, 96
赤山白三郎(トラック諸島の貿易商)　114, 115
アナ Ana, Anna(クバリの妻．1865/66-1937/38)　150, 151, 154, 165-167
アルペパ→ラウペパ
アレクライ→レクライ
安藤盛(1893-1938)　61
イケヤサン(パラオの現地民)　184, 187
イザベラ Izabella(クバリとアナの娘)　154, 161-163, 166
イゾベル Isobel(スティーヴンソンの義理の娘)　72, 90, 91
イバドル Ibedul(パラオ諸島コロール島の大首長称号)　41, 133-136, 140
ウィルソン，ヘンリー Henry Wilson (1740-1810)　133, 134
ウォレス，アルフレッド Alfred R. Wallace(1823-1913)　127
江崎悌三(1899-1957)　151
エッチャイト，ドミニクス Dominikus Etscheit(？-1925)　165
榎本武揚(1836-1908)　120
エリオット，アレクザンダー Alexander Eliot(アナの父)　151
オイカワサン(パラオの現地民)　179, 183, 187
大江卓(1847-1921)　113
オキーフ，デーヴィッド David D. O'Keefe(1824/28-1901)　41, 156, 157
折原澄子(中島敦の異母妹)　207

か 行

カダルソ，ルイス Luis Cadarso(スペインの東カロリン知事)　45
ガトアイテレ Gatoaitele(サモア諸島ウポル島の女性首長称号)　76, 124
カブア(「大カブア」)Kabua the Great(マーシャル諸島の大首長．？-c. 1911)　69, 100, 107
カブア Kabua(「大カブア」の甥)　107, 108
カラカウア Kalakaua(ハワイ王．1836-91)　72, 73
カララ Kalala(タララ参照)　83, 90, 96, 99, 100
賀竜(1896-1969)　14
ギルシュナー，マックス Max Girschner (1861-1927)　54, 55, 165
クバリ，ヨハン(ヤン)Johann (Jan) Kubary(1846-96)　126-144, 146, 148-150, 152-169, 184, 197, 204
クバリー→クバリ
クバリイ→クバリ
窪田精(1921-2004)　175
クリスチャン，フレデリック Frederick W. Christian(1867-1934)　164, 165
グレッフェ，エデュアルト Eduard H. Graeffe(1833-1916)　127, 131
クレーマー，アウグスティン Augustin Krämer(1865-1941)　96, 98-102, 133, 151, 167, 169

後藤象二郎(1838-97)　39, 113
後藤猛太郎(1863-1913)　39, 40
ゴドフロイ，ヨハン(第6代)Johann Godeffroy VI(1813-85)　67, 131-133, 143, 148
コルヴィン，シドニー Sidney Colvin (1845-1927)　3, 91, 93

さ 行

サムエル Samuel(ジョカージ叛乱の首謀者)　51
志賀重昂(1863-1927)　79, 80
志方順太郎(南洋貿易日置株式会社社員)　116
「シチリアの聖アガタ Agata」　83
島木健作(1903-45)　27, 28, 178
朱徳(1886-1976)　14
シュメルツ Johannes D. E. Schmeltz (1839-1909)　131, 153
蔣介石(1887-1975)　13, 14
ショマタウ Soumadau(ジョカージ叛乱の首謀者)　50, 51, 166
シロウ(パラオの現地民)　183, 184, 187
鈴木経勲(1854-1938)　37, 39, 40, 80-83, 90, 96
スタージェス，アルバート Albert Sturges(1819-87)　45, 117, 118
スティヴンスン→スティーヴンソン
スティーヴンソン，ロバート Robert Louis Stevenson(1850-94)　1-4, 63, 71-75, 83-98, 104, 105, 107-109, 164, 168, 169, 207
ストロング，ジョー Joe (Joseph) D. Strong(イゾベルの夫)　72
関勘四郎(恒信社パラオ支店長)　120, 121
関根仙太郎(南貿ポナペ支店長)　47, 54, 55, 117-120
ゼンパー，カール Karl G. Semper(1832-93)　137
孫文(1866-1925)　14

た 行

ダーウィン，チャールズ Charles R. Darwin(1809-82)　127
タカ→中島タカ
高崎五六(1836-96)　38
田口卯吉(1855-1905)　37-42, 46, 47, 54, 113, 117, 120
竹内虎三(南洋庁ヤルート支庁職員)　104
タヌマフィリ Tanumafili(サモアのラウペパ王の息子)　102
タマセセ Tamasese(ドイツに擁立されたサモア王)　69, 77, 79, 101
タマセセ・レアロフィ Tamasese Lealofi (タマセセ王の息子)　101
タマソアリイ Tamasoali'i(サモア諸島ウポル島の女性首長称号)　76, 124
タララ Talala(マタアファの娘)　83, 96, 99, 100
チェイン，アンドルー Andrew Cheyne (1817-66)　135
張作霖(1875-1928)　13, 14
ツイアアナ Tuia'ana(サモア諸島ウポル島の大首長称号)　76, 77
ツイアツア Tuiatua(サモア諸島ウポル島の大首長称号)　76, 77
辻原登(1945-　)　124
テテンズ，アルフレート Alfred Tetens (1835-1903)　127
デルンブルク，ベルンハルト Bernhard Dernburg(1865-1937)　49
テレア Telea(サモアの首長)　99
徳川慶喜(1837-1913)　39
ドーン，エドワード Edward Doane (1820-90)　45, 149

な 行

中島タカ(中島敦の妻)　18, 31, 32, 60, 63, 103, 105, 108, 119, 174, 178, 179, 189-191, 194, 201, 202, 204
中島田人(中島敦の父)　5, 9, 12, 31, 175, 189
中村光夫(1911-88)　18
ナトアイテレ→ガトアイテレ
ナニケン Nahnken(ポナペ島の大首長称号)
(キチ地区の)　117, 118, 141, 142
(ネット地区の)　165
ナンマルキ Nahnmwarki(ポナペ島の大首長称号)
(マタラニーム地区の)　150, 152, 164
(ネット地区の)　165
ナンペイ，ヘンリー Henry Nanpei(1862-1927)　117-119, 141
ナンペイ，オリヴァー Oliver Nanpei(ヘンリー・ナンペイの息子)　119, 120

は 行

橋本タカ→中島タカ
長谷部言人(1882-1969)　58, 126, 128, 129, 151, 166, 167
パスコウスキー，レフ Lech Paszkowski (1919-2013)　129, 130, 151, 161, 166
バスティアン，アドルフ Adolf Bastian (1826-1905)　157
ハール，アルベルト Albert Hahl(1868-1945)　49, 116
バルフォア，グラハム Graham Balfour (1858-1929)　98
ハンゼマン，アドルフ・フォン Adolph von Hansemann(1826-1903)　159, 160
ハンブルヒ，パウル Paul Hambruch (1882-1933)　149, 151
土方久功(1900-77)　34, 35, 173, 179, 180, 182-188, 196, 197, 204, 206
土方久元(1833-1918)　34
土方与志(1898-1959)　34
ビスマルク，オットー・フォン Otto von Bismarck(1815-98)　44, 69
ビックフォード，アンドルー Andrew K. Bickford(1844-1927)　94, 95
ファニー Fanny(スティーヴンソンの妻. 1840-1914)　72, 73, 87, 90, 100
ファニイ→ファニー
フィンシュ，オットー Otto Finsch(1839-1917)　150, 160-162, 169
ブリッジ，シプリアン Cyprian Bridge (1839-1924)　157
ベーダー，グスタヴ(カール)Gustav (Karl) Boeder(1880-1910)　50, 54, 58
ヘドレイ，ジェイムス James Headley (ヘンリー・ナンペイの母方の祖父) 117
ベルタ Berta Ischerow(クバリの母) 128, 132, 143, 146, 163
ヘルンスハイム，エデュアルト Eduard Hernsheim(1847-1917)　68, 158, 159
ヘルンスハイム，フランツ Franz Hernsheim(1845-1909)　68, 69, 150, 152
ポサディロ，イシドール Isidor Posadillo (?-1887)　44, 45

ま 行

マタアハ→マタアファ
マタアファ Mata'afa(?-1912)　2, 4, 37, 69, 71, 77, 78, 81-83, 89-103, 105, 108, 109, 164, 207
マターファ→マタアファ
松岡静雄(1878-1936)　53-55, 62, 125
松永市太郎(南島商会ポナペ支店長)

40, 47
マリエトア Malietoa(サモア諸島ウポル島の大首長称号)　76, 77, 82, 83, 124
マリヤトナ→マリエトア
マルチンキェウィッチ，トマス Tomasz Marchinkiewicz(クバリの養父)　128
宮岡百蔵(天祐丸船長)　38
宮下重一郎(南貿パラオ支店長)　121, 122
ムーアズ Harry J. Moors(1854-1926)　72-75
村山捨吉(南洋貿易村山合名会社創業者)　119
森小弁(1869-1945)　47, 113, 116, 125

や 行

ヤイチ(パラオの現地民)　184, 186, 187
矢内原忠雄(1893-1961)　60, 62, 105, 182, 183, 198-201,
柳田国男(1875-1962)　53
八幡一郎(1902-87)　185
湯浅克衛(1910-82)　10, 12, 14, 21
ユリア Julia Swiatlowska(クバリの妹)　133, 146, 163
横尾東作(1839-1903)　120

ら・わ 行

ライト Laid(「大カブア」の弟)　107
ラウペパ Laupepa(サモア王．？-1898)　4, 69, 71, 77-83, 89, 90, 92, 93, 95, 97, 101, 102, 124
ランド，フランク Frank Rand(アメリカ人宣教師)　45
李承晩(1875-1965)　24
ルユント，ジョージ George Le Hunte (1852-1925)　154, 156, 157
レクライ Reklai(パラオ諸島バベルダオブ島マルキョク地区の大首長称号)　134, 137-140, 153, 154, 156
レンゲ，ヴィルヘルム Wilhelm Laenge (ドイツ人宣教師)　182, 183, 195, 196
ロティ，ピエール Pierre Loti(1850-1923)　104-107
「若いテレア」(サモアの首長テレアの娘)　99, 100
渡辺一夫(1901-75)　106, 107

小谷汪之

1942年生．東京大学文学部東洋史学科卒業，同大学院人文科学研究科博士課程中退．博士(史学)．インド史専攻．東京都立大学名誉教授．
著書に，『マルクスとアジア――アジア的生産様式論争批判』(青木書店)，『歴史の方法について』(東京大学出版会)，『大地の子――インドの近代における抵抗と背理』(東京大学出版会)，『インドの中世社会――村・カースト・領主』(岩波書店)，『歴史と人間について――藤村と近代日本』(東京大学出版会)，『罪の文化――インド史の底流』(東京大学出版会)，『インド社会・文化史論――「伝統」社会から植民地的近代へ』(明石書店)，『「大東亜戦争」期出版異聞――『印度資源論』の謎を追って』(岩波書店)，*Western India in Historical Transition* (New Delhi, Manohar)など．

シリーズ日本の中の世界史
中島敦の朝鮮と南洋――二つの植民地体験

2019年1月17日　第1刷発行
2019年9月13日　第2刷発行

著　者　小谷汪之《こたにひろゆき》

発行者　岡本　厚

発行所　株式会社 岩波書店
〒101-8002 東京都千代田区一ツ橋2-5-5
電話案内 03-5210-4000
https://www.iwanami.co.jp/

印刷・三秀舎　製本・松岳社

ISBN 978-4-00-028386-1　　Printed in Japan